Kadokawa Fantastic Novels

熊熊勇闖異世界11.5

CONTENTS

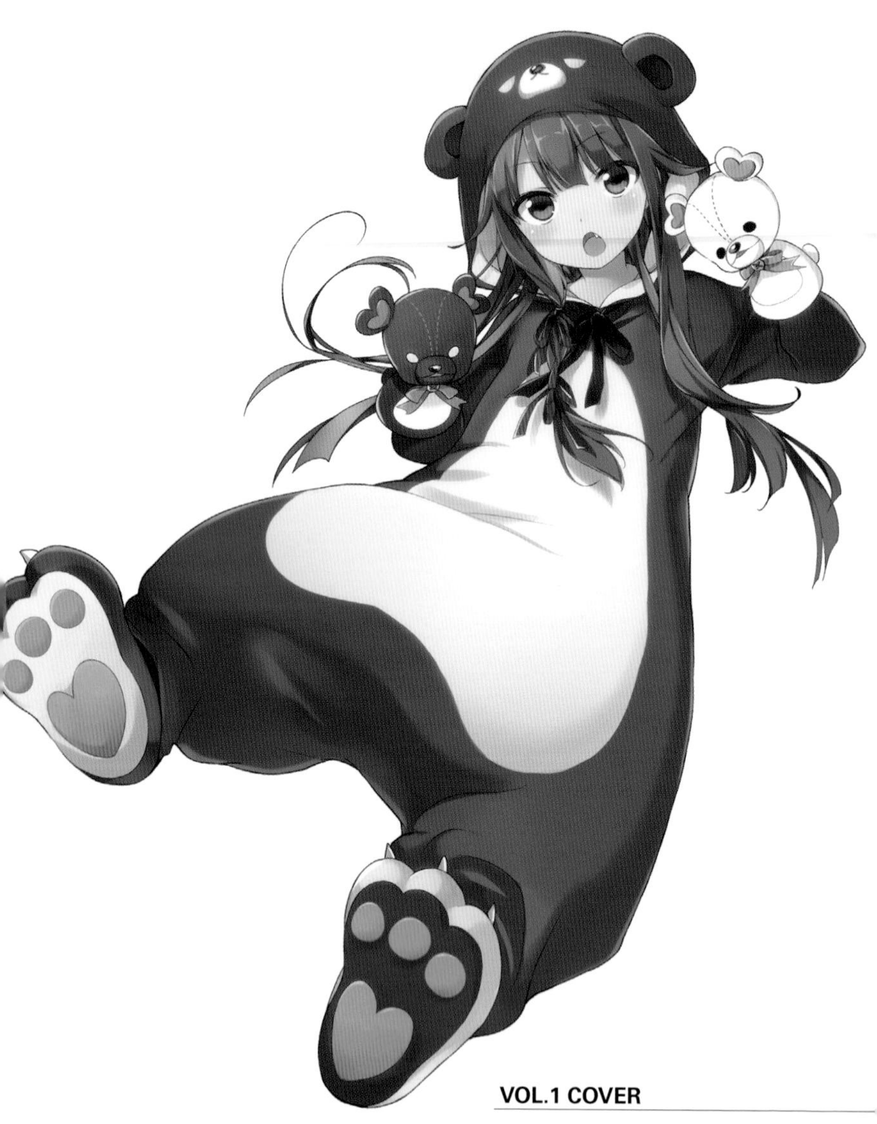

VOL.1 COVER

VOL.2 COVER

VOL.3 COVER

VOL.4 COVER

VOL.5 COVER

VOL.6 COVER

VOL.7 COVER

VOL.8 COVER

VOL.9 COVER

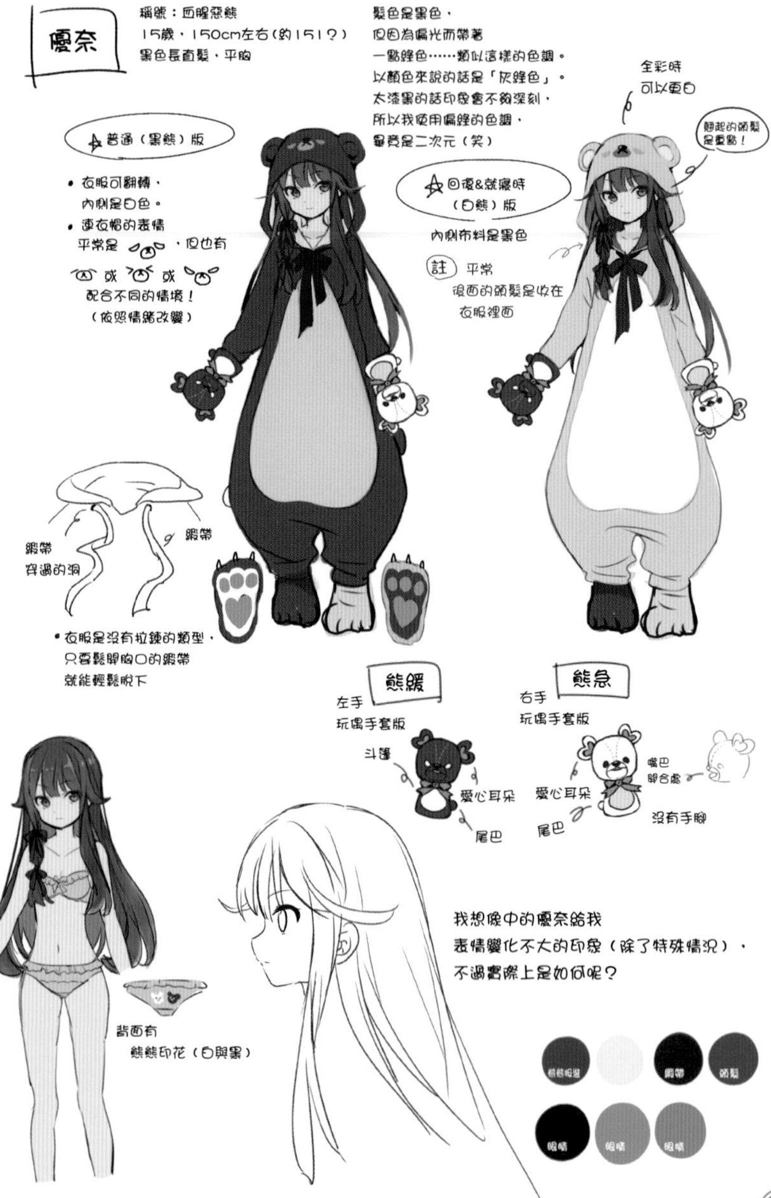

優奈
稱號：甦醒惡熊
15歲，150cm左右(約151？)
黑色長直髮，平胸
髮色是黑色，
但因為偏光而帶著
一點綠色……類似這樣的色調。
以顏色來說的話是「灰綠色」。
太漆黑的話印象會不夠深刻，
所以我使用偏綠的色調，
畢竟是二次元(笑)
全彩時
可以更白
翹起的頭髮
是重點！
普通(黑熊)版
• 衣服可翻轉，
內側是白色。
• 連衣帽的表情
平常是 ，但也有
或 或
配合不同的情境！
(依照情緒改變)
回復&就寢時
(白熊)版
內側布料是黑色
註 平常
後面的頭髮是收在
衣服裡面
緞帶
穿過的洞
緞帶
• 衣服是沒有拉鍊的類型，
只要鬆開胸口的緞帶
就能輕鬆脫下
熊緩
左手
玩偶手套版
熊急
右手
玩偶手套版
斗篷
愛心耳朵
尾巴
愛心耳朵
尾巴
嘴巴
開合處
沒有手腳
背面有
熊熊印花(白與黑)
我想像中的優奈給我
表情變化不大的印象(除了特殊情況)，
不過實際上是如何呢？
緞帶
頭髮
眼睛
眼睛
眼睛

熊急
★特徵
白色（極淡的粉紅色）
眼角下垂
往外翹的毛（瀏海）
尾巴
蝴蝶結中央有鈕釦
坐下的高度大約140~150cm
熊的四肢本來有
五隻腳趾（爪子），
但我刻意設定成
與熊熊服裝相同的三隻。
我想請問是否要
以現實為準？
爪子是白色
熊緩
黑色
眼角上揚
毛生長的
方向
根茲
30歲左右，髮色偏暗
前冒險者，體格壯碩
脖子上掛著
放大鏡
腰上掛著
收購時使用的
工具或
筆記用品
髮圈
堤露米娜
菲娜的母親，丈夫已故
曾臥病在床
針織外套裡面是
肩帶洋裝（長版）
裡面有穿內搭（白色背心）
腰部綁著細緞帶（輕輕繫著）
・頭髮有點亂（自然捲）
・身材纖瘦
・胸部也不大
拖鞋

菲娜
10歲，比優奈矮
黑髮（深棕色），平胸
後腦杓用大蝴蝶結的髮夾
夾起一束頭髮
夾式
脖子上戴著
頸圈（與衣服同色）
兩邊蝴蝶結
上衣是露肩的
連身洋裝
傘狀裙
（內有白色蕾絲）
褲襪
（丹數大約70）
放大
側邊有花紋
有時可以省略
背心
基本上是自然捲
及肩長度
表情很溫柔
※參照第二集封面
修莉
菲娜的妹妹（7歲）
活力充沛的小女孩
大約110～117cm？
偏捲髮
雙馬尾

くまなの
Illustrator029
Kadokawa Fantastic Novels
熊熊勇闖異世界
11.5

▶優奈'S STATUS_

姓名：優奈
年齡：15 歲
性別：女

▶熊熊連衣帽（不可轉讓）
可以透過連衣帽上的熊熊眼睛看出武器或道具的效果。

▶白熊手套（不可轉讓）
防禦手套，防禦力會根據使用者的等級而提升。
可以召喚出名叫熊急的白熊召喚獸。

▶黑熊手套（不可轉讓）
攻擊手套，威力會根據使用者的等級而提升。
可以召喚出名叫熊緩的黑熊召喚獸。

▶黑白熊服裝（不可轉讓）
外觀是布偶裝。具有雙面翻轉功能。
正面：黑熊服裝
物理與魔法防禦力會根據使用者的等級而提升。
具有耐熱與耐寒功能。
反面：白熊服裝
穿戴時體力與魔力會自動回復。
回復量與回復速度會根據使用者的等級而提升。
具有耐熱與耐寒功能。

▶黑熊鞋子（不可轉讓）
▶白熊鞋子（不可轉讓）
速度會根據使用者的等級而提升。
根據使用者的等級，可以長時間步行而不會感到疲勞。具有耐熱與耐寒功能。

◀熊緩
（小熊化）
▼熊急

▶熊熊內衣（不可轉讓）
不管使用多久都不會髒。
是不會附著汗水和氣味的優秀裝備。
大小會根據裝備者的成長而變化。

▶熊熊召喚獸
使用熊熊手套所召喚的召喚獸。
可以變身成小熊。

技能

▶異世界語言
可以將異世界的語言聽成日語。
說話時傳達給對方的內容也會轉變成異世界語言。

▶異世界文字
可以讀懂異世界的文字。
書寫的內容也會轉變成異世界文字。

▶熊熊異次元箱
白熊的嘴巴是無限大的空間。可以放進（吃掉）任何物品。
不過，裡面無法放進（吃掉）還活著的生物。
物品放在裡面的期間，時間會靜止。
放在異次元箱裡面的物品可以隨時取出。

▶熊熊觀察眼
透過黑白熊服裝的連衣帽上的熊熊眼睛，可以看見武器或道具的效果。不戴上連衣帽就不會發動效果。

▶熊熊探測
藉由熊的野性能力，可以探測到魔物或人類。

▶熊熊召喚獸
可以從熊熊手套召喚出熊。
黑熊手套可以召喚出黑熊。
白熊手套可以召喚出白熊。
召喚獸小熊化：可以讓熊熊召喚獸變成小熊。

▶熊熊地圖ver.2・0
可以將熊熊眼睛看到的地方製作成地圖。

▶熊熊傳送門
只要設置傳送門，就可以在各扇門之間來回移動。
在設置好的門有三扇以上的情況下，可以透過想像來決定傳送地點。
傳送門必須要戴著熊熊手套才能夠打開。

▶熊熊電話
可以和遠方的人通話。
創造出來以後，能維持形體直到施術者消除為止。不會因為物理衝擊而損壞。
只要想著持有熊熊電話的對象就能接通。
來電鈴聲是熊叫。持有者可藉由灌注魔力切換開關，進行通話。

▶熊熊水上步行
可以在水面上移動。
召喚獸也可以在水面上移動。

▶熊熊心電感應
可以呼叫遠處的召喚獸。

魔法

▶熊熊之光
藉由聚集在熊熊手套上的魔力，可以產生熊熊形狀的光球。

▶熊熊身體強化
將魔力灌注到熊熊裝備，就可以進行身體強化。

▶熊熊火屬性魔法
藉由聚集在熊熊手套上的魔力，可以使用火屬性的魔法。
威力會與魔力、想像呈正比。
如果想像出熊的模樣，威力會變得更強。

▶熊熊水屬性魔法
藉由聚集在熊熊手套上的魔力，可以使用水屬性的魔法。
威力會與魔力、想像呈正比。
如果想像出熊的模樣，威力會變得更強。

▶熊熊風屬性魔法
藉由聚集在熊熊手套上的魔力，可以使用風屬性的魔法。
威力會與魔力、想像呈正比。
如果想像出熊的模樣，威力會變得更強。

▶熊熊地屬性魔法
藉由聚集在熊熊手套上的魔力，可以使用地屬性的魔法。
威力會與魔力、想像呈正比。
如果想像出熊的模樣，威力會變得更強。

▶熊熊電擊魔法
藉由聚集在熊熊手套上的魔力，可以使用電擊魔法。
威力會與魔力、想像呈正比。
如果想像出熊的模樣，威力會變得更強。

▶熊熊治療魔法
可以使用熊熊的善良心地治療傷病。

第一集

菲娜

優奈在這個世界第一個遇見的少女，十歲。由於母親被優奈所救而與她結緣，開始負責肢解優奈打倒的魔物。經常被優奈帶著到處跑。

米蕾奴

克里莫尼亞商業公會的會長。不時為優奈提供協助。曾經因為布丁的美味而激動不已，但其實是位幹練的女性。

根茲

克里莫尼亞冒險者公會的魔物肢解專員。很關心菲娜，後來與堤露米娜結婚。

拉洛克

克里莫尼亞冒險者公會的會長。優奈總是稱他為肌肉不倒翁，記不住他的名字。

艾蕾娜

克里莫尼亞的旅館女兒。很羨慕會用魔法的優奈。

戈德

克里莫尼亞的打鐵舖老闆。後來負責打造菲娜的祕銀小刀。

妮爾特

戈德的妻子。非常可靠，總是從旁協助只懂得打鐵的戈德。

布蘭達

克里莫尼亞城鄰近村莊的獵人。優奈擊退了攻擊村莊的山主，很受他感謝。

瑪莉

布蘭達的妻子。認識優奈當時懷有身孕，後來產下優克。

海倫

克里莫尼亞冒險者公會的櫃檯小姐。優奈登記為冒險者時就是由她辦理。得知優奈打倒魔物的情報時總是會大吃一驚。

戴波拉尼

在克里莫尼亞冒險者公會騷擾優奈的D級冒險者。被優奈痛揍了一頓。

蘭滋

仰慕戴波拉尼的冒險者。後來與原本是隊友的露麗娜和基爾分道揚鑣。

露麗娜

曾與蘭滋組隊的女性冒險者。與優奈關係友好，曾到她的店裡擔任護衛。

基爾

蘭滋隊伍中的沉默冒險者。後來退出蘭滋的隊伍，經常與露麗娜一起行動。

傑德

優奈在克里莫尼亞冒險者公會遇見的四人隊伍的隊長。

梅爾

與傑德組隊的女性冒險者。後來在護衛學生與擊退魔偶的時候與優奈重逢。

托亞

與傑德組隊，外表有些輕浮的劍士。後來在擊退魔偶的時候與優奈重逢。

瑟妮雅

與傑德組隊，一身輕裝的撲克臉女性。

第二集

修莉

菲娜的妹妹，七歲。時常緊跟在母親堤露米娜身邊，幫忙「熊熊的休憩小店」的工作，是個懂事的女孩。最喜歡熊熊。

堤露米娜

菲娜與修莉的母親。被優奈治好了疾病，此後與根茲再婚。受到優奈委任，負責「熊熊的休憩小店」等店面的庶務。

菈菈
佛許羅賽家的女僕。泡紅茶的手藝是專家級，優奈也受過她的指導。

倫多
佛許羅賽家的管家。能對克里夫提出建言，可說是他的左右手。

安斯・羅蘭多
私吞孤兒院的津貼，中飽私囊的男人。惡行曝光後遭到處死。

寶
孤兒院院長。在孤兒院失去津貼而陷入窮困的時候，仍無怨無悔地為孩子付出。

莉滋
孤兒院的老師。跟身為院長的寶一起認真養育孩子們。

羅伊
堤露米娜的亡夫。過去曾與根茲、堤露米娜共三人組成一支隊伍。

諾雅兒・佛許羅賽

暱稱諾雅，十歲。佛許羅賽家的次女。是個熱愛「熊熊」的開朗少女。因為與優奈結緣而和菲娜成為好友。

克里夫・佛許羅賽

諾雅的父親。克里莫尼亞城的領主。是個經常被優奈的誇張行動拖下水的可憐人。個性親民，對待優奈的態度也很直爽。

荷倫
與從小一起長大的辛等人一同來到克里莫尼亞城當上新人冒險者的少女。曾在優奈的指導下學習魔法。

辛
在荷倫的隊伍中處於類似隊長的位置。曾在基爾的指導下學習劍術。

拉特
與荷倫組隊的新人冒險者。擅長使用弓箭，曾在獵人布蘭達的指導下學習用弓技巧。

布魯托
荷倫的隊伍中力氣最大的人。使用的武器是斧頭。

凱
村莊遭到黑蝰蛇襲擊的少年。為了找冒險者求助而來到克里莫尼亞城。

優克
克里莫尼亞城鄰近村莊的獵人布蘭達和妻子瑪莉生下的孩子。最近才剛出生。

第三集

艾蕾羅拉・佛許羅賽

諾雅與希雅的母親，三十五歲。平常在國王陛下身邊工作，居住在王都。人面很廣，經常在各方面幫助優奈。

希雅・佛許羅賽

諾雅的姊姊，十五歲。是個綁著雙馬尾的好勝女孩，在王都的學校就讀。優奈護衛諾雅前往王都的時候認識了她。

米莎娜・法蓮格侖

暱稱米莎。前去參加國王誕辰的途中遭到魔物襲擊，被優奈所救。曾邀請優奈等人參加自己的十歲生日派對。

莎妮亞

王都冒險者公會的會長。是個女性精靈，優奈與冒險者發生糾紛時會幫忙善後。有個名叫露依敏的妹妹。

葛蘭・法蓮格侖

米莎的祖父。錫林城的領主。前往王都的途中遭到魔物襲擊，被優奈所救。

莫琳

王都的麵包師傅。麵包店遇上糾紛時受到優奈的幫助，此後負責在「熊熊的休憩小店」做麵包。

卡琳

莫琳的女兒。和母親一起在「熊熊的休憩小店」工作。做麵包的手藝很好，甚至不輸母親。

史莉莉娜

位於王都的佛許羅賽家宅邸的女僕。興趣是打理花壇。

薩摩爾

在王都賣馬鈴薯的村民。得知優奈用馬鈴薯做的料理大受歡迎，他非常高興。

芙蘿拉公主

艾爾法尼卡王國的公主。稱呼優奈為「熊熊」，非常仰慕她。很受優奈的喜愛，曾收到繪本和布偶作為禮物。

福爾歐特王

艾爾法尼卡王國的國王。曾遭遇國家級的陰謀，卻被優奈化解。個性不拘小節，甚至會親自前往熊熊屋委託優奈做布丁。

凱媞雅王妃

芙蘿拉公主的母親，艾爾法尼卡王國的王妃。很喜歡熊急與熊緩，甚至不輸給芙蘿拉公主。也有從優奈那裡收到布偶。

瑪麗娜

曾護衛葛蘭的女性冒險者。在錫林城與優奈重逢，一起清除巨型鼴鼠。

艾兒

瑪麗娜隊伍中的巨乳魔法師。雖然在錫林城與優奈重逢，卻被她忘了名字。

伊蒂亞

瑪麗娜等人組成的女性冒險者隊伍的其中一名成員。使用的武器是大劍。實力足以打倒兩隻半獸人。

瑪絲莉卡

瑪麗娜隊伍的其中一名成員。劍士。在錫林城跟伊蒂亞一起負責別的工作，當時不在場。

藍傑爾

王都警備隊隊長。在錫林城發生騷動的時候與艾蕾羅拉同行。

格爾薩姆

因為被放逐而對國王懷恨在心，放出魔物攻擊王都，卻被優奈阻止，在失意之中死亡。

詹古

艾爾法尼卡王國的宰相。優奈每次造訪城堡，國王就會拋下工作，使他傷透腦筋。

第四集

安絲

密利拉鎮的旅館女兒。料理的手藝被優奈發掘，於是離開父親身邊，前往克里莫尼亞的「熊熊食堂」掌廚。

米露

孤兒院的女孩，十二歲。「熊熊的休憩小店」工作的孤兒院孩子之中擔任領隊。在店裡總是穿著熊熊外套，很有活力地工作著。

迪加

密利拉鎮的旅館老闆。安絲的父親。烹調海鮮料理的手藝令優奈大受感動。

傑雷莫

密利拉鎮的商業公會職員。鎮上恢復平靜後，因其人望而被選為公會會長。

達蒙

為了看海而出門旅行的優奈在路上救助的密利拉鎮漁夫。

阿朵拉

密利拉鎮的冒險者公會會長。原本有些自暴自棄，但優奈讓城鎮恢復平靜之後，她便開始賣力工作。

尤拉

達蒙的妻子。是個懂得馭夫的可靠太太。

克羅爺爺

密利拉鎮的長老之一。曾拜託優奈在城鎮和克里夫之間牽線。

布里茨

優奈在密利拉鎮遇見的C級冒險者。也曾到優奈在克里莫尼亞城的店露臉。

羅莎、蘭、格里莫絲

布里茨的後宮隊伍成員。

賽伊

密利拉鎮冒險者公會的職員。被擔任會長的阿朵拉當作雜務工使喚。

第五集

安裘

負責照顧芙蘿拉公主的女性。自己也有與芙蘿拉公主年齡相仿的孩子。

雷姆

蜂木的管理員。過去曾被熊救了一命，所以很感謝幫助熊的優奈。

莉亞娜

克里莫尼亞商業公會的職員。優奈購買安絲的店面時有受到她的幫助。

安娜貝爾

從克里莫尼亞商業公會被派遣到密利拉鎮的公會職員。負責訓練傑雷莫的人。

第六集

雪莉
孤兒院的女孩。手巧的優點受到肯定，目前在裁縫店拜師學藝。接下了優奈的委託，替她製作熊緩和熊急的布偶。

馬力克斯
與希雅組隊參加課外教學的開朗男孩。正義感強烈，甚至願意獨自擔任誘餌。

提摩爾
與希雅組隊參加課外教學的成員。富有俠義精神，主動與自願擔任誘餌的馬力克斯一起留下。

休格
希雅就讀的學校的教師。得知艾蕾羅拉推薦優奈擔任課外教學的護衛，雖然驚訝還是接受了。

吉古德
希雅在學校的同學。對優奈擺出高高在上的態度，於是被馬力克斯等人責備。

迦蘭
希雅等人在課外教學時拜訪的村民。蠶絲小屋被魔物襲擊時，為了求助而回到村子。

卡波斯
希雅等人在課外教學拜訪的村長。迦蘭的父親。

卡特蕾亞
希雅在學校的同學。是個具有大小姐氣質的女孩。在課外教學中看穿了優奈與希雅隱瞞的兩人關係，頗具觀察力。

古恩、蓋爾德
希雅等人在課外教學時拜訪的村民。蠶絲小屋被魔物襲擊，因此被困在小屋內。

妮芙
原是為了在安絲的店裡工作才從密利拉鎮來到克里莫尼亞城，卻轉而到孤兒院任職。

賽諾
來到安絲的店裡工作的最年輕女性。曾以「小熊」稱呼初次見面的優奈。

弗爾妮
來到安絲的店裡工作的女性，感覺就像安絲和賽諾的姊姊。

貝朵
來到安絲的店裡工作的女性，給人認真的印象。

加札爾
王都的打鐵鋪老闆。優奈在戈德的介紹之下前去拜訪他。後來負責替優奈打造戰鬥用祕銀小刀。

第七集

賽雷夫

王宮料理長。為了法蓮格侖家，優奈從王都將他帶到錫林城。正在計劃以優奈的食譜為基礎在王都開店。

笨蛋紅戰士

名字叫做巴伯德。笨蛋戰隊的隊長。頭髮和防具都是紅色的C級冒險者。

笨蛋藍戰士

笨蛋戰隊的其中一人。穿戴藍色防具的冒險者。

笨蛋綠戰士

笨蛋戰隊的其中一人。穿戴綠色防具的冒險者。

笨蛋黑戰士

笨蛋戰隊的其中一人。身穿黑色斗篷的冒險者。

笨蛋白戰士

笨蛋戰隊的其中一人。身穿白色斗篷的女性冒險者。

涅琳

莫琳的親戚。前往王都拜訪莫琳的時候遇見優奈，後來在莫琳的店裡負責製作蛋糕。

第八集

賈裘德・沙爾巴德

錫林城的共同領主。用盡各種奸計，將葛蘭逼入絕境，卻因為惡行曝光而被處死。

蘭道爾・沙爾巴德

賈裘德的笨蛋兒子。時常騷擾米莎。後來綁架米莎，卻遭到優奈制裁，被幽禁在親戚家中。

布拉德

跟在蘭道爾身邊的冒險者。打傷了波滋。後來綁架米莎，遭到優奈制裁。

波滋

法蓮格侖家的料理長。中了賈裘德的陷阱，手臂因此受傷。跟賽雷夫是前同事。

李奧納多

葛蘭的兒子，米莎的父親。個性有點軟弱。在葛蘭退休後繼承了領主職位。

梅森

法蓮格侖家的女僕。看米莎的表情就能猜到有事發生，是個機靈的人。

艾爾納特

福爾歐特王的嫡子。每次優奈去城堡玩的時候，國王總是會把工作推給他。

默魯格

與賽雷夫和波滋一起工作過的餐廳的料理長。退休後將料理長的位子讓給了伯爾薩克。

伯爾薩克

從默魯格那裡繼承了料理長的位子。性格惡劣，刻意對波滋施壓，讓他無法再次就職。

庫裘

克里夫前往參加葛蘭的生日派對時與他同行的護衛。對熊熊屋感到驚訝，卻也很感謝優奈願意提供住宿。

拉馮

護衛克里夫的其中一人。為了報答暫住熊熊屋的恩情，曾幫忙打掃浴室。

泰摩卡

克里莫尼亞城的裁縫師傅。將孤兒院少女雪莉收為學徒。

娜爾

泰摩卡的妻子。在丈夫的裁縫店幫忙接待客人。

羅依蒙德、洛克

城堡的守衛。受命在優奈來到城堡時盡速通知國王陛下，因此感到困惑。

第九集

露依敏

倒在王都的熊熊屋前的精靈少女。為了將精靈村落的危機告訴姊姊莎妮亞，一路旅行到王都。

愛露卡

大商人雷多貝爾的孫女。很喜歡在朋友家看到的熊熊繪本。收到優奈贈送的繪本時，露出了非常燦爛的笑容。

露法

沙爾巴德家的女僕。告發了沙爾巴德家的惡行，後來接受了葛蘭的庇護。

米蘭妲

在拉魯滋城幫助露依敏的女性冒險者。女性三人隊伍的隊長。

艾莉愛兒

與米蘭妲組隊的其中一人。很喜歡可愛的女孩子，曾試圖擁抱優奈。

夏菈

與米蘭妲組隊的其中一人。魔法師。會阻止試圖擁抱優奈的艾莉愛兒。

多古路德

要當作商品的畫在委託的過程中被露依敏毀損，於是收下精靈手環作為賠償。

雷多貝爾

露依敏毀損的畫的買主。想要為孫女愛露卡取得精靈手環。

瑟芙爾

愛露卡的母親，雷多貝爾的媳婦。曾建議雷多貝爾把郊外的房子賣給優奈。

羅迪斯

服侍雷多貝爾的馬車駕駛。曾載優奈和雷多貝爾前往雷多貝爾的宅邸。

伏爾茲、米歐爾

艾蕾羅拉從王都帶來的王都警備隊隊員。逮捕了沙爾巴德家的人。

祿特

多古路德僱用的店員。多古路德和優奈等人談事情的時候是由他來顧店。

Other

摩爾娜卡

在城堡工作的活潑女性，約二十歲。聽過芙蘿拉公主唸繪本的故事。

莫麗莎

在城堡工作的女性。為了女兒尋找過芙蘿拉公主持有的熊熊繪本。

歐格爾

起司村村長的兒子。為了把起司送給優奈而造訪克里莫尼亞城。

敏夏

孤兒院的小女孩。曾央求雪莉做熊緩和熊急的布偶給自己。

莉夏

安裘的女兒。收到熊緩和熊急的布偶作為禮物後露出滿臉笑容。

召喚鳥佛爾格

莎妮亞的召喚鳥。莎妮亞可以透過牠的眼睛看到牠所見的視野。

熊熊勇闖異世界

STORY

熊熊勇闖異世界 1

熊熊少女誕生！

十五歲的優奈是個家裡蹲少女。她一如往常地登入線上遊戲，收到了一份道具作為禮物。優奈選中的寶箱裡出現的東西竟然是「熊熊裝備」。優奈雖然對令人極度丟臉的布偶裝感到困惑，但還是回答了問卷，並登入遊戲。可是，一進到遊戲裡，四周卻是陌生的森林，而且她還自動換上了熊熊裝備！不知所措的優奈眼前出現一段自稱是神的對象所留下的訊息，訊息中竟然要求優奈「在異世界生活」。

這裡是異世界？

優奈誤以為來自神的訊息是遊戲的活動，開始尋找其他玩家。不過，在路上打倒的野狼竟然沒有變化為道具，使剛才的訊息漸漸開始有了真實感。這個時候傳來了有人呼救的聲音，優奈於是趕去救援，發現那裡有一名遭到野狼襲擊的少女。優奈使用熊熊裝備的力量救了她，並拜託這名叫做菲娜的少女帶自己前往克里莫尼亞城。

其名為血腥惡熊！

抵達城市的優奈看到自己鏡中的模樣，終於理解這裡真的是異世界。樂觀地決定開始享受異世界生活的優奈馬上出發去登記為冒險者，可是在冒險者公會，其他冒險者看到她穿著熊熊裝備，馬上靠過來找碴，不過優奈輕鬆打敗這群冒險者，正式成為F級冒險者。成為冒險者的優奈跟菲娜一起上街散步、測試魔法、輕鬆打倒哥布林王，轉眼間便升上D級，而她也因此有了「血腥惡熊」這個稱號。

召喚獸與熊熊屋

為了幫助代替生病的母親工作的菲娜，優奈把魔物的肢解工作委託給她，並跟她一起踏上狩獵虎狼的旅程。優奈在路上召喚熊緩與熊急這兩隻熊型召喚獸，還從熊熊箱裡取出熊熊造型的熊熊屋，讓菲娜大吃一驚，然後又輕鬆打倒了虎狼。回到城市的優奈為了讓菲娜有場地能進行肢解，一瞬間就建造出熊熊屋。

1 安利美特購入特典 與熊熊的相遇 海倫篇

今天的冒險者公會也擠滿了冒險者。又要一整天坐在櫃檯應付邋遢的男人們了。雖然也有些女性冒險者，男性卻是壓倒性的多。

我坐在櫃檯，看著冒險者拿著委託書走過來。我指示對方出示公會卡，確認委託書的內容，然後操作水晶板。

「來，那麼請加油吧。」

我用笑容目送冒險者。用笑容送行也是櫃檯人員的重要工作。冒險者的工作或多或少都伴隨著危險，我曾見過好幾名冒險者一去不復返。

「好的，是這份委託對吧？」

我著手處理新收到的委託書，然後目送冒險者離開。我不斷重複同樣的工作。

公會中的冒險者數量愈來愈少，即使如此，還是有冒險者留在這裡。

這個時候，有個奇裝異服的女孩從入口走了進來。

她打扮成熊的樣子，年齡看起來大約是十二、十三歲。

好可愛。

我第一次見到那種衣服。那麼可愛的衣服到底是從哪裡來的？因為穿的人是個可愛的女孩，所以很適合。如果是我來穿，肯定很怪。

打扮成熊的女孩一邊左顧右盼，一邊向我走來。

「我是第一次來。」

她的意思應該是第一次來冒險者公會吧。

難不成她想要在冒險者公會登記？確實只要滿十三歲就可以加入，卻很少有孩子會單獨加入。

為了確認，我向她發問。

「啊，好的，您想要加入冒險者公會是嗎？」

「我聽說那樣可以當作身分證明。」

原來她是來領身分證的。

若是這樣，我可以理解。

「是的，冒險者公會卡可以在任何國家使用。」

「那可以麻煩妳幫我辦嗎？」

我正要辦理公會的手續時，有冒險者從後面往女孩走來。他是D級冒險者戴波拉尼，雖然性格惡劣，卻擁有實力。

「喂喂喂，這種穿著奇怪衣服的小女孩要當冒險者？冒險者還真是被瞧不起了啊。就是因為有妳這種小女孩，冒險者的素質才會降低啦。」

戴波拉尼開始刁難女孩。我正要出言阻止的瞬間，女孩向戴波拉尼回嘴了。

兩人於是開始爭論。

這女孩的強勢態度究竟是從何而來？

戴波拉尼的長相凶狠，初次見到他的人都會退避三舍。

「櫃檯姊姊，這個人說的話是真的嗎？」

打扮成熊的女孩這麼問我，於是我開始說明冒險者公會的規定。

年齡必須在十三歲以上。

必須於一年內升至E級。E級的條件是能夠打倒哥布林或野狼等低階魔物。

如果無法符合條件，將會被剝奪會員資格。

當我解釋完，女孩說出了驚人之語。

「那我應該沒問題，我可以打倒野狼。」

聽到她可以打倒野狼，我很驚訝。新人冒

險者的第一道難關就是打倒野狼、哥布林等低階魔物。有不少人都敗給牠們，因此無法成為冒險者。

「哇哈哈哈，少騙人了，像妳這種小妹妹怎麼可能打贏野狼。」

我也不認為這麼小的女孩子能打倒野狼。

「這個人是什麼階級？」

聽到她這麼一問，我老實回答。

「這位是D級的戴波拉尼先生。」

「在後面看熱鬧或嘲笑我的那些人呢？」

「他們都是D級或E級的會員。」

「呵，這個冒險者公會的素質還真是低落。這種程度的人竟然有階級D。」

打扮成熊的女孩開始口出狂言。

她的這番話惹毛了冒險者們。

我已經無力阻止了。

啊啊，拜託妳，不要再激怒戴波拉尼了。

面對冒險者之間的糾紛，公會基本上是保持中立。可是熊女孩還不是冒險者，我們有義務幫助她。不過，我很怕戴波拉尼，不敢規勸他。

「這裡有可以進行比賽的地方嗎？」

熊女孩向戴波拉尼下戰帖。

不可能的，她贏不了。戴波拉尼不是一個小女孩能勝過的對手。

我試圖阻止，卻徒勞無功，只好眼睜睜看著他們兩個人的對決。

這個時候，女孩要求戴波拉尼等人立下毒誓。

「那如果你們贏了，我就放棄當冒險者，離開這裡。如果你們輸了，你們就要辭掉冒險者的工作然後離開，可以嗎？」

戴波拉尼答應了這個要求。

啊啊，妳為什麼要說這種話？

如果要領公會卡的話，只要趁戴波拉尼不在的時候再來就好了。

我很後悔自己沒能阻止她。

可是，我的後悔馬上就以相反的結果告終。

我完全搞不懂發生了什麼事。

一旦開始戰鬥，情勢幾乎是一面倒。女孩的動作很快，戴波拉尼的攻擊根本打不到她。

女孩用小刀抵住戴波拉尼的脖子。

「櫃檯姊姊，這場比賽是我贏了吧？」

「別開玩笑了，還沒有分出勝負。」

不管怎麼看都是熊女孩贏了。可是，戴波拉尼狠狠瞪著我。看到那張臉，我就無法開口宣布戴波拉尼輸了。因為我的沉默，比賽又再度開始。

女孩用敏捷的動作躲開戴波拉尼的攻勢，然後出手反擊。女孩的攻擊打中了戴波拉尼，甚至不斷毆打他，直到他的臉腫起來為止。戴波拉尼想要抵抗，卻被打到失去意識，連一根手指也動不了。

女孩走到我面前，要求我替戴波拉尼和他身邊的冒險者辦理退出公會的手續。我不能擅自那麼做。

可是，開始比賽時，戴波拉尼確實有說如果自己輸了，就要退出公會。

聽到女孩這一番話，其他冒險者表示憤怒，而且他們還打算團結起來對付這個女孩。

太危險了，為什麼事情會變成這樣？

我要阻止也為時已晚，比賽開始了。

多名冒險者包圍隻身一人的女孩，甚至有人在竊笑。

這時，女孩開始行動。在這一瞬間，有人往外飛了數公尺，接著不斷有人滾落到地面上，還有人的身體彎曲成了く字形。女孩脫離包圍，然後順勢起跑。她用極快的速度繞到冒險者旁邊，反應不及的冒險者們便挨了拳頭。

女孩每次出拳，穿著厚重防具的冒險者就會被打飛數公尺或是滾落地面。這幅景象實在令人難以置信。

最後，站在場上的人只剩下打扮成熊的女孩。

我是第一次見到這麼強又可愛的新人冒險者。

這就是我跟可愛熊熊的相遇。

2 與熊熊的相遇 露麗娜篇

7net購入特典

冒險者公會聯絡了我們，說是戴波拉尼受了傷。

為了準備明天的工作，今天是休假的日子。

工作內容是狩獵成群的哥布林。

我們的隊伍成員共有三名前衛、一名後衛。中前衛是雖然個性有點問題，卻很有實力的戴波拉尼，左前衛是仰慕著戴波拉尼的蘭滋，右前衛是沉默寡言的基爾，後衛是身為魔法師的我。在前衛擔負重責大任的戴波拉尼卻受了傷。

我們盡速趕到冒險者公會，發現失去意識的戴波拉尼被人抬到床上。他的臉都腫起來了。

「到底是誰對戴波拉尼先生做出這種事？」

蘭滋質問著一旁的公會會長。

對方好像是一個新進的小女孩，據說戴波拉尼對這個剛來公會登記的女孩挑釁。

竟然去找小女孩打架，這傢伙到底在做什麼呀。

那女孩聽說是打扮成熊的樣子。熊？我實在是想像不出來。據公會會長所說，她好像是個很可愛的女孩。那個小女孩迎戰戴波拉尼，反將他一軍，面對多名冒險者還獲得了壓倒性勝利。

那到底是什麼樣的女孩呀。

隔天，經過我們幾個隊伍成員的討論，得出了沒有戴波拉尼就無法安全達成委託的結論。雖然蘭滋因為取消委託就會在經歷中添上汙點而一直表示不願意，但我和基爾到現在終於說服了他。

我們三個人一起來到了冒險者公會，蘭滋就跑向前去。

「蘭滋？」

我追了上去，就看見蘭滋正在跟打扮成熊的女孩子說話。

「妳就是那個打倒戴波拉尼先生的女人嗎？」

我們面前有一個打扮成熊的女孩子。

真的是熊耶。

戴波拉尼就是輸給這個小小的熊女孩嗎？

雖然蘭滋很生氣，但我一想像到戴波拉尼輸給她的樣子，就忍不住想笑。

我正在心中偷偷發笑的時候，蘭滋也正在罵熊女孩。

照公會會長的說法來看，這個女孩並沒有錯。她反而是被害者吧。所以公會會長也沒有處罰她。

「蘭滋，別說了。公會會長不是已經說明過了嗎？那不是她的錯。」

可是，蘭滋還是無法息怒。他會喜歡戴波拉尼那種人還真是個謎。

我們在公會裡吵吵鬧鬧的時候，公會會長就過來了。

然後，他提出一個折衷的方法：

「你們只要帶優奈一起去就好。因為她已經證明自己比戴波拉尼更強了。」

要這個熊女孩代替戴波拉尼？

如果這女孩像傳言說的一樣強，那的確沒有問題，但熊女孩看起來並不願意。

可是，這也許真的是個好方法。如果這女孩有實力，我們就可以避免委託失敗，也可以拿到報酬。

交給蘭滋來談也沒辦法讓事情有所進展，所以我決定介入兩人之間的談話。

首先自我介紹，然後是委託內容，以及沒有戴波拉尼在就很難完成委託的理由。大致說明一次之後，她說出了非常異想天開的話：

「委託要交給我一個人處理。成功的紀錄可以讓給你們沒關係，報酬也全部都給你們。所以，我希望你們不要再讓戴波拉尼跟我扯上關係。」

關於戴波拉尼的事是沒關係，但怎麼可以讓她一個人去執行委託呢？不管優奈有多強，都不可能一個人打倒那些魔物。

如果是一對一，我可以打贏五十次。可是，如果是一對五十，情況就不同了。她或許做得到，但無法保證百分之百安全。

確認後方、看準時機發動魔法的時候都會伴隨著各種危險。能夠彌補這一點的就是隊友們了。

就常識來說，我們不可以讓女孩子自己一個人去。

我和蘭滋表示反對，優奈就指名我和她一起去。理由是因為我「最有常識」，她的這番話讓我很高興。

因為我也想要知道打倒戴波拉尼的優奈有多少實力，所以決定接受她的條件。

常識究竟是什麼呢？

走路要花三個小時的地方，被她用公主抱，只花三十分鐘就抵達了。

優奈說這是強化身體的魔法，她用魔力強化了體能。如果可以做到這種事，是能夠輕鬆打倒戴波拉尼。

我們來到村莊，見了村長，問到哥布林出沒的地點便出發。

優奈到底是什麼人呀？

竟然具有掌握魔物位置的能力。

她一個人毫不猶豫地不斷前進，同時還在途中打倒遇到的哥布林。

她也許真的不需要我，我做的事情只有挖取魔石和處理屍體而已。

優奈的腳步停下來了，前面的洞窟好像就是哥布林的巢穴。

優奈把洞窟附近的哥布林打倒，然後朝洞窟裡放出火焰，並將入口堵住。據她所說，哥布林會窒息死亡。

我們決定在哥布林的巢穴前休息一陣子。就常識來說，一般人應該是不可能在這種地方休息的。

過了一段時間，優奈露出疑惑的表情。

「怎麼了？」

「有一隻還活著。」

我的腦海中浮現出哥布林王這個名詞。

我這麼告訴優奈，她就將堵住入口的岩石移開了。

有一隻比普通哥布林更大隻的詭異哥布林從洞窟中現身，那毫無疑問是哥布林王。

優奈一個人面對牠，開始戰鬥。優奈逐漸占有優勢。她用魔法在地面上挖了一個洞，讓哥布林王掉下去，再從洞穴上方對牠使用魔法攻擊。

我心想這樣真的好嗎，根本沒有必要和那種怪物正面對決。

優奈結束攻擊，讓地面隆起，滿臉氣炸表情的哥布林王就倒在那裡。

「牠是真的死了吧？」

我這麼一問，優奈就點點頭。

雖然我放心了，但接下來才是地獄。

我要去挖取洞窟內的哥布林身上的魔石。

我拜託優奈幫忙，但被拒絕了。

雖然說挖取魔石的確是我的工作沒錯。

我從優奈那裡借來熊熊形狀的光球，一個人走進洞窟。

就像優奈說的一樣，我一進去就看到裡面倒著許多哥布林。

我真的要獨自挖這麼多魔石嗎？

我一個人寂寞地被熊熊形狀的光球照耀著，做著挖取魔石的工作。

結束挖取工作的我一邊揉著腰一邊走出洞窟，卻看見有一面四方型的土牆。

能做出這種東西的人只有一個。牆壁上開著一個人頭大小的洞，我往裡面一看，發現優奈正在睡覺。

人家在辛苦挖魔石的時候，她竟然在睡覺。

「優奈！優奈！醒醒呀。」

因為沒有入口，所以我朝小小的洞裡喊叫。

優奈醒來了。

我一告訴她挖取魔石的工作已經結束，她便決定要在當天回到克里莫尼亞。

當然，回程也是被公主抱。來到克里莫尼亞附近的時候，我拜託她放我下來，但她不聽我的話，害我被衛兵用奇怪的眼神看待了。

這就是我和打扮成熊的女孩——優奈相遇的故事。

3 合作書店購入特典 與熊熊的相遇 艾蕾娜篇

我今天也一個人顧櫃檯。再過一陣子就要到晚餐時間了，爸爸和媽媽都正在忙著備料。

我的工作是清潔桌面和地板、洗衣服、處理房客的入住事宜。事情全部做完之後，我在工作開始忙碌的前一段時間坐在吧檯休息，這個時候門被打開，有個穿著黑色衣服的女孩子走了進來。

熊？

走進來的人是個打扮成可愛熊熊的女孩子。

「歡、歡迎光臨？」

我恢復思考，看著這個熊女孩。

女孩走到我面前，表示自己想要住宿。我們這裡是旅館，所以當然可以住宿。可是，除了女孩之外，沒有其他人走進來。女孩只有一個人，她沒有家人嗎？

「好的，沒有問題。」

這孩子的家人不知道怎麼樣了，竟然讓這麼可愛的女孩子孤單一個人。

我一邊想著這種事，一邊說明著旅館的費用和用餐時間，接著她便決定要住宿十天並附帶餐點。

我一說明浴室的事情，女孩就高興起來。

一般的旅館都會有浴室。既然她連這種事也不知道，就表示她應該是第一次住旅館吧。

她真的有錢嗎？可是，女孩身上穿的熊熊裝看起來好像是高級毛皮。

雖然我以前見過各式各樣的客人，卻是第

一次遇到這種令人難以想像的客人。

總而言之，她有可能是某戶人家的千金小姐，所以接待她的時候不可以失禮。

大致聽完說明的女孩付了十天份的金額給我。

這個時候，我注意到少女的手。她的手戴著一雙熊熊造型的可愛手套。

因為實在是太可愛，我忍不住在收下錢的瞬間捏了幾下那隻熊。

「哇，不好意思。因為它很可愛。您要下訂十天的住宿和餐點對吧。餐點馬上就可以準備好，請您在座位上稍等。啊，我是這間旅館的女兒，我叫做艾蕾娜。請您多多指教。」

「我是優奈，暫時要麻煩妳了。」

她的名字好像叫做優奈。看來她好像沒有生氣，太好了。

我告訴父母有個看似大小姐的女孩來住宿，他們就問我是不是真的。

就算這麼問我，我也不知道。不過，我說她穿的熊毛皮看起來很高級，還一次付清了十天份的住宿費用。

爸媽稍微煩惱了一陣子，然後開始用店裡有的食材做出美味的晚餐。

吃到這些料理的優奈小姐很高興，讓我們鬆了一口氣。

她吃完飯以後，我領著她到她的房間。

雖然有點小，但這樣的空間對一個人來說已經很夠了。如果她抱怨的話，我本來打算幫她換房間，但優奈小姐對我道了謝便走進房間裡。

過了一段時間，優奈小姐下樓來了。她說她想要洗澡，我問她是否需要我教她使用方法，她就拜託我了。

她果然是第一次在旅館洗澡。

在大致說明一次的過程中，她一臉不可思議地看著熱水從魔石流出來的表情讓我印象深刻。這明明就是一般人的常識，真的有人會連這種事都不知道嗎？

雖然我開始有點擔心，但優奈小姐洗完澡出來以後對我道謝，然後就回到房間裡了。

她會好好道謝，也很有禮貌。她的家教很好。

她果然是個好人家的大小姐吧？

隔天，優奈小姐一大早便起床，津津有味地吃著早餐。

正當我在思考這個女孩到底是何方神聖的時候，她便向我詢問冒險者公會的地點了。

「請問您要去那裡做什麼呢？」

我覺得很在意，於是試著問道。

「總之我想先去當一下冒險者。」

冒險者！這麼小的女孩子當冒險者嗎？

雖然冒險者的年齡限制的確只有十三歲，但大多數的孩子都會有認識的年長者陪同。這些人可能是兄弟姊妹、父母、朋友等各種關係，但很少有人會單獨成為冒險者，幾乎只有生活困苦的孤兒會這麼做。

可是，就算這位優奈小姐是孤兒，看起來也不像是生活困苦的樣子。

她該不會是離家出走的某個貴族女兒吧！

「呃，請問您有認識的人是冒險者嗎？」

我試著委婉地問她。

如果她有認識的冒險者就算了，要是沒有的話，冒險者的工作並沒有簡單到可以讓這麼小的女孩子單獨勝任。我從小就一直看著新人冒險者到現在。

早上我用笑容目送的冒險者再也沒有回來旅館認領行李的情況，我也曾經遇過好幾次，有時候也有人會帶著重傷回來。這麼小的女孩竟然想要去成為那麼辛苦的冒險者。

「沒有耶。該不會沒有人介紹就不能成為冒險者吧？」

「不，是沒有這回事啦……」

優奈小姐聽了我的話就安心了。

她沒有認識的冒險者。當我正在煩惱要不要阻止她的時候，優奈小姐就對我道謝，走出了旅館。雖然很擔心，但我也有旅館的工作要忙。

到了中午，同時作為用餐地點提供服務的旅館也會忙碌起來。在這之前，我一直擔心著去了冒險者公會的熊女孩，但又因為用餐時段太忙而忘記，這時候我聽到了「熊」這個單詞。我對這個詞有了反應，側耳傾聽。

「我聽說有個打扮成熊的女孩子痛扁了冒險者一頓，是真的嗎？」

「對啊，是真的。我實在是有點擔心，所以去看了一下。很不得了喔，那個階級D的戴波拉尼完全拿她沒辦法，被單方面壓著打呢。」

「真的嗎！唉，我也好想看喔。」

「在那之後的多人對熊之戰也很厲害，人都被打飛了。」

「你應該有誇大吧。」

公會職員的笑聲傳了過來。

他們說的熊女孩應該就是優奈小姐吧。竟然可以打倒階級D的冒險者，優奈小姐到底是什麼人？

就好像我的這種困惑一點也不重要似的，優奈小姐回來吃了午餐。

雖然我很想發問，但是因為店裡太忙了，我沒能問到。嗯～～要是晚上有空，真想問問她。

幾天後的中午。我像往常一樣忙碌的時候，又聽到了「熊」這個單詞。

「喂，你聽說熊的事了嗎？」

「不，我沒聽說過。」

「我聽說她一個人狩獵了一百隻哥布林，還打倒了哥布林王耶。」

「你要說謊也說個真實一點的吧。」

「不，是真的啦。」

他們的聲音傳了過來。

一百隻哥布林和哥布林王，我想應該不可能有人會受騙，就算是對魔物不清楚的我也知道。可是，又有別的男性加入了這段對話。

「不，那件事是真的，因為我有看到。」

「真的嗎？」

「我看到和她在一起的露麗娜拿出一百個哥布林的魔石，然後那隻熊拿出了哥布林王。」

「真的假的。可是，也許那隻熊真的做得到。」

「因為她是熊嘛。」

他們熱烈地聊著熊的故事，在吃完飯後走出了旅館。

雖然我還想要多聽一些關於熊小姐的事，但是也沒辦法。

然後又過了幾天。

我聽說熊熊打倒虎狼的故事了。

優奈小姐，您到底是什麼人呀！

熊熊勇闖異世界

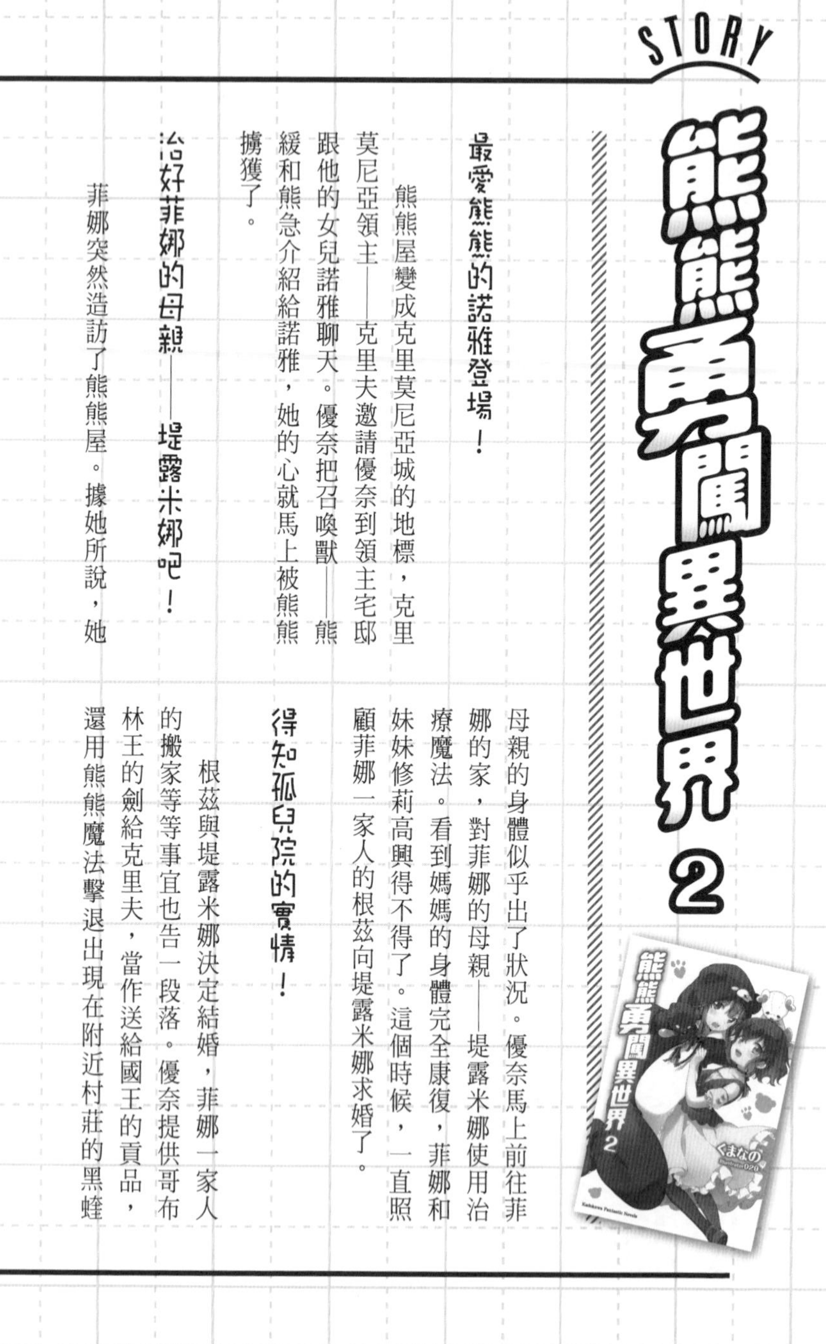

STORY

熊熊勇闖異世界 2

最愛熊熊的諾雅登場！

熊熊屋變成克里莫尼亞城的地標，克里莫尼亞領主——克里夫邀請優奈到領主宅邸跟他的女兒諾雅聊天。優奈把召喚獸——熊緩和熊急介紹給諾雅，她的心就馬上被熊熊擄獲了。

治好菲娜的母親——堤露米娜吧！

菲娜突然造訪了熊熊屋。據她所說，她母親的身體似乎出了狀況。優奈馬上前往菲娜的家，對菲娜的母親——堤露米娜使用治療魔法。看到媽媽的身體完全康復，菲娜和妹妹修莉高興得不得了。這個時候，一直照顧菲娜一家人的根茲向堤露米娜求婚了。

得知孤兒院的實情！

根茲與堤露米娜決定結婚，菲娜一家人的搬家等等事宜也告一段落。優奈提供哥布林王的劍給克里夫，當作送給國王的貢品，還用熊熊魔法擊退出現在附近村莊的黑蝰

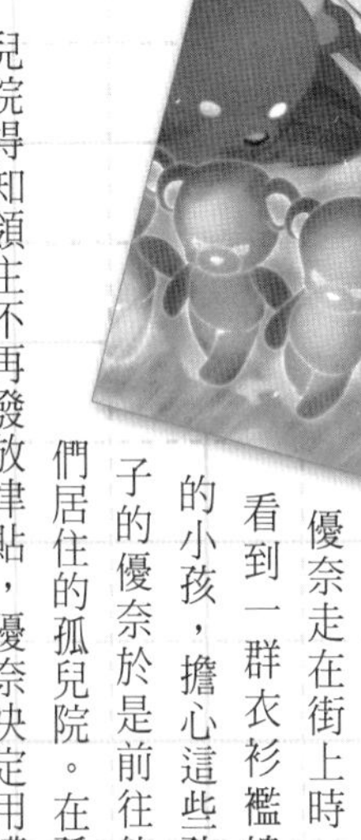

蛇，很享受異世界的生活。某天，

優奈走在街上時，看到一群衣衫襤褸的小孩，擔心這些孩子的優奈於是前往他們居住的孤兒院。在孤兒院得知領主不再發放津貼，優奈決定用遭遇黑蝰蛇的村莊所產的咕咕鳥蛋來重建孤兒院。優奈順利與商業公會的米蕾奴簽訂蛋的買賣契約，因為對停止發放津貼的領主感到不滿而設下了不賣蛋給領主的條件。得知這件事的克里夫出面質問，從優奈口中聽說了理由，迅速抓住涉入其中的惡人，向優奈道歉。

對了，來做布丁吧！

獲得許多蛋的優奈決定製作布丁。優奈所做的布丁在菲娜等孩子們之間大受歡迎。優奈帶布丁去領主宅邸拜訪諾雅的時候，從克里夫那裡接到護衛諾雅去王都參加國王誕辰的委託。優奈接下委託後，心想機會難得，於是請求堤露米娜允許自己帶菲娜一起去王都。

4 安利美特購入特典 與熊熊的相遇 克里夫篇

今天，我透過衛兵的報告得知了奇怪的消息。

一般來說，這樣的案件並不會上報到我這裡。

這件事本該由管理衛兵的隊長來處理。如果隊長認為自己無法處理，就會通知我。

我還以為發生了什麼問題，原來是有一名沒有居民卡也沒有公會卡的女孩來到城裡了。

這種事情可說是家常便飯，沒有居民卡或公會卡的人來到城裡並不是什麼稀奇的事。

我繼續閱讀報告書，發現對女孩的裝扮描述中寫著「熊」。

簡直莫名其妙。熊的裝扮到底是什麼裝扮啊？

沒有犯罪經歷，除此之外也沒有任何詳細的描述，上頭只寫著她打扮成熊的樣子。

把這種事情轉達給我，到底是要我怎麼辦？

既然沒有犯罪經歷，那就沒有任何問題，只不過是有個披著熊皮的女人來了，根本沒必要向我報告。

我假裝沒看到這份報告書，伸手去拿下一份文件。

幾天後，冒險者公會送來一份請願書。

內容寫著打扮成熊的女人成了冒險者，有可能會引發麻煩。如果是冒險者惹了事端，冒險者公會會處理，所以希望我能通知在城內巡邏的衛兵。

打扮成熊的女人成了冒險者？

先前進城的熊當上冒險者了嗎？

就算如此，為什麼冒險者公會要做到這個地步？

簡直莫名其妙。

我把請願書扔向桌子，它在桌面上滑行，然後落到地上。

端茶過來的管家——倫多撿起了請願書。

「熊……是嗎？」

「簡直莫名其妙。不過，那是冒險者公會的會長送來的請願書，我可不能視而不見。」

「啊，這是指那件事吧？」

「怎麼，你知道嗎？」

「屬下只聽過一點風聲，據說有熊在冒險者公會大鬧了一場。」

「在冒險者公會大鬧了一場？」

「是的，據說有冒險者騷擾去公會辦理登記的熊，因而引發了爭吵。」

「所以就寄了請願書來啊。」

冒險者公會面對冒險者之間的紛爭理應保持中立，會長卻寄了請願書給我。我寫下一段簡單的訊息給警備隊長，吩咐倫多轉交。

我一如往常地做著今天的工作時，管家倫多端茶過來了。

「克里夫大人，請問您知道關於熊的新傳聞嗎？」

「不，在那之後我就一直沒有收到報告。那隻熊又怎麼了嗎？」

我感到好奇，於是暫時休息，這麼向倫多問道。

據他所說，熊加入冒險者公會後，在短短幾天之內狩獵了數十隻野狼。

而且熊還去狩獵哥布林，把一百隻哥布林與當時遇到的哥布林王全都打倒了。

「那是真的嗎？」

哥布林王是很凶猛的魔物。牠會命令手下的哥布林，是具有領導能力的棘手魔物。哥布林王本身也很強，要好幾名冒險者團結起來才能打倒。

光是一百隻哥布林就很驚人了，竟然還能打倒哥布林王，那隻熊到底是多麼壯碩的女人？

她或許有著高達兩百公分的魁梧身材吧。

「她是女人沒錯吧？」

「是的，據說是女性。」

到底是什麼樣的女人？

真可怕。

在這一天的晚餐時間，我跟女兒諾雅一起吃飯時，她說自己在散步時看到熊了。

那隻熊似乎一舉擊退了過來找麻煩的冒險者。

諾雅說她非常強，又很可愛。聽過倫多所說的話，我知道她很強，但穿著熊皮能算可愛嗎？我試著想像，卻不覺得可愛。

女兒很開心地聊著熊的話題，於是我也說起自己從倫多口中聽說的傳聞。

後來過了幾天，替我端茶的倫多又帶來了關於熊的情報。

我總是會想，他到底是從哪裡聽說這些事的？

「據說她打倒了兩隻虎狼。」

「一個人嗎？」

一般來說，虎狼也跟哥布林王一樣，是要多人合作才能打倒的魔物。除非是非常優秀的冒險者，否則不會想要獨自挑戰。

「聽說是如此。」

我很歡迎這麼優秀的冒險者來到這座城市，卻不想接近對方。

我的腦中浮現一名身披熊皮的壯碩女人。

我說出自己對那隻熊的想像，倫多的回應卻出乎我的意料。

「不，她是長得很可愛的女孩子。」

「女孩子？」

「是的，雖然我也只是在遠處觀望。考量到冒險者的規定，年紀應該是十三歲左右吧。」

「十三歲？倫多，你是在跟我開玩笑嗎？」

世界上哪裡有能打倒哥布林王和虎狼的十三歲冒險者？

「屬下怎麼敢開克里夫大人的玩笑呢？」

「那麼，你是說那個十三歲的女孩子真的打倒了哥布林王和虎狼嗎？」

「很有可能是事實。哥布林王和虎狼的屍體與魔石都已經經過確認了。」

「實在讓人難以置信。」

「另外，正如諾雅兒大人所說，她的裝扮是非常可愛的熊造型。」

或許是回想起了她的裝扮，倫多不禁微笑。

簡直莫名其妙。熊是很凶暴的動物吧，可愛的熊造型到底是什麼裝扮？她不是披著熊的毛皮嗎？

我喝著茶，閱讀最上方的文件。

這是衛兵送來的文件。

什麼？

我確認這份報告書，內容正好提及我們剛才聊到的熊女孩。報告書上寫著身為冒險者的熊召喚了熊。

熊召喚了熊是什麼意思？給我寫得好懂一點啊。

「倫多，你知道這件事嗎？」

我把來自衛兵的文件遞給倫多。倫多看完文件後說道：

「是的，屬下有聽聞一點風聲。據說那名

打扮成熊的女孩召喚了兩隻熊來代步。」

「兩隻？」

「據說是一隻黑熊與一隻白熊。」

所以說，熊女孩召喚了外型是熊的召喚獸嗎？

不過，我還真想看看那種召喚獸。

隔天的晚餐時間，我女兒諾雅說她見到了熊造型的房子。熊造型的房子？我試著想像，卻沒有概念。

據說那個打扮成熊的女孩子就住在那棟熊造型的房子裡。

為了見她，我女兒在那裡等了一陣子，卻沒有見到她。

「既然妳這麼想見她，要不要我叫她來這裡？」

聽到我這麼說，女兒諾雅很高興。

我吩咐倫多蒐集熊的情報，如果沒有危險就邀請她來家裡作客。

好了，她究竟會是個什麼樣的女孩呢？我有點期待她的到來。

5 合作書店購入特典 與熊熊的相遇 諾雅篇

好久沒有外出了。

念書、念書、念書，真的好煩。

為了轉換心情，我跑到街上閒晃。

有沒有什麼有趣的事情呢？

「喂，那邊那個穿著奇怪衣服的女人！」

附近傳來男人叫住某人的聲音。

有什麼糾紛嗎？真討厭。

「妳是新人吧，都不知道要跟我打招呼嗎？」

「不知道。」

看來好像有人在那邊爭吵。

看向聲音傳來的方向，那裡有冒險者和……一個打扮成熊？的女孩。

那應該……是熊吧。

她裝扮成一隻黑熊的樣子。仔細一看，會發現她的手上還戴著黑色和白色的熊熊手套。

因為我實在太震驚了，所以忍不住盯著打扮成熊的女孩看。

有四名冒險者正在對穿著熊熊裝的女孩找碴。

那個女孩感覺是比我要年長幾歲的大姊姊吧，大概是十三歲左右嗎？

因為冒險者中有很多野蠻的人，所以我不喜歡。周圍沒有任何人願意出手幫助那個女孩。

我雖然想要幫她，但我當然幫不上忙。

「妳穿成這個樣子是瞧不起冒險者嗎！」

5 與熊熊的相遇 諾雅篇

那個穿著熊熊服裝的女孩是冒險者嗎！

真是令人驚訝的事實。

「我才沒有瞧不起冒險者，我想要穿什麼衣服是我的自由吧。」

「菜鳥應該要跟前輩打招呼。」

「什麼前輩，你們看起來也很像菜鳥耶。」

「就算只有三個月，我們也是妳的前輩。」

熊熊看著四名冒險者，笑了出來。

可能是覺得熊熊的態度惡劣，四名冒險者開始發怒了。

周圍傳出「別這樣」「勸你們不要」「會死人的」等聲音。

我本來以為這些話是在對熊熊說的，但好像不是。這些話是對那四名冒險者說的。

可是，那四名冒險者大概聽不進去，也已經太遲了。

男性冒險者抓住熊熊的肩膀那瞬間，他就往天上飛了出去。

原來人類也會飛呀……

一個人飛出去，第二個人也飛出去，第三個人飛出去之後，第四個人也飛了出去。

我往天上看去，發現人影就像米粒一樣小到看不見。

「呀啊啊啊啊啊啊啊啊啊啊啊啊啊啊！」

「媽、媽媽——————！」

「救命啊～～」

「…………」

冒險者們向下墜落。

人類果然不會飛。這種事大家都知道，他們會掉下來，他們會死。就算是我這種小孩子，也知道人從那種高度掉下來會死掉，他們會掉到地面上。熊熊在這個瞬間做了某件事。

然後，四周揚起了一陣沙塵。

冒險者們摔落到地面上，現場的每個人都

以為自己看到了他們死亡的瞬間。

可是，冒險者們並沒有死。因為他們又再次往天上飛了起來。

「呀啊啊啊啊啊啊啊啊啊啊啊啊啊！」

「媽媽————！」

「…………」

「…………」

這幅景象不斷重複了好幾次。冒險者飛到天上，然後墜落下來。

最後，冒險者們慢慢掉了下來。

冒險者倒在地面上，沒有一個站得起來。

他們口吐白沫，翻著白眼。

熊熊好厲害。

熊熊靠近冒險者們。她伸出手，手上的熊熊玩偶便從嘴巴裡噴出水，澆在男人們的頭上。

看來她好像是要強迫失去意識的冒險者醒過來。

男人們看著熊熊發抖，那一定不是因為被水潑溼而覺得冷的關係。男人們把頭抵在地上，對她再三道歉。

熊熊一臉無趣地離開了。

我看到了非常不得了的事情。

我很興奮地把今天所看到的事情告訴了父親大人。

「喔，是傳聞中的那個熊啊。」

「父親大人您知道那個熊熊的事嗎？」

「因為到處都有人向我報告這件事。」

原來熊熊是一位名人呀。

「父親大人，請告訴我關於熊熊的故事。」

我接下來聽到的故事內容令人非常難以置信。

她在登記為冒險者之後的幾天內打倒了數十隻野狼，也打倒了一百隻哥布林，好像連一

起出現的哥布林王都被她打倒了。

哥布林王，我以前聽說過，牠比哥布林更凶惡也很強，我聽說牠強到要好幾名冒險者合力才能夠打倒。

竟然可以打倒那種魔物，熊熊真厲害。

而且不只如此，她好像還打倒了虎狼。

虎狼是比野狼更大隻的魔物。家裡也有虎狼的毛皮，牠非常龐大。那個熊熊竟然能夠打倒牠，真令人不敢相信。

今天的課程已經結束，因為下午是自由時間，所以我來到街上探險。

好想見到熊熊喔，到冒險者公會是不是就可以見到她了呢？

我邊走邊想著這種事情，卻聽到有人說著「你看過熊的房子了嗎？」「是在不知不覺中蓋起來的吧」「聽說裡面住的也是熊耶」「該不會是那個熊吧？」。

熊的房子？

我聽不懂他們在說什麼，熊的房子是什麼樣的房子呢？

我很有興趣，我根據自己偷聽到的情報去尋找熊的房子。

很簡單就找到了。

因為有很多人遠遠地圍著那棟房子。

我從人群的縫隙中看著傳聞中的熊熊房子。

是熊的房子，真的有熊，這是熊熊的家。

也許我能見到住在裡面的熊熊。

雖然我等了一陣子，卻沒有見到她。

真是可惜。

我把今天的事情告訴父親大人以後……

「既然妳這麼想見她，要不要我叫她來這裡？」

他便說出了這種話。

「真的可以嗎？」

「嗯，因為我也想見她一面。」

我好高興，可以見到熊熊了。

我期待得不得了。

然後，今天就是期待已久的熊熊到訪日。

在熊熊過來以前，我還得念書才行，可是我卻因為太在意熊熊什麼時候要過來而無法專心念書。我興奮地等著熊熊，這時候女僕菈菈小姐來到我的房間裡。該不會是熊熊來了吧！

可能是我的舉動太好懂了，菈菈小姐帶著笑容告訴我熊熊已經來了。

我忍著想要跑過去的心情，和菈菈小姐一起走向熊熊所在的房間。

熊熊就在這扇門後面吧。菈菈小姐敲敲門，然後打開門。

她是什麼樣的人呢？不知道她願不願意讓我抱抱。

我帶著高興的心情走進有熊熊在的房間。

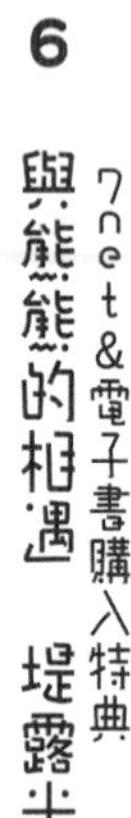

6 7net&電子書購入特典 與熊熊的相遇 堤露米娜篇

多虧一個打扮成熊的奇妙女孩，我的病治好了。

我從來沒有想過自己可以從病痛中解脫，我一直認為解脫的那一天就是我的忌日。

我從來沒有想過自己可以回到和女兒們一起過著快樂生活的日子。

我對打扮成熊的女孩——優奈有說不盡的感謝。

當我表示想要回報她，她便微笑著說出了一句不得了的話：

「為了菲娜她們，你們兩個人就一起生活吧。」

自從丈夫過世以後，根茲的確很照顧我。他會幫生病的我準備藥品，也會替我的女兒介紹工作。

因為我們還是冒險者的時候就曾經一起行動過，所以並非互不熟識。

我這幾年一直很依賴他。他也對我的女兒很好，非常照顧她。

要問我是否喜歡他，我也不知道。如果問我是否討厭他，答案是不討厭。

可是，根茲認真地說他喜歡我的時候，我很高興。這個時候，我也覺得自己是喜歡他的。

女兒們也同意了我們的婚事，當時根茲高興的神情讓我印象深刻。

然後，我們找了可以四個人居住的地方，並且搬家到新居。

搬家時也多虧有優奈的幫忙，很快就搬完了，我們真的老是受到她的照顧。就算想要報恩，我也想不出方法。我從來不覺得和根茲結婚就算是有回報她。

她是為了我們著想，才會要我們結婚的。

她不只救了我的女兒免於被魔物攻擊，還分享食材給她。

我和我的女兒都欠下了還也還不完的恩情。即使是一點一滴，我們也必須回報她。

總而言之，金錢是有限的，既然已經恢復健康，我就得去工作。金錢是有限的，雖然根茲在冒險者公會工作，但因為買下房子，他的存款也減少了。而且以後說不定還會有誰生病。為了防範未然，儲蓄是必要的。

「我在想要不要當冒險者。」

吃飯的時候，我對大家提起這件事。

「我也可以打倒野狼，所以想要接一些低階級的委託。」

我以前是冒險者，好歹也可以一個人打倒野狼。這麼做可以減輕家計的負擔，也可以存錢。

雖然我是認為這個點子不錯才向大家提議的，卻受到全家人的反對。

「不行，我不能讓妳去做那麼危險的工作。」

「沒問題的，你也知道我好歹可以打倒野狼吧。」

「妳也不想想自己已經從冒險者退休幾年了。空窗期太久了，很危險的！」

根茲強烈反對。

「就是呀，媽媽，太危險了。」

「媽媽，不可以做危險的事。」

女兒從左右兩側抱住我。

「沒事的，我不會勉強自己。而且我們也需要錢呀。」

「妳想要留下孩子去死嗎！妳就這麼不相

信我的賺錢能力嗎！」

「我不是這個意思。搬家的時候花了不少錢，以後也會需要用錢吧。」

「我會工作的。我會去拜託優奈姊姊，請她多給我一些肢解的工作。」

連菲娜都開始說出這種話。

雖然我拚了命說服大家，卻一下子是根茲生氣，一下子是女兒哭了出來，讓我們這頓飯吃得非常辛苦。因為遭到全家的反對，我決定放棄當冒險者，去商業公會請人介紹工作，他們才終於接受。

大家真會瞎操心。

隔天，我出發去商業公會尋找工作。

結果，我在公會前遇到了打扮成熊的優奈。

她問了我出現在商業公會的理由，我便向她說明在家族會議上發生的事。

結果，優奈提議了一件不得了的事：

「堤露米娜小姐，妳要不要在我這裡工作？」

她說因為要做生意，所以希望我可以幫忙。

我為了聆聽事情的詳細內容而來到優奈的家，是熊的房子，不管看幾次都很驚人。

工作內容似乎是販售蛋。而且她好像買下了孤兒院附近的土地，還蓋了建築物。她已經準備好鳥兒，以後似乎還會不斷地增加。

我聽了這些話都愣住了。優奈，妳不是冒險者嗎？

不過，雖然她在說明的過程中講了好幾次「因為我想吃蛋，所以這是為了我自己」，但我知道她是為了孤兒院的孩子們才會這麼做的。她真的是一個很善良的女孩。

打扮成熊的善良女孩救了菲娜、幫助了我，還在根茲與我的背後推了一把。

所以，我決定一口答應優奈給我的工作。

我想要盡量回報優奈的恩情，也想要幫助為了孤兒院的孩子們而努力的優奈。

我前往商業公會聽取詳細的說明，才知道這份工作會接觸到相當大的金額。但優奈卻打算把全部的銷售所得都交給我保管。

雖然我很高興她願意信任我，但數目實在是太大了。

我們決定把銷售所得分別匯到優奈和我的公會戶頭裡。

我要負責管理的錢有薪水和必要經費等等。其他的銷售所得會全部匯到優奈的公會戶頭裡。

優奈的金錢觀到底是怎麼回事呢？可是，觀察她的行為就會發現，她並不是想要賺錢。就算問她，她大概也會說是為了蛋吧。她真的是一個善良的女孩子。

然後，我開始工作了。

一開始鳥兒的數量並不多，但優奈不知道從哪裡把鳥兒運送過來，數量逐漸開始增加。

蛋在數量少的時候可以賣到比較高的價錢，隨著數量增加，單價也會漸漸下降。

這樣的話，考量到工作量，販售少量但高價的商品或許會比較輕鬆。

可是優奈卻笑著說如果增加蛋的數量，讓單價降低，大家就都吃得起蛋了吧。

如果單價高，說不定就會出現竊賊或強盜。那樣的話有可能會讓孤兒院的孩子們遇到危險。可是如果單價低，商品就不值得偷竊，孩子們也就不會遇到危險，優奈是這麼想的。

她不考慮是否賺錢，只替孤兒院的孩子們設想，也想讓所有人都吃得起蛋。

這讓我忍不住懷疑她是不是真的只有十五歲。

如果人家說她是富商的女兒，我說不定真

的會相信。

她是穿著熊熊裝的善良女孩，也是我女兒很重要的朋友。為了多少回報她的恩情，我要努力。

可是，我有拿到薪水，這樣可以算是向她報恩嗎？

好，今天也要工作，加油吧。

Kuma Kuma Kuma Bear
VOL.1

ILLUSTRATION GALLERY

Kuma Kuma Kuma Bear
VOL.2

STORY

熊熊勇闖異世界 3

在王都也要建造熊熊屋！

　接下護衛諾雅到王都的委託，優奈帶著菲娜一起前往王都。優奈在途中救了被魔物襲擊的諾雅的熟人——貴族葛蘭與其孫女米莎，還打敗了盜賊，之後順利抵達王都。在諾雅家的宅邸，優奈對諾雅的媽媽——艾蕾羅拉的年輕外表感到驚訝，又接下了姊姊希雅的挑戰，在宅邸住了一晚。可是，難得在貴族的宅邸過夜，菲娜卻心神不寧，於是優奈決定也在王都建造一棟熊熊屋。買下王都的土地後，優奈馬上建造了熊熊屋。

參觀城堡並創作繪本

　踏上王都大街的優奈找到馬鈴薯，做了洋芋片，又在冒險者公會認識了會長莎妮亞，還找到起司來做披薩，非常享受王都的觀光之旅。除此之外，優奈跟著

艾蕾羅拉一起去參觀城堡，受到初次見面的芙蘿拉公主青睞，於是替她創作了繪本。

打倒一萬隻魔物吧！

優奈正在享受王都之旅時，聽聞有魔物群出現在附近，使冒險者公會掀起騷動。諾雅很擔心正要前來王都的克里夫，為了讓她安心，優奈殲滅了一萬隻魔物，然後與克里夫會合，返回王都。意外地拯救了王國脫離險境的優奈接到國王的召見，不甘願地答應下來。

在謁見國王時與芙蘿拉公主重逢的優奈提供了布丁給國王一家人，獲得好評。

遇見麵包師傅

優奈在王都的街上散步時，找到了一家手藝很好的麵包店。可是經營這家店的莫琳因為亡夫欠下的債務，遇上了糾紛。得知其困境的優奈邀請莫琳和她的女兒卡琳一起來克里莫尼亞城，在自己即將開幕的店裡工作。後來，母女在熊熊屋商量今後的事時，討債的商人來到熊熊屋，對不知為何剛好前來委託優奈製作布丁的國王說出失禮的話，當場被逮捕。參加完國王誕辰，優奈跟莫琳和她的女兒卡琳約好在克里莫尼亞城見面，然後離開了王都。

7 電子書購入特典 期待和熊熊一起出門的諾雅

我明天竟然要和優奈小姐一起去王都了。

「妳可不要給優奈添太多麻煩了。」

我高興地吃著飯，被父親大人唸了一句。

那是不可能的，我可不會做出會被優奈小姐討厭的事。如果她討厭我，我就再也不能騎熊熊了。

而且那樣也會再也吃不到叫做布丁的點心，我只要回想起來，就會想要再吃一次。

「見到艾蕾羅拉之後，優奈的事情就拜託妳了。我已經寫了信，但如果艾蕾羅拉快要失控，妳要幫忙阻止她。」

雖然我覺得母親大人不會對優奈小姐做出過分的事，但應該會捉弄她，希望她看到優奈小姐的打扮不會笑出來。我要注意這些問題才行。

如果母親大人失控，給優奈小姐添麻煩的話，我也有可能會被討厭。

「我、我知道了，我會努力的。」

父親大人說「交給妳了」，再三叮嚀我。

為了熊熊，我要加油。

我做好明天的準備，在洗完澡之後想著明天的事。

我們不坐馬車，要騎熊熊來移動。

在前往王都的幾天內都可以和熊熊在一起，真是幸福。

「明天怎麼不快點來呢？」

「只要早點睡，明天馬上就到了。」

在睡前幫我梳頭髮的女僕菈菈對我這麼說。

菈菈很仔細又溫柔地梳著我的頭髮。

「諾雅兒大人真的很喜歡熊熊呢。」

「當然了，牠們那麼柔軟，又那麼溫暖，我已經期待得不得了了。」

我沒辦法忘記當時的觸感，因為太舒服，我甚至睡著了。

「是呀。我一開始也覺得很可怕，和優奈大人與牠們在一起之後，我才發現牠們是很溫馴的好孩子。」

「就是呀。我對牠們說話，牠們都會回應我喔。我拜託牠們載我，牠們就會坐下來；我拜託牠們停下來，牠們就會停下來；真是可愛得不得了。我也好想要熊熊喔。」

我開心地左右搖晃著頭，就被菈菈壓住頭了，我覺得有點痛。

「呵呵，那可不行喔。那些熊熊是優奈大人的召喚獸，不可以說您想要，讓優奈大人困擾喔。」

「我知道。唉，可是，我好期待明天喔。」

菈菈說頭髮的保養已經結束了。

我對菈菈道謝，鑽進被窩。

「那麼為了明天，您可要早點睡覺。我會為您關燈，請好好休息。」

菈菈把房間的燈關掉。

「嗯。晚安，菈菈。」

「晚安，諾雅兒大人。」

雖然我很興奮地期待著明天，卻馬上進入了夢鄉。

隔天，可能是因為早睡，我很早就醒了。

菈菈好像也才剛起床，一注意到我就露出驚訝的表情。

「諾雅兒大人，您起得真早。」

「因為後來我馬上就睡了嘛，接下來只要等優奈小姐過來就好了。」

「在那之前，我會替您準備早餐，請您稍等。」

我正在吃早餐的時候，父親大人過來了。

他很驚訝我已經起床了。

我早起有這麼稀奇嗎？

真是失禮。

吃完早餐之後，我從座位上站起來。

「我要去外面等優奈小姐。」

「不會太早了嗎？」

「她有可能會早點過來呀。」

我回到房間拿了道具袋，然後走到外面。

優奈小姐怎麼不快點來呢？

可是，不管我等多久，優奈小姐都沒有來。

她遲到了。

可是，過來看看情況的菈菈說時間還沒有到，好奇怪。

雖然菈菈要我在家裡等，我還是決定在外面等優奈小姐。

然後，優奈小姐終於來了。她和平常一樣穿著熊熊服裝，好可愛。

可是，她的旁邊有一個和我差不多同年的女孩子。

她是誰呢？

總而言之，我要先跟優奈小姐抱怨一下。

「太慢了！優奈小姐！」

雖然她沒有遲到，但我等了很久是事實。

我把手扠在腰上，擺出生氣的樣子。

可是，優奈小姐看起來並不在意，只說我應該在家裡等的。

她說得的確沒有錯，我一邊和優奈小姐對話，一邊在意著躲在她後面的女孩子。

優奈小姐問我可不可以帶這個女孩子一起

去王都。

雖然和優奈小姐單獨旅行也不錯，但這時候如果拒絕的話，我可能會被優奈小姐討厭。

所以，我答應了這個要求。

可是，我也有不能讓步的地方。

「我是不會把熊熊讓給妳的。」

我對女孩這麼宣言。

「妳們兩個人要一起騎在熊的背上喔。」

既然優奈小姐這麼說，那也沒辦法。我再次指著女孩宣言：

「我是不會把前面讓給妳的。」

然後，我們也取得了父親大人的許可，往王都出發。

女孩的名字好像叫做菲娜。話說回來，她和優奈小姐是什麼樣的關係呢？

我很好奇。

可是，菲娜可能是太緊張了，我們的對話很難繼續下去。

只要知道我是貴族的女兒，幾乎所有的小孩都會變得不願意接近我。

我問菈菈這個問題，她就說人家是害怕做出什麼不敬的事情會受到處罰。

我明明就不會做那種事。

可是，我還是想辦法從菲娜口中問出很多事了。

她的年紀是十歲，和我同年。

她說她是在森林裡被野狼攻擊的時候，遇到優奈小姐來幫忙才認識她的。

「我第一次來到這個城市的時候在森林裡迷了路，就是菲娜救了我。」

「是沒錯，可是我在森林裡被野狼攻擊的時候，是優奈姊姊救了我。我只是帶她到城市裡而已。」

後來，優奈小姐打倒的魔物好像都會交給菲娜肢解。

我很驚訝菲娜會肢解，但是也很羨慕她們

兩個人的關係。

我本來想要從菲娜那裡問出更多關於優奈小姐的事，卻遭到睡魔的侵襲。

因為我今天很早就起來等優奈小姐了，所以有點想睡。

而且，熊緩的背上很舒服，讓我的睡意愈來愈強了。

我搖了好幾次頭，卻再也忍不住了。

「諾雅兒大人，諾雅兒大人。」

有人在叫我的名字。

我睜開眼睛，看見一個女孩子，我記得她是菲娜。

我打了呵欠，掌握現在的情況。

這裡是熊緩背上，看來我好像睡著了。

我看看四周，發現優奈小姐正在準備做飯。

「諾雅兒大人，我們好像要吃飯了。」

「謝謝妳，我不小心睡著了呢。」

菲娜是個很好的人，不知道我可不可以和她當朋友。

通往王都的路程還很漫長，我一定要在到達王都之前和她成為朋友。

首先就用熊熊這個共同話題來製造交朋友的機會吧。

8 7net購入特典 與熊熊的相遇 艾蕾羅拉篇

我今天也在城堡的某個房間內認真工作。

雖然很麻煩，但畢竟是工作，我非做不可。因為國王陛下的誕辰就快要到了，所以工作堆積如山。

這份要送去那裡，這份則是這裡。為什麼這份文件會送到我這裡來？啊，這件事要跑一趟商業公會才行呢。

我一一處理桌上的文件。

或許是因為最近很認真做事，總覺得分配到我手上的工作量好像變多了。

工作剛好告一個段落，於是我伸展背部，放鬆身體。

嗯～時間應該差不多了吧？

這幾天，我一直在想同一件事。

我的丈夫克里夫和女兒諾雅會在近期拜訪王都，我已經有一陣子沒見到他們兩個人了，所以想念得不得了。

可是，我一直等不到他們抵達的通知。為了馬上見到他們，我吩咐王都的衛兵在他們抵達時立刻聯絡我。

雖然是濫用職權，但我不在乎。沒人能阻止我的愛。

我繼續做著檢閱文件的工作，突然聽到一陣敲門聲。

「請進～」

我沒有從文件上移開視線，直接答道。

「很少看妳這麼認真工作。」

8 與熊熊的相遇 艾蕾羅拉篇

聽到出乎意料的聲音，我抬起頭，發現走進房間的人是一國之君——國王陛下。

「真失禮，我平常都很認真工作呀。」

「妳還真敢說，文官們常常在城堡裡到處找妳呢。」

「總要自己動手做才能學會工作的內容嘛，我是在教育他們。」

「不過妳最近倒是很常待在辦公室。」

「因為某人的誕辰讓我很忙嘛。」

我試著用挖苦的語氣這麼說。我之所以這麼忙，都是因為眼前這號人物的生日。

「就是啊，根本沒必要辦什麼慶典的。」

他沒有被我的挖苦惹毛，反倒表示同意。

「那麼，國王陛下是特地來確認我有沒有認真工作的嗎？」

「當然不是。」

國王在客人用的椅子上坐下，從道具袋裡取出小木桶和杯子。

也就是說，他是來偷懶的。

「只待一下子是沒關係，但休息之後就要回去喔。」

「還真是認真啊，一點也不像妳。」

國王在杯子裡注入飲料，喝了起來。

那是他休息時常喝的茶。

明明可以交代女僕去泡，他偷溜出來的時候卻總是會自己準備。

「我丈夫和女兒會在近期內拜訪王都，為了陪伴他們，我想先把時間空下來。」

「所以妳最近才會裝出一副認真的樣子啊。」

「話說回來，國王陛下跑來這種地方偷懶沒關係嗎？」

「一下子而已，沒關係。就算我不在，也有詹古幫忙。」

詹古是國王最信任的心腹之一。

也可以說是常幫國王擦屁股的可憐人。

不過，他也是能向國王提出建言的少數人物。

「你要是太依賴他，他會累倒的。」

就算國王不那麼做，詹古的工作量也很多。

不過，這也代表國王非常信任他，會把重要的工作交給他。

「那傢伙很喜歡工作，沒問題的。不過……既然妳這麼說，要不要我把他的工作分配給妳？」

國王說出驚人之語。

我也正因為某人的誕辰而忙得不可開交。

工作量再增加就傷腦筋了。

「是我錯了。詹古很喜歡工作，的確不需要擔心他呢。」

「妳啊……」

我轉而自保，國王便露出傻眼的表情。

雖然對不起詹古，但為了我的平靜生活，只能請他繼續努力了。

我一邊跟國王聊天，一邊檢查士兵的王都巡邏日程表。這時，敲門聲再次響起。

這陣敲門聲讓國王慌了起來。

「如果是來找我的人，跟他們說我不在。」

國王小聲對我這麼說，然後移動到隔壁的房間。

當然了，如果是來找國王的人，我打算把國王交出去。

我出聲應門，允許訪客入內。

「打擾了。」

走進來的人是位文官。

「有什麼事嗎？」

「王都城門捎來通知，說是諾雅兒大人已經抵達了。」

「真的嗎！」

終於到了。

「謝謝，你可以退下了。」

我吩咐文官退下，在處理到一半的文件上簽名，然後伸手去拿下一份文件。

我手頭上還有今天內必須確認完畢的報告書還沒看完。

分量相當多。

「妳可以回去了。」

躲起來的國王走出來。

「妳今天就先回去吧。剩下的事情，我會做完的。」

國王拿起桌上的報告書。

「妳女兒不是來了嗎？今天就早點回家吧。」

「今天該不會要下雪了吧？」

蹺掉工作的國王竟然會接下我的工作，真稀奇。

別說是下雪了，搞不好會下長槍呢。

「趁我還沒改變心意快走吧。要是妳一直見不到好久不見的女兒而抱怨個不停，我可受不了。」

「既然如此，我就恭敬不如從命了。」

「是啊，快走吧。」

這次我對國王陛下道謝，離開辦公室。

把工作交給國王陛下的我為了見到女兒，自然而然地加快了腳步。

能見到久違的女兒，我高興得幾乎要哼起歌來。

我往自家跑，差一點就撞到馬車了。危險危險。

就快要看到我家了。

當宅邸進入我的視野，家門前的愛女身影便映入眼簾。雖然我也看到了其他黑色的東西，但此刻的我眼裡只有心愛的女兒。

「諾、雅！」

我擁抱好久不見的女兒。她好像長大了點呢。

諾雅驚訝地看著我。她驚訝的臉也好可愛喔。

我享受抱著女兒的感覺，然後尋找丈夫克里夫的蹤影。

奇怪？克里夫不在，倒是有個打扮成有趣模樣的女孩在旁邊。

她的服裝非常可愛，身旁還有個跟諾雅差不多年紀的小女孩。

她們是誰呢？

據諾雅所說，因為克里夫的工作還沒做完，所以他就讓女兒一個人先來王都了。

我接著詢問神祕女孩是誰。

這身打扮是熊吧？

女兒身旁站著打扮成熊的女孩子。雖然很可愛，我卻是第一次見到。

我一問，才知道她是冒險者，一路護衛諾雅來到這裡。

這個熊女孩是冒險者？

她比我的另一個女兒——諾雅的姊姊希雅還要嬌小。

打扮成熊的女孩名叫優奈，跟諾雅大約同年的小女孩則叫菲娜。

不論如何，我決定先請她們進屋再聊聊詳細情形。

我帶她們進到屋內之後，熊女孩從熊造型的手套裡取出一個大箱子和一封信，說是克里夫請她暫時保管的東西。原來那雙熊造型的手套是道具袋呀，真有趣。

我讀起信件，信上寫著克里夫因為工作而必須晚點抵達的事，而箱子裡裝的是要獻給國王的禮物，如果他來不及到場，就要請我代為贈送。

除了交代這些注意事項，信上還洋洋灑灑地寫著許多關於熊女孩的事。有些事很有趣，有些事像玩笑話，有些事令人疑惑，還有些事讓人瞠目結舌。

我眼前這位打扮成熊的可愛女孩似乎人不可貌相，是個優秀的冒險者。

我讀這封信的時候，不自禁地數度望向坐在眼前的熊女孩。

我非常了解克里夫，他不是會寫這種信來開玩笑的人。也就是說，信上的內容全都是事實。

我把信收起來，首先檢查要獻給國王陛下的禮物——哥布林王的劍。

這就是極少數的哥布林王所持有的劍。

據說這種劍被哥布林王拿在手上就會散發可怕又詭異的氣息，但現在這是一把十分漂亮的劍。

這把哥布林王的劍似乎是坐在眼前的熊女孩讓給克里夫的東西。

她實在不像是能做到那種驚人之舉的女孩，我只覺得她是個打扮成可愛熊熊的奇特女孩。

如果沒有克里夫所寫的信，我可能會一笑置之吧。

後來，我從諾雅口中得知她們來到王都的路上發生的許多事。她說的事也全都令人難以置信，讓我不禁感到困惑。

我跟諾雅聊了一陣子，就到了希雅放學的時間。

一提到這件事，優奈便開始用懷疑的眼神看著我。看她的表情，肯定是在想些奇怪的事。不過，她究竟在想什麼呢？

我好奇地詢問，她卻說我這麼年輕又漂亮，實在不像是有個十五歲女兒的人。

她這番話讓我很高興。

我問她覺得我像幾歲，她竟然說二十五歲。這麼老實又可愛的女孩子不可能是壞人！

我們聊著聊著，我女兒希雅就從學校回來了。

希雅要是見到優奈，不知道會不會像我一樣驚訝？

呵呵，克里夫還真是送了一群可愛的女孩過來呢。

9 安利美特購入特典 與熊熊的相遇 希雅篇

我的妹妹差不多要到王都了。

因為很久沒有見到她了，所以我很期待。

「希雅同學，妳看起來好開心喔。」

同班的女生向我搭話。

「是呀，因為有一段時間沒見面的妹妹要來王都了。」

「那的確很令人期待呢。妳最近這麼急著回去，也是因為這個理由嗎？」

我最近比較早回去的事情好像被發現了。

「妳發現了嗎？」

「因為最近我想要找妳一起回家的時候，妳總是很快地走出教室嘛。」

她微笑著對我說。

原來連這種地方都被她看到了，真令人害羞。

「對不起。」

「妳不要在意，我知道希雅同學是個關心妹妹的好人了。」

「那我們今天一起回去吧。」

「呵呵，不用勉強沒關係。等妳的妹妹到王都之後，我會再約妳的。」

「對不起。」

我再次道歉，她便笑著離開了。

為了不讓她的心思白費，我今天也要快點回家。

我一回到家，女僕史莉莉娜就出來迎接我了。

就像平常一樣，我今天也問道：

「諾雅呢？」

「是，小姐剛剛才抵達，現在正在會客室。」

我朝著會客室奔跑。然後，我沒有敲門就打開了門。

「母親大人，我回來了！諾雅真的到了嗎！」

諾雅坐在沙發上。

她看起來很好。

「希雅，家裡有客人喔。」

我正想要抱住諾雅，就被母親大人告誡了。

「失禮了。呃，熊！」

仔細一看……不，不用看也知道諾雅的旁邊坐著一個打扮成熊的女孩子。

她的服裝很難形容。

我以前從來沒有看過別人打扮成這個樣子。

她的名字叫做優奈。

而且根據母親大人的說法，她是冒險者，也是從克里莫尼亞護衛諾雅到王都的人。

我不可能相信這種事。

我一直不肯相信，母親大人就提議要我和打扮成熊的優奈小姐比賽。我決定接受這個要求。

別看我這個樣子，我在同年的女生裡好歹也是名列前茅的實力派。

我才不會輸給這種穿著奇怪熊熊服裝的女孩。

……比賽的結果是我慘敗。

一開始因為我太小看她，她一瞬間就衝進我懷裡把劍打飛，然後用劍指著我的臉。

我要求再比賽一次，她就接受了我的請求。

這次我不會大意了，我仔細地看著對手。

「拜託妳了。」

我緊緊握好木劍，免得劍被彈開。

可是，結果還是一樣。

我們比賽了好幾次。我揮去的劍全部都被躲開，而對手的攻擊卻連擋開都做不到。

她的速度好快，我的眼睛追不上，我一瞬間就被她衝進懷裡，挨了一記攻擊。

好強。

為什麼她會這麼快，力道這麼強？

我在學校明明很強，卻完全拿她沒辦法。

用劍是贏不了的。

所以，我拜託她讓我使用魔法。

實戰不只會用劍，也會用到魔法，魔法也是我其中一部分力量。

優奈小姐允許我使用魔法。

我在比賽開始的同時對優奈小姐放出火焰魔法。

我知道她會躲開，於是在施放魔法的同時用劍發動攻擊。

可是，可能就連這一步都被她預料到了，她輕鬆地擋下我的攻擊。

不過我沒有放棄，使出劍與魔法的攻擊。

我已經知道了，優奈小姐很強，她太強了。

我被毆打腹部，跪了下來。

然後，母親大人宣布比賽結束。

我還可以戰鬥。

可是，母親大人用堅定的眼神看著我。

「到此為止。」

我老實地認輸了。她真的比我強，我沒有想到自己會輸給年紀比我小的女孩子。

「我十五歲。」

「……咦？」

因為她身高比我矮，所以我還以為她大概十三歲左右。

沒想到她和我同年。

後來，我問了很多關於優奈小姐的問題。從狩獵哥布林、半獸人，到虎狼。真令人不敢相信！

可是，如果是在和她比賽之前聽到，我可能會嗤之以鼻；但是在比賽之後，我就可以理解了。

如果這些都是事實，我是不可能贏的。

她用劍的實力那麼強，還會使用魔法，我實在無法想像她到底有多強。

聽說她還有熊的召喚獸。

我試著想像熊的召喚獸，腦海中只出現可怕的印象。

可是，諾雅說牠們很可愛，摸起來很舒服，她還曾經在召喚獸背上睡了好幾次午覺。

雖然令人不敢相信，但我看到妹妹的臉就知道她沒有說謊。

下次請優奈小姐讓我看看熊的召喚獸吧。

我有點期待，也有點害怕。

「哎呀，妳今天不早點回家嗎？」

同班的朋友朝著坐在位子上的我走過來。

「因為我妹妹昨天已經來了。」

「那真是太好了。可是那樣的話，不是更應該早點回去嗎？」

「我想說今天要跟妳一起回去嘛，我們之前約好了吧。」

「哎呀，我是很高興，可是這樣好嗎？」

「當然嘍。」

最後我們決定在學校附近的露天咖啡座喝個茶再回去。

「希雅同學的妹妹是個什麼樣的人呢？」

「嗯～～她和母親大人很像，是個自由奔放的人。她會一頭栽進喜歡的事情裡，遇到任何事情都可以享受樂趣。」

周圍的人都說諾雅和母親大人很像。

相反地，人家都說我認真的個性像父親大人。

我並不覺得自己特別認真，但周圍的人都這麼認為。

「妳的妹妹好像很有活力呢。」

「可是太有活力了。」

「對了，妳見到這麼久沒有見的妹妹，為什麼經常嘆氣呢？我還以為妳是因為沒有見到最喜歡的妹妹才嘆氣的呢。」

看來我嘆氣的模樣好像被她看見了。

「好丟臉喔。可是，我有那麼常嘆氣嗎？」

「是呀，我每次看到妳都在嘆氣呢。」

只要想到昨天的事，我就會忍不住嘆氣。

一想到實力堅強又打扮成熊的女孩子，我就會嘆氣。

「所以，妳嘆氣的原因是什麼？是因為妹妹的關係嗎？」

我搖了搖頭。

「我和護衛我妹妹來王都的冒險者發生了一些事情。」

「對方很討人厭嗎？」

「不是，她應該是個很好的女孩。」

「妳說女孩，她是女生嗎？」

「嗯，她是和我同年的冒險者。」

「十五歲的冒險者也沒有那麼少見吧。」

「是沒錯，可是她的實力強得很異常。因為讓這種女孩子來護衛妹妹的事情讓我有點生氣，我就和她比賽了。可是，比賽結果是她對我手下留情，而且我還慘敗了。」

「……咦？希雅同學妳慘敗？」

她一臉不可置信地看著我。

「嗯，輸得慘兮兮。攻擊都被她輕鬆躲開，我卻連閃避或防禦對手的攻擊都做不到。

就算使用魔法，也沒辦法縮短差距。我一想到自己原來這麼弱，就忍不住嘆氣……」

「真是令人不敢相信，希雅同學竟然會輸得那麼慘。」

「雖然我不能詳細地說出來，但是聽了愈多她的戰績，我就愈能感覺到我們之間的實力差距。」

「是因為人家常說的，練習還有實戰經驗的差距嗎？」

「我也這麼想。可是，不知道要累積多少實戰經驗才可以變得那麼強。」

「她真的那麼強嗎？」

「我覺得她大概比老師還要強。」

「…………」

「我當然不覺得老師很弱，只是我覺得那女孩的實力深不見底，我沒辦法想像自己有可能贏。如果對手是老師的話，我可以想像自己努力個幾年就能夠比得平分秋色；但是如果對手是那個女孩，就沒有辦法了，而且她好像還隱藏著實力。」

她用劍的時候有手下留情，就算我使用魔法，她也沒有對我使用。可是我聽說她其實會使用魔法，甚至還有召喚獸，不知道我們之間有多大的差距。

「我真想和那個冒險者見面。」

「最好不要喔，妳的常識會被摧毀的。」

「妳這麼一說，我就更想見她了。」

我們本來在聊妹妹的事，氣氛卻莫名地因為優奈小姐的話題而熱絡了起來。

10 合作書店購入特典 和熊熊一起去城堡 菲娜篇

嗚嗚，我們等一下就要去城堡了。

艾蕾羅拉大人為了答謝優奈姊姊招待的披薩，要邀請她和我去城堡內參觀。

像我這種平民真的可以進到城堡裡嗎？

我問艾蕾羅拉大人，她就說：「沒問題。如果有人對妳指指點點，我會幫妳出氣的。」讓我好惶恐。

決定去參觀城堡後，我們走在前往城堡的路上。

這是一個月前的我想都沒有想過的事。

我作夢也沒想到自己會來到王都，甚至進到城堡裡面。

自從遇到優奈姊姊，一切都改變了。

不管是來到王都，還是走進城堡，都是多虧了優奈姊姊。

我看著優奈姊姊，她就微笑著問我：「怎麼了？」於是我回答：「沒什麼。」

她真是個不可思議的人。

抵達之後，艾蕾羅拉大人為了帶我們進入城堡，走向有守衛站著的地方。

士兵從剛才開始就用懷疑的眼神看著我們。

該不會是因為我穿得太奇怪了吧？

果然是因為我是平民嗎？

我們靠近之後，我才發現士兵的視線是看著艾蕾羅拉大人和優奈姊姊。

他看的人不是我。

士兵一臉懷疑地向艾蕾羅拉大人詢問關於我們的事。

艾蕾羅拉大人聽到之後稍微改變了音調，用強硬的語氣回答士兵：

「她們是我的客人。我想讓她們去城堡裡面參觀，有什麼問題嗎？」

「不，沒有這回事。我只是要進行確認，這是我的工作。請進。」

士兵聽了艾蕾羅拉大人的話之後退了一步並敬禮，幫我們打開了入口的門。

艾蕾羅拉大人真厲害。

我對士兵輕輕低頭，他就說了「請進」，讓我通過。

我光是經過士兵旁邊就覺得好緊張。

我下意識地握住優奈姊姊的熊熊手套。注意到這一點的優奈姊姊什麼都沒有說，對我微笑。

一進到城堡裡，先前被牆壁擋住的城堡內部就在我的眼前展開。

這裡非常大，好漂亮，好厲害。我已經滿足了。

可是，艾蕾羅拉大人和優奈姊姊不懂我的心情，不停往城堡裡面走。

我們在城堡裡面走著，有許多人轉頭看向我們。

雖然他們的視線好像是對著艾蕾羅拉大人和優奈姊姊，但和她們在一起的我也有種被盯著看的感覺，讓我很緊張。

我聽說城堡裡有很多和艾蕾羅拉大人一樣要工作的貴族大人。

我一想到要是做出不敬的事會怎麼樣，就覺得好害怕。

說不定會因為我的一個舉動，就害家人流落街頭。

我不可以因為人家讓我參觀城堡就得意忘

形。

可是，進入城堡是只有一次的寶貴經驗。

為了把這件事說給修莉聽，我要好好參觀才行。

城堡裡就像童話故事說的一樣漂亮。

很多地方都開著花，柱子和地板都很乾淨，打掃起來應該很辛苦。

然後，我們被帶到士兵進行訓練的地方。

我記得諾雅兒大人說過城堡裡有讓士兵或騎士練習的場地。

我們好像要參觀這裡。

士兵們正在用劍對打。喊叫聲和劍與劍相碰的聲音很大，讓我有點害怕。

可是，艾蕾羅拉大人和優奈姊姊很平靜地看著。

她們兩個好像不會怕。

我們看著練習的過程時，艾蕾羅拉大人就問優奈姊姊要不要和士兵們一起訓練看看。

也就是說，優奈姊姊要和這裡的人戰鬥嗎？

雖然士兵們看起來都很強，但是如果打起的話，我只能想像出優奈姊姊獲勝的樣子。

太奇怪了。

可是，優奈姊姊拒絕了。

艾蕾羅拉大人好像覺得很遺憾。

雖然我也覺得有點可惜，但是如果在戰鬥中受傷就糟糕了。

優奈姊姊拒絕之後，我們要去別的地方。

我們正要離開訓練場的時候，有一個小女孩抱住了優奈姊姊。

她是個非常可愛的女孩。

年紀大概是四五歲左右吧？她穿著非常鮮豔又漂亮的衣服。

她和我們目前為止在城堡裡遇到的人不太

一樣。

「這不是芙蘿拉大人嗎？您怎麼會在這裡呢？」

艾蕾羅拉大人在女孩的名字後面加上敬稱。

也就是說，這個女孩是身分地位很高的人嗎？

我想得到的人物是高階貴族。

雖然還有其他可能，但我怕得說不出口。

然後，我們和女孩繼續對話，艾蕾羅拉大人就說出了我不想聽到的話：

「怎麼可以拒絕公主殿下的邀請呢？」

艾蕾羅拉大人說了公主殿下。

並不是我聽錯。

那是平民女孩嚮往的夢幻人物。

抱著優奈姊姊的女孩是公主殿下。

我的眼前有一位公主殿下，距離近得伸出手就能碰到。

如果我對公主殿下做出不敬的事，全家人說不定都會被處死。

優奈姊姊想要拒絕這個邀請，卻拒絕不了，只好前往芙蘿拉公主的房間。

呃，我也要一起去嗎？

芙蘿拉公主握著優奈姊姊的熊熊手套，邁出步伐。我正在煩惱的時候，艾蕾羅拉大人就對我伸出了手。

我牽起艾蕾羅拉大人的手，往前走。

然後，芙蘿拉公主不斷往城堡深處前進。我們走上了很多階梯。

路上遇到的人全都看著我們。

公主殿下、打扮成熊的優奈姊姊、貴族艾蕾羅拉大人、身為平民的我。

這樣的成員走在路上很引人注目。

可是，沒有任何人向我們搭話。

我不知道我們走了多久。

我已經沒有心情參觀了。我很在意走在前面的芙蘿拉公主，沒辦法去看周圍的景色。

然後，我們終於到達芙蘿拉公主的房間。

嗚嗚，我好緊張。

雖然我已經跟到這裡了，但是我真的可以進去公主殿下的房間嗎？

敞開的房門不管我的心情，迎接我們進房。

然後，女僕小姐出來招呼我們。

雖然我在諾雅兒大人的家也看過女僕，但就是沒辦法習慣。

我反射性地低頭行禮。

「肆！打、打擾了。」

我因為緊張，發音不太標準。

而且我覺得身體好像比平常更沉重。

雖然進到房間裡是很好，我卻不知道要做什麼才對。

優奈姊姊好像要和芙蘿拉公主一起在書桌前讀繪本。

我被女僕小姐帶到稍微遠一點的桌子前。

這個時候，女僕小姐幫我拉了椅子。

「非、非常歓歓妳。」

我又不小心說出奇怪的發音了。

可是，女僕小姐用笑容回應我。

「不客氣。那麼我去幫您端茶來，請稍等。」

在這之後的事情，我幾乎不記得了。

我忘了茶是什麼味道、我待在房間裡多久、和女僕小姐說了什麼。記憶很模糊。

優奈姊姊叫了我的名字，我才知道該回去了。

當時到底過了多久的時間呢？

居然不記得在公主殿下的房裡發生了什麼事，難得人家都帶我到城堡了，真是可惜。

熊熊勇闖異世界

STORY

熊熊勇闖異世界 4

熊熊的休憩小店開幕！

從王都回到克里莫尼亞城的優奈馬上開始規劃由莫琳掌廚的店，準備販售布丁和麵包。透過米蕾奴購買了店面的優奈前往孤兒院，邀請孩子們到店裡工作。取得店面和員工後，優奈很快便開始營業。這家店的名字叫做「熊熊的休憩小店」。雖然優奈對店裡的熊熊擺飾和員工的熊熊服裝有不少意見，生意依舊十分興隆。

對了，去看海吧！

優奈出門採購馬鈴薯和起司讓店裡使用，卻順理成章地擊退了哥布林。為了芙蘿拉公主，優奈把布丁的食譜交給王宮料理長，之後就無所事事，無聊得決定去看海。優奈把可以遠距離對話

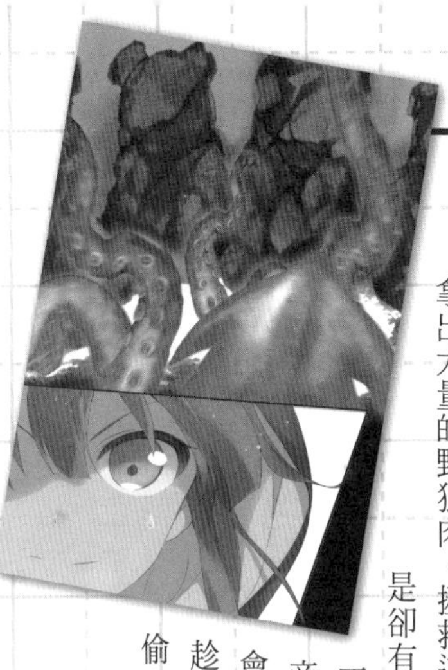

的熊熊電話交給擔心她的菲娜，馬上跨越山脈，前往看得見海的城鎮。途中，優奈救了在雪山上遇難的夫妻——達蒙與尤拉，然後抵達夫妻倆居住的城鎮——密利拉。

揭穿惡行！

密利拉鎮因為出現在海中的克拉肯而陷入困境。知道居民苦於飢荒的優奈雖然受到冒險者公會會長阿朵拉的懷疑，仍從熊熊箱拿出大量的野狼肉，拯救這座城鎮，可是卻有人對此感到不是滋味。商業公會的會長薩拉德想趁火打劫，偷偷大賺一筆，被薩拉德的手下襲擊的優奈反將對方一軍，把其他的盜賊們也擊退，揭穿薩拉德的惡行。

因為想吃美味的米飯！

雖然揭穿了薩拉德的惡行，密利拉鎮仍然因為克拉肯而無法恢復平靜。這時，優奈在投宿的旅館發現米飯、醬油和味噌。得知米飯等產品因為克拉肯而無法送達一事，優奈下定決心要打倒克拉肯。優奈把克拉肯關在土魔法做成的大型熊熊牆壁之中，然後用火焰熊熊把克拉肯活活煮熟。多虧優奈的活躍，密利拉鎮找回了以往的和平。

11 在克里莫尼亞的店裡工作　卡琳篇

Onet購入特典

因為打扮成熊的優奈小姐邀請我們，我和媽媽離開了住慣的王都，為了開麵包店而前往克里莫尼亞城。

雖然前往陌生城市讓人有點不安，我們還是決定相信優奈小姐。

前往克里莫尼亞的共乘馬車車資是優奈小姐幫我們出的。馬車搭起來很舒適，不會坐到屁股痛，而且還有冒險者的護衛，所以安全方面也沒問題。我想這種馬車的車資應該很貴吧。

優奈小姐總是打扮成熊的樣子，住的房子是熊的形狀，又認識國王陛下，還會做布丁和披薩等美味的食物，她到底是何方神聖呢？

就算問本人，她也只會回答「我是冒險者」。

我曾向菲娜問過為什麼優奈小姐要打扮成那樣，她也說不知道。不過，菲娜說她非常善良，是自己的救命恩人。

經過幾天的車程，我們終於抵達克里莫尼亞。

我實在是累壞了。不過，我們得先去拜訪優奈小姐才行。我記得她說過，我們到克里莫尼亞的孤兒院就能找到她了。

我們向看守大門的士兵詢問孤兒院的位置，士兵說是在城市的郊外。

一抵達孤兒院，在孤兒院工作的院長和一位叫做堤露米娜小姐的人就出來迎接我們了。

優奈小姐好像有事先知會她們。我們都來到這裡了，幸好對方沒有這時候才說沒這回事。

這位叫做堤露米娜小姐的人說她是菲娜的媽媽，看起來是個非常溫柔的母親。

我們問了關於優奈小姐的事，她們說會去幫我們叫她過來。堤露米娜小姐拜託女兒修莉跑一趟，她是個跟菲娜很像的可愛女孩。

在優奈小姐抵達之前，我們跟堤露米娜小姐和院長聊了起來。

「不好意思，請問優奈小姐到底是什麼人呢？」

聽到我這麼問，堤露米娜小姐和院長面面相覷。

「我勸妳不要太深入思考優奈的事。再怎麼想也沒用，而且很累。不過，她不是壞孩子，這一點可以安心。」

「這樣啊……」

看來堤露米娜小姐她們已經放棄思考優奈小姐的事了。不過，光看堤露米娜小姐和院長的表情，我就知道優奈小姐的確不是壞孩子。

我們正在跟堤露米娜小姐聊天的時候，優奈小姐來到孤兒院了。看到一身熊裝扮的優奈小姐，我鬆了一口氣。她還是一樣打扮成熊的樣子，那果然是她的日常便服。

優奈小姐體貼舟車勞頓的我們，要我們今天好好休息。

因為今天真的很累，所以我們非常感謝她。優奈小姐帶著我和媽媽前往住宿的地方。不只是今天，她說今後我和媽媽都要住在那裡。我們總是受到優奈小姐許多照顧。

優奈小姐帶我們來的地方是一棟小型宅邸。

「優奈小姐，這裡是？」

「這裡就是妳們兩位以後要工作的店面，

也是妳們的住處。」

店面？這裡雖然小，但也是一棟宅邸吧。

我們走進屋裡，裡面整齊地擺放著桌椅，可供客人用餐。

這裡的二樓似乎就是我和媽媽要住的地方。

優奈小姐簡單說明過便回去了，宅邸裡只剩下我和媽媽。優奈小姐到底是什麼人呢？

「媽媽。」

「我們好像找到了一位不得了的老闆呢。」

我完全同意。優奈小姐究竟想讓我和媽媽做些什麼呢？

真的只有做麵包嗎？

優奈小姐離開後，留下來的我和媽媽開始在店裡到處逛。首先要去的是廚房。

「媽媽，廚房好大喔。」

廚房很寬敞，光石窯就有三座。

「這是新的石窯呢，而且做麵包的材料也都很齊全。」

這裡有冷藏庫和食材庫，裡面放著麵粉和其他做麵包所需的材料，隨時都可以做麵包。看來這裡真的是麵包店。

媽媽取出麵粉，做起烘烤麵包的準備工作。

從王都坐車到這裡，明明已經很累了，媽媽看起來卻很開心。這樣的媽媽是誰也阻止不了的，所以我也要幫忙。

準備工作結束後，我們去洗澡以消除疲勞（浴室有好大的浴池），然後倒在軟綿綿的床鋪上。

我還以為自己無法在這麼寬敞的房間裡放鬆睡覺，卻因為很累了，一鑽進被窩便沉沉睡去。

隔天一醒來，我便和媽媽一起做麵包。

「這些石窯很棒呢。」

媽媽沒有取得優奈小姐的許可就開始烤麵包了，這樣沒關係嗎？

不過我們也想吃早餐，應該沒關係吧。

我們正在烤麵包的時候，優奈小姐帶孩子們來了。我們擅自烤了麵包，她卻沒有生氣的樣子，反而很後悔自己先吃了早餐才過來。看來她好像很想吃媽媽的麵包，這讓我很開心。

後來，優奈小姐介紹身邊的孩子給我們認識。他們是要在這家店工作的孩子們。

接著，優奈小姐向我們說明關於經營的事。

開門之前，大家要一起做麵包，開門之後則由媽媽負責做麵包，我負責外場的工作。優奈小姐說其中也包含金錢的管理，把這份工作交給了我。

負責教孩子們做麵包的我說起做麵包時最重要的事——那就是衛生。不只是洗手，穿著乾淨的衣服做麵包也是很重要的，爸爸和媽媽也常常叮嚀我這件事。

除了教孩子們做麵包之外，教他們如何接待客人、如何收錢也是我的工作。

「歡迎光臨。」

「歡迎光臨。」

孩子們模仿我，練習向客人打招呼。

「謝謝惠顧。」

「謝謝惠顧。」

我接著教他們點餐和收錢的方法。

我扮演客人，當孩子們的練習對象。我從小就看著爸爸媽媽工作的樣子，所以知道怎麼做。不過，孩子們什麼都不懂，所以就算他們做錯，我也不會生氣，而是會告訴他們哪裡不對。不論是誰，第一次做事情都很生疏。當他們做對了，我就會好好誇獎一番。我的父母也是這麼教導我的。

「嗯，這樣就對了。」

我摸摸孩子的頭，他們就露出開心的表情。表現好，得到爸爸媽媽的讚美的時候，我也會很高興。

「卡琳姊姊，客人點披薩的時候，要請人家等一下對吧？」

「披薩跟烤好的麵包不同，要現烤才行，所以要請客人稍等一下。所以，你們要記得哪位客人點了披薩。要是把披薩端給不對的人，那就傷腦筋了。」

「嗯。」

孩子們認真聽著我說的話，這麼回答。

「孩子們這麼認真，大概是託了院長和莉滋小姐的福吧。她們兩個人都很努力守護孩子們。」

聽說院長和莉滋小姐就算拿不到津貼，仍然沒有對孩子們見死不救，一直為孩子們努力到了現在。

而她們也和我們母女一樣，被優奈小姐拯救。院長說就是因為如此，孩子們才能常保笑容。

孩子們都很仰慕優奈小姐。每次優奈小姐出現，大家總是很高興。優奈小姐撫摸他們的頭，他們就會露出更燦爛的笑容。父親過世後，我自以為是個不幸的人，可是這些孩子們沒有父母，這麼小就開始努力工作。我回想起自己的小時候，只記得我當時幫忙得很不情願。

「卡琳姊姊，這樣可以嗎？」

孩子們努力用小小的手揉著麵團。我觸摸麵團，確認質地。

「還要再揉一下喔。」

「嗯，好。」

孩子們再次用小小的手揉起麵團。

話說回來，我真沒想到自己會有教導別人

做麵包的一天。

孩子們為了練習，做了許多麵包。我本來還擔心會浪費食物，但他們會把做好的麵包帶回孤兒院，所以似乎不會浪費。

到了隔天，孩子們很高興地告訴我：「大家都說麵包很好吃喔。」

我能理解他們的心情。有人說自己努力做的麵包好吃是最令人高興的事。所以，優奈小姐說我們做的麵包好吃的時候，我很高興。麵包被踐踏的時候，我很高興她為我們感到憤怒。我們真應該好好感謝優奈小姐。

好了，在開門之前還有很多事要教導孩子們，我要加油才行。

12 合作書店購入特典 為熊熊工作 堤露米娜篇

我叫做堤露米娜，是個育有兩個女兒的母親。

我快要病死的時候，一個不可思議的熊女孩救了我，而我現在在為她工作。

我主要的工作是管理咕咕鳥的蛋，還有跟商業公會進行交易。我今天也在數著孤兒院的孩子們蒐集而來的蛋。我偶爾會想，光是數蛋再批發給商業公會，真的有資格領薪水嗎？我當然也會做其他工作，但這就是我主要的工作。

「今天比平常更多呢。」

蛋的數量很順利地增加著，這麼一來就有足夠的量能給孤兒院的孩子們吃了。

蒐集來的蛋之中也有些帶著裂痕。這樣的蛋或是超出預定數量的蛋就會在孤兒院裡被使用。優奈說，蛋是有益健康的食物，所以她希望我能拿給孩子們吃。

即使有裂痕，蛋仍然是很有價值的食材，可是優奈總是很大方地送給孩子們吃。當然了，她也允許我自由取用，我卻還是會有所顧忌。

準備好要批發給商業公會的蛋後，商業公會的職員在固定的時間來取貨，於是我把蛋交給對方。

今天我還要去拜訪院長，問她有什麼需要的東西。院長為人客氣，我常常要不斷質問，她才會說出自己想要的東西。她最近終於會坦白說出自己想要的東西了，不過還是相當客氣。

優奈有交代我，一定要確保大家衣食無虞，特別是院長和莉滋小姐，她們常常委屈自己，優先讓孩子們吃飽。我能理解她們的心情，但如果她們兩個人累倒，那才是最大的麻煩。所以，我總是會準備超出需求量的糧食。

「要是多出來就只能拿去餵鳥了，請好好吃完。」我常常這麼說。不過，要改變長年的習慣似乎是一件很困難的事。

所以關於糧食的事，我一定會親自確認。

「那麼，我會先訂購蔬菜的。」

「謝謝妳平時的幫忙。」

「這也是我的工作嘛。而且孩子們有在工作，這是他們應得的權利。」

我照搬優奈的說法。一般人根本不會這麼想。兒童的勞力大多不受重視，也得不到這麼多的報酬。可是，優奈並不會吝於給予。

孩子們或許也明白這一點，所以總是很認真工作，遵守優奈說的話。

咕咕鳥的數量順利增加，能批發給商業公會的蛋也愈來愈多了。

前往王都的優奈和我女兒菲娜回來了。

她們平安回來，讓我鬆了一口氣。菲娜和我丈夫根茲都說優奈是很強的冒險者，可是她的外表是個可愛的女孩子，所以我還是有點不敢相信。

菲娜很高興地聊著王都的事，修莉很羨慕地聽著。

這個時候，優奈說了令人驚訝的話。

她說自己在王都僱用了麵包師傅，而且對方要來克里莫尼亞，開一家販售麵包和布丁的店。因此，她想要把管理金錢和食材的工作交給我。

優奈想讓那兩位師傅專心負責做麵包，所以拜託我幫忙管理金錢和食材進貨的業務。

一般來說，管錢的工作不會交給不能信任的人。因為有遭到侵吞的風險，所以基本上都是老闆親自負責，或是請自己人來管理。可是優奈卻跟賣蛋的時候一樣一派輕鬆地說：「堤露米娜小姐，拜託妳嘍。」

現在光是賣蛋的收入就已經是一筆相當大的金額，從中撥出孤兒院的餐費和必需經費的工作都是由我負責，我很高興優奈願意信任我，但也希望她能再有多一點危機感。

不過，我不能背叛可愛熊熊的信任，所以決定接下這份工作。

「菲娜，妳能簡單告訴我來龍去脈嗎？」

結束工作後回到家的我這麼詢問去了王都一趟的女兒。

「我們在王都找到一家很好吃的麵包店。那家店被壞人攻擊，優奈姊姊就出面幫忙了。」

據我女兒所說，優奈就像幫助我們一樣，也救了那家麵包店的母女。這的確很像充滿正義感的優奈會做的事。她的善良救了我們母女，我們才有現在。

我也為了回應優奈的期待，打算一邊做以往的工作，一邊幫忙店裡的事。不過，我沒想到優奈的動作會這麼快。

我以為要等莫琳母女從王都抵達這裡後再討論，優奈卻已經跟米蕾奴小姐商量完畢，買好了店面（？），而且店面竟然是一棟小小的宅邸。親眼見到時，我簡直不敢相信。

我還以為所謂的麵包店應該是更小、由一家人一起經營的那種店。可是即使比較小，這間店仍然是一棟宅邸。

既然已經買了，我也無話可說。

然後，談到店內的裝潢時，優奈又說了「交給提露米娜小姐」這種話。她希望我跟米蕾奴小姐討論，買好店裡要用的桌椅等物品。

可是，光是如此也難以決定，所以我也問了優奈的要求。要是她事後不滿意，我會很傷腦筋的。

「要採購幾張桌子呢？」

「我覺得這裡可以給家庭或團體客人坐，這邊的空間就放一到兩個人的桌子吧。」

我詢問優奈對裝潢的構想，確認店裡能擺多少張桌椅。然後，我請米蕾奴小姐幫我介紹便宜一點的店。錢要盡量省著花才行。

在這之後，我找米蕾奴小姐商量優奈拜託我的事——關於蛋量的問題。

「米蕾奴小姐，請問批發給公會的蛋量要怎麼辦呢？」

「啊，的確是該討論這件事了。畢竟是我的提議，所以我也想優先把蛋讓給這家店使用，不過能再等我一下嗎？我會去確認能降低多少進貨量的。」

「麻煩妳了。」

如果有店家會定期購買蛋，突然減量也會造成他們的困擾吧？

「別放在心上，畢竟是我建議優奈開店的。」

雖然或許是巧合，但優奈連麵包師傅都找到了，使得這件事變得有點大張旗鼓。

蛋有多少都不嫌多，所以優奈交代我增加咕咕鳥的數量。優奈說得很簡單，但飼養牠們可是非常辛苦的事。我們會在母鳥孵的蛋上做記號，免得誤取這些蛋。優奈把這些工作分配給莉滋小姐，由她來指揮孩子們。

我正在做著開店的籌備工作時，莫琳母女就抵達了。菲娜有和我說過，她們真的是一對很和善的母女。

我跟她們聊了一下，發現她們好像很擔心是不是真的能開店。也對，突然有人邀請自己去別的城市開麵包店，總讓人有點難以置信。何況優奈打扮成那個樣子，更讓人忍不住懷疑。

不過，因為優奈從黑心商人手中救了她們，又認識國王陛下，她們決定相信優奈。

而她們一來到這裡，就被宅邸型的店面嚇到了。

「不好意思，堤露米娜小姐，請問優奈到底是什麼人呢？」

我也很想問。她治好了我的病，救了我女兒，能打倒據說很凶猛的魔物，又完全不缺錢。就算問我優奈是什麼人，我也不知道。

菲娜也只說她是從非常遙遠的地方來的，除此之外一無所知。優奈不會主動提起，所以我也不會刻意去問。打扮成奇妙模樣的嬌小女孩獨自一個人行動，其中一定有什麼理由，她應該有什麼不想跟別人說的事吧？除非優奈主動坦承，否則我不會問她。所以，我這麼回答莫琳小姐：

「她是非常善良又體貼的熊熊喔。」

「說得對。」

我們相視而笑。

好了，我們還有很多事要做呢。賣力工作，準備開幕吧。

13 熊熊嘗試新技能

安利美特購入特典

於王都舉行的國王誕辰一結束，我便離開王都。

我回到克里莫尼亞，忙碌的日子也開始漸漸平靜下來了。

莫琳小姐的店也經營得很順利，已經沒有我插嘴的必要了。店裡的工作現在是以莫琳小姐和堤露米娜小姐為中心運作。

我現在只會過去看看情況而已。

而今天是七天一次的假日。因為沒有開店，所以我也不必過去。好久沒有這麼閒了。

我躺在床上，思考著今天要做些什麼，這才想起在王都打倒魔物之後，我已經學會兩個新技能。其中一個新學到的技能是熊熊電話。

我可以製作能和遠方的人通話的魔法道具。簡單來說就像是對講機或手機一樣。我確認了技能說明，內容如下：

熊熊電話

可以和遠方的人通話。

創造出來以後，能維持形體直到施術者消除為止。不會因為物理衝擊而損壞。

只要想著持有熊熊電話的對象就能夠接通。

來電鈴聲是熊叫。持有者可藉由灌注魔力切換開關，進行通話。

總之，我決定試著做出熊熊電話。結果，長得像熊緩和熊急的二頭身小熊擺飾便出現在

我手上。這就是熊熊電話嗎？也就是對講機？

不管從什麼角度來看，這都像模仿熊緩牠們做出的模型。不論如何，只有一個也派不上用場，於是我做出另一個。

我雙手拿著和熊緩牠們很像的二頭身模型。

嗯～～因為是技能，所以才會很像熊緩牠們嗎？

雖然可愛，但是這個東西能像對講機或手機一樣使用嗎？

不過，電話這種東西，要有對象才有意義吧。必須是需要彼此也會互相聯絡的交情才行，又或者是有急事需要和對方聯絡的情況下才有用處。

我試著思考，卻發現自己在這個世界並沒有可以用熊熊電話交談的人……更正，就算包含原來的世界，我也沒有可以打電話的對象。

而且我並不知道這個世界是否有類似對講機的東西，也不能輕易把熊熊電話交給別人。

如果要交給別人，就只能交給我最信任的人。不管怎麼想都只有一個人，那就是唯一知道熊熊傳送門的菲娜。

可是，我每天都會和菲娜見面，想見的時候隨時都能見她。我沒有什麼緊急情況需要跟她說話，有事的時候也只要去找她就行了。

一想到沒有交付的對象，這就變成沒有用途的道具了。我靜靜地收起熊熊電話。

接著是另一個技能——召喚獸小熊化。

呃，看到這個新的技能項目時，我不禁疑惑。不是大熊化，而是小熊化？

小熊化耶，到底什麼時候會用到？

我為了試驗而召喚出熊緩和熊急，這就是一般尺寸吧。熊緩牠們就像是在說「什麼事？」一樣靠了過來。我先摸摸牠們，牠們看起來很高興。

好了，馬上來發動看看小熊化的技能吧。

結果，熊緩和熊急變得愈來愈小，就跟在

電視上看到的小熊寶寶差不多。

……好可愛。

我張開雙手，變成小熊的熊緩和熊急就靠了過來，於是我抱起牠們，牠們就像小狗一樣開心地搖著小巧的尾巴。雖然一般尺寸的熊緩牠們也很可愛，但是變成小熊的熊緩和熊急更可愛。

可是我再看了一次變成小熊的熊緩牠們，心想：這真的派得上用場嗎？

如果是變大的技能，我想應該有很多用處。跟大型魔物戰鬥的時候就能派上用場，要移動的時候，那樣也能承載更多的人。

可是，我不知道要怎麼利用小熊。體型變小的話，不只是攻擊力，防禦力也會下降。而且因為不能騎乘，所以移動時也派不上用場。我想不到牠們變小後的優勢。

我努力想到的好處就是可以在狹窄的地方召喚、很可愛、很好抱、可以抱著走……頂多只有這些。把熊緩抱起來就像是在抱布偶一樣，或許可以這樣直接走在街上。

可是，在戰鬥方面的好處一個也沒有，這個技能真的會派上什麼用場嗎？

「你們有什麼事是變小之後才做得到的嗎？」

雖然覺得沒有用，我還是問了牠們自己。

熊緩牠們叫了一聲，歪著頭看我。

我想也是。我看了技能欄，內容如下：

召喚獸小熊化

可讓熊熊召喚獸變成小熊。

上面只寫了這些。

不管怎麼樣，和變成小熊的熊緩與熊急在一起或許就想得到什麼好點子，所以我決定和小熊化的熊緩牠們一起度過今天。

起床的我走下一樓，熊緩牠們就用嬌小的

身體跟過來了。牠們的模樣很可愛，我在準備食物和吃飯的時候，牠們也會待在我身邊。可是即使如此，牠們也沒有幫上什麼忙。

我坐在沙發上撫摸熊緩和熊急的時候覺得觸感很好，開始有點想要睡覺。

我帶著熊緩和熊急回到寢室。然後，我抱著熊緩倒在床上。

我知道變成小熊的熊緩牠們有什麼用途了。熊緩抱枕抱起來感覺非常舒適，不管是大小還是觸感都很好。

嗯～～抱著熊緩的我進入夢鄉，熊緩抱枕實在太棒了。可是，這有一個缺點。因為一次只能抱一隻，所以另一隻就會鬧脾氣。

我醒來的時候，熊急不高興地背對著我。

為了討熊急歡心，我決定暫時和熊急在一起。我陪著牠直到晚餐時間，和牠約好下次一起睡覺，牠的心情才終於好起來。

我在睡覺前走到浴室洗澡，熊緩和熊急也踩著小碎步跟了過來。熊緩牠們這兩隻召喚獸其實是不需要洗澡的。就算身體髒掉，只要先召回，髒汙就會在下次召喚的時候消失不見。

可是，熊緩牠們洗澡的時候也會表現出舒服的神情。洗澡的目的不只是清潔身體，也可以洗淨心靈。

所以，我偶爾也會跟牠們兩個一起洗澡，可是一般尺寸的熊緩牠們因為體型大，洗起來也是一大工程，這會讓洗澡變得很累人。不過，因為牠們今天很小，所以洗起來應該很簡單。

「熊緩、熊急，過來吧。」

我一呼喚，牠們就高興地跑過來。我帶著熊緩和熊急一起走進浴室。

脫掉衣服的我坐在浴池外，把熊緩叫到我面前。然後，我用肥皂讓全身長滿黑毛的熊緩充分起泡。因為體型小，洗起來很輕鬆。

我從頭部洗到身體，還有前後腳。當然，我可沒有忘了洗小小的尾巴。

「好了，我要把泡泡沖掉，眼睛閉起來喔。」

最後用熱水沖過就洗好了。

我叫熊緩進浴池，接著把正在等待的熊急叫過來，讓牠來到我面前。

「我要開始洗了，哪裡會癢要告訴我喔。」

我同樣用肥皂泡沫清洗熊急。白色的熊急一旦髒掉就很明顯，但今天沒有出門，所以很乾淨。白色的毛漸漸地起泡，熊急看起來很舒服。我清洗牠的身體，最後仔細清洗尾巴，然後沖水。

「好了，熊急也去泡澡吧。」

比起一般尺寸的熊緩牠們，這樣子洗起來快多了，說不定這就是小熊化技能的目的。也許是因為神知道我洗得很辛苦，我才會學到小熊化的技能。我的內心有一半忍不住認為這或許就是小熊化的使用目的。

算了，我以後應該會想到可以活用小熊化的使用方法。

我洗完兩隻熊以後，最後把自己的身體洗乾淨。洗完澡的我和看來泡得很舒服的熊緩牠們一起在浴池裡泡澡。

不只是熊緩牠們，我也覺得泡澡很舒服。因為腳踩不到底，熊緩牠們攀在浴池的邊緣。我想召喚獸應該不會溺水，不過下次是不是該幫牠們準備小熊用的小浴缸呢？

泡完澡的我用毛巾把熊緩牠們仔細擦乾。雖然只要召回就會乾掉，但是為了對總是載著我到處跑的熊緩牠們表達謝意，我決定用毛巾擦拭，再用吹風機吹乾牠們。

過了今天一整天，我依照約定抱著熊急入眠。

「熊緩、熊急，晚安。」

14 電子書購入特典 擔心熊熊 迪加篇

我是在密利拉鎮經營旅館的廚師，名叫迪加。

大約一個月以前，還有坐船前來的觀光客或冒險者、商人等人來這裡住宿，然而今天卻沒有房客。

理由就是出現在海中的魔物——克拉肯。

而且通往其他城市的沿海道路有盜賊出沒，現在無法通行，所以已經沒有人會從外地來到鎮上了。

現在我們只能祈禱克拉肯快點離開。不過，這麼做也有極限，因為鎮上有糧食問題，我們無法出海，也無法從其他城市購入食材。鎮長已經逃亡，鎮上的糧食是由商業公會管理，而且這些糧食只會優先分配給付出大筆錢財的人。

如果克拉肯繼續占據大海，所有的居民就只好捨棄這座城鎮了。

在事情演變成那樣之前，我們希望克拉肯快點消失。

我無所事事地坐在櫃檯時，看見認識的達蒙和尤拉走進來了。不只是他們，還有一個黑色物體在後面跟了過來。

「肌肉？」

「熊？」

有個打扮成熊的女孩子跟在兩人身後走進來。

什麼？這身打扮是熊對吧？

根據夫妻倆的說法，他們似乎是差點死在艾雷岑特山脈，當時是這個打扮成熊的女孩子救了他們。我實在不敢相信有人能夠跨越那座險峻的高山，可是，我也不覺得他們兩個人在說謊。而且海路和陸路都無法通行，除此之外沒有別的方法可以來到鎮上。

這表示他們真的越過了那座危險的山脈。

夫妻倆拜託我讓打扮成熊的小姑娘住在我的旅館。

要住宿當然沒有問題。只不過，糧食只有我們家人的份，所以我說我們無法提供餐點。不過，我也說如果她願意提供食材的話，我就能幫她做，她聽了便拿出大量的糧食。不只如此，她還說因為有很多，所以可以分給我的家人吃。她該不會真的是個很厲害的小姑娘吧？

既然她都拿出材料了，我就來做出最棒的料理吧。

我用小姑娘帶來的食材烹調出最好的菜色。

小姑娘雖然說我的料理很好吃，卻還是很想吃海鮮類。她說自己就是為了吃到海鮮料理才會翻越山脈的。雖然我也想請她吃，但是因為克拉肯，現在是很難取得魚蝦的狀況。下次去拜託看看克羅爺爺好了。

隔天早上，小姑娘說要去冒險者公會便離開旅館。後來過了一段時間，尤拉就來找小姑娘了。

「小姑娘已經去冒險者公會了喔。」

據說她們已經約好要參觀城鎮，可是小姑娘卻出門了。

「妳要等她嗎？」

「不用了，我要去冒險者公會看看。說不定可以在那裡遇到她。」

「如果她回來了，我會跟她說妳有來

過。」

「那就拜託你了。」

我決定把小姑娘給我們的食物拿去分給親朋好友。在這種狀況下，我們需要互相幫助。我和女兒安絲兩個人將野狼肢解，老婆和兒子則負責分送給鄰居。

「爸爸，你真的免費拿到這麼多食物嗎？」

正如我女兒所說，不只是野狼，我們也拿到了蔬菜和麵粉。只不過根據小姑娘的說法，分量最多的食材似乎是野狼肉。看到這些東西，我才理解到她真的是個冒險者。

我正在為小姑娘準備晚餐的時候，聽到配給糧食的傳聞。

聽說冒險者公會發放了食物給居民。其中大部分是野狼肉，分量好像相當多。聽到這件事的時候，我第一個想到的就是打扮成熊的小姑娘的臉。

晚餐準備好的時候，熊姑娘回到旅館。她說她有遇到尤拉。

然後，她津津有味地吃完了我做的晚餐。我很想為這個小姑娘做點什麼，卻只能為無能為力的自己感到悔恨。

隔天早上，我一開始旅館的工作，就聽見呻吟聲從二樓傳來。

怎麼回事？二樓應該只有熊姑娘在才對。我到二樓察看的時候發現有熊，而且是黑熊和白熊總共兩隻。為什麼我的旅館裡會有熊！是從哪裡跑進來的！

我大聲喊叫。

「熊姑娘沒事吧？熊姑娘！」

我對房間裡的熊姑娘大叫。

我叫得這麼大聲，熊卻好像對我沒有興趣，沒什麼反應。

可惡，熊姑娘沒事吧！她應該還活著吧。

我正在擔心的時候，穿著白熊服裝的小姑娘就從房裡走出來了。據小姑娘所說，這兩隻熊是她的召喚獸。

我還是第一次看到召喚獸。後來，我問她在熊的身體下呻吟的男人是怎麼回事，她就說自己受到偷襲了。光是闖進我的旅館就很不可原諒了，竟然還偷襲這麼小的女孩子。

我叫兒子去聯絡冒險者公會，自己則在這段時間內將偷襲小姑娘的男人們綁起來。因為已經不需要用到那兩隻熊了，小姑娘就把牠們變不見了。好厲害，真的消失了。

後來冒險者公會很快地派人來，把男人們帶走了。

然後，小姑娘對公會會長阿朵拉說起一件非常離譜的事。

熊姑娘說自己要去打倒盜賊。真是不敢相信，太危險了。

可是，阿朵拉一開始雖然很擔心，最後還是允許了。

「小姑娘，妳真的要去收拾盜賊嗎？」

偷聽到談話的我向小姑娘問道。可是，為了不讓我擔心，她笑著回答「你也看到那兩隻熊了吧。還有牠們在，我會快去快回的」。我跟她約好，要做美味的料理等她回來。

不過，我的擔憂沒有成真，小姑娘抓住盜賊回來了。

一開始鎮上的居民都以為抓住盜賊的人是跟她在一起的四名冒險者。可是，這並不是事實，據說是熊姑娘一個人打倒盜賊的。

誰會相信這種事呢？我曾見過許多冒險者，有些冒險者強，有些冒險者弱。如果小姑娘自稱冒險者，一般人肯定會視她為後者。

為了遵守和小姑娘的約定，我要為她做出最棒的料理。

我前往港口拜託管理海邊的克羅爺爺。

「我想要幫擊退盜賊的熊姑娘做料理，可以分一點魚給我嗎？」

就算知道行不通，我還是低下頭請求。

「想要多少就拿去吧。」

「可以嗎？」

意料之外的回答讓我很驚訝。

「這座城鎮沒有人會不願意請小姑娘吃魚的。她是打倒盜賊，甚至讓商業公會的惡行曝光的恩人，幾尾魚根本不成謝意。」

聽到這番話的我很開心。我對克羅爺爺道謝，收下今天一早捕到的新鮮漁獲。

然後，我為小姑娘做了魚料理，並準備存貨不多的米飯。這是從和之國進口的食物，和魚肉很搭。比起麵包，我比較喜歡米飯。所以，我決定拿來請小姑娘享用。

我也同時煮了添加味噌的湯，在裡面放入蔬菜等食材。如果還有更多材料的話就能煮得更好吃，但是因為有克拉肯，這樣就是極限了。

不過，小姑娘看到我的料理時露出驚訝的表情，把食物放進口中。

然後，她開始流淚。

我原本擔心是不是東西太難吃了，但她說這是她故鄉的味道，哭著津津有味地吃個精光。她吃完我的料理，說好吃到讓她不禁流淚。我從來不知道發自內心的一句話能令人這麼開心。

可惡，要不是有克拉肯，我就能為她做出更好吃的料理了。

隔天兒子告訴我，後天不能靠近海邊。我問他為什麼，他說這是克羅爺爺的指示。

看到小姑娘最近的樣子，我有種坐立不安

的感覺。我去找了克羅爺爺，詢問有關海邊的事。

「克羅爺爺，可以告訴我嗎？這件事是不是跟熊姑娘有關係？」

我用認真的眼神發問，他緊閉的嘴唇就緩緩開啟了。

「這可不能告訴別人。你不答應保密，我就不能告訴你。」

我點點頭。克羅爺爺告訴我的是一件不得了的大事，他說熊姑娘要去和克拉肯戰鬥。

「克羅爺爺，你相信那些話嗎？」

「連阿朵拉都來低頭拜託我了，而且打倒那些盜賊的人就是熊姑娘吧。」

是沒錯，但就算能夠擊退盜賊，她也不可能打倒克拉肯。

「克羅爺爺！你打算讓那麼小的女孩子一個人去和克拉肯戰鬥嗎！」

「我都了解。可是，小姑娘好像說過她能夠打倒克拉肯。不過，她也說如果我們待在海邊附近，她就無法戰鬥了。」

「熊姑娘她……」

「小姑娘在戰鬥的時候，其他人可能會遇到危險，所以她才會拜託我不要讓別人靠近海邊。」

熊姑娘她……

「我知道了。」

雖然能夠理解，但我不能接受。為什麼小姑娘一定要一個人去和克拉肯戰鬥？可是就算這麼說，也沒有任何人可以和她一起對付克拉肯。什麼都做不到的自己讓我感到心急如焚。

到了小姑娘和克拉肯戰鬥的當天，我問了她今天要做什麼事。

「我要去散步，怎麼了嗎？」

小姑娘回答得好像自己是真的要去散步，她看起來一點也不像是正要出門打倒克拉肯的樣子。

把狩獵克拉肯的任務交給這一個身材嬌小的女孩子真的好嗎？

可是，我辦得到的事也只有做料理而已了。

「我會做好飯菜等妳回來，一定要回來喔。」

妳回來之後，我會做好吃的菜給妳吃。所以，妳要活著回來。

小姑娘吃完我做的早餐，就像是真的要去散步似的走出旅館。

在那之後，我不知道時間究竟過了多久。我在旅館內漫無目的地來回走動，老婆和女兒一看到就會唸我。我擔心得不得了，這也沒辦法。

小姑娘，就算沒辦法打倒克拉肯也無所謂，妳一定要平安回來。

我正在擔心的時候，門口開始吵雜起來。阿朵拉走進來後，載著小姑娘的熊也從後面走進來了。

「小姑娘！」

我跑了過去，看見小姑娘面帶倦容。可是她似乎沒有受傷，讓我放心了下來。

「我沒事……只是有點累了……我要睡一陣子，不要叫醒我喔。」

我對癱倒在熊身上的小姑娘說話，她就回應我了，這讓我鬆了一口氣。可是，她只說了這些，就被熊載著登上了階梯。

「阿朵拉，小姑娘沒事吧！」

「你冷靜一點，她沒事。只是用了太多魔法而已。」

「這樣啊。」

聽到她沒有大礙，我才安心下來。

「對了，克拉肯呢？」

就算無法打倒克拉肯，我也不會責怪小姑

娘。看到她那個樣子，我就知道她已經很努力了。

「你早就知道了嗎？」

「是啊，我問了克羅爺爺。」

「這樣啊，克拉肯已經被優奈打倒了。」

我一瞬間無法理解阿朵拉所說的話。

「打倒了……？」

「沒錯，優奈打倒了克拉肯。」

「這、這是真的嗎？」

「優奈用魔法用到累成那個樣子，把克拉肯打倒了。她是這座城鎮的恩人。所以，你要讓她好好休息喔。」

那是當然的！

讓那麼辛苦地與克拉肯戰鬥，甚至打倒牠的小姑娘休息，就是我這個旅館老闆的工作。我不會讓任何人打擾小姑娘休息的。

後來過了一段時間，克拉肯已經被打倒的消息傳遍了全鎮。

接著，得知小姑娘在這間旅館投宿的居民全都蜂擁而至。人潮擠滿了旅館門口，甚至綿延到外頭。

「大家安靜！小姑娘已經累得睡著了！」

「爸爸才要安靜啦，優奈小姐還在睡覺呢。」

站在一旁的女兒告誡我。

「可是……」

「我了解爸爸的心情。可是，要是你的聲音把優奈小姐吵醒怎麼辦？」

說得也是。

「我可以理解你們的心情。但是，可以讓小姑娘休息一下嗎？她和克拉肯那種怪物戰鬥，已經很累了。」

為了不要吵醒小姑娘，我壓低聲音對居民們說道。

「可是迪加，我們想要當面向她道謝

啊。」

「她救了我們的城鎮。」

我可以理解他們的心情，我也想要為小姑娘做點什麼。什麼事情最能讓小姑娘開心呢？

「那麼，如果有人家裡還有米，可以盡量分給我們嗎？小姑娘很喜歡和之國的米，我想要在她醒來的時候煮給她吃。」

「只要米就好了嗎？」

「是啊，這是最能讓她開心的東西。」

「我們知道了。」

人們終於離去，但又有其他人過來了。每次有人來的時候，我就會不斷重複同樣的話。

前來道謝的人臉上都堆滿了笑容。有人親眼看見克拉肯被打倒的樣子，興奮地說著當時的情景。聽了這些話，小姑娘打倒克拉肯的事就漸漸開始帶有真實感。

居民之中還有人對旅館朝拜。我能理解你們感謝的心意，但是別這樣。不過，我也能理解他們為何想要朝拜。我兒子也很高興可以出海。

然後，我準備的大木桶最後裝進了多到要滿出來的米。

真希望能快點看到小姑娘醒來時的表情。

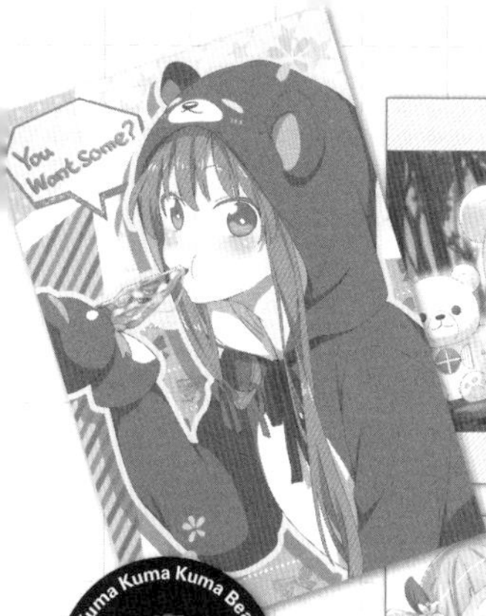

You Want Some?

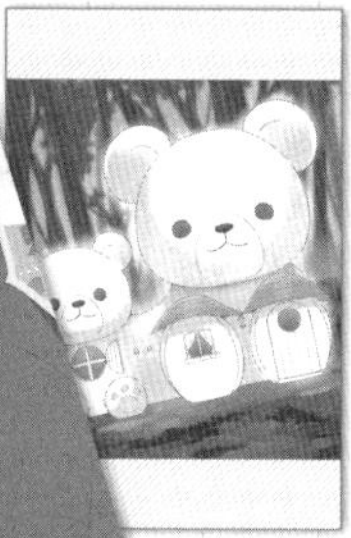

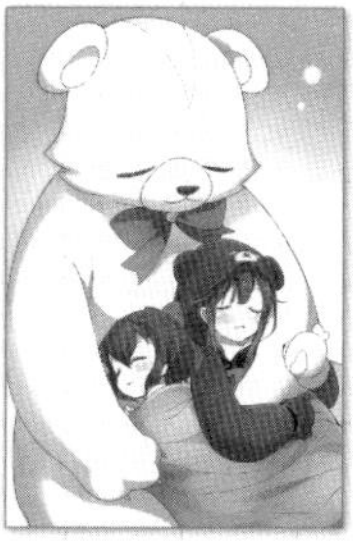

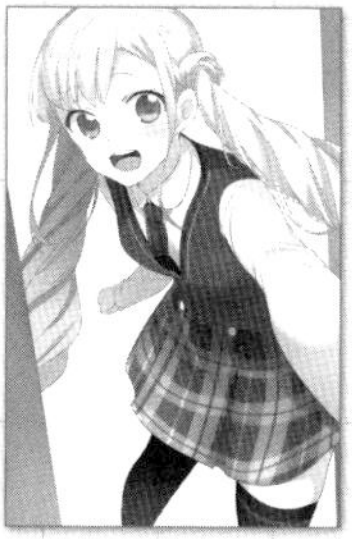

Kuma Kuma Kuma Bear

VOL.3

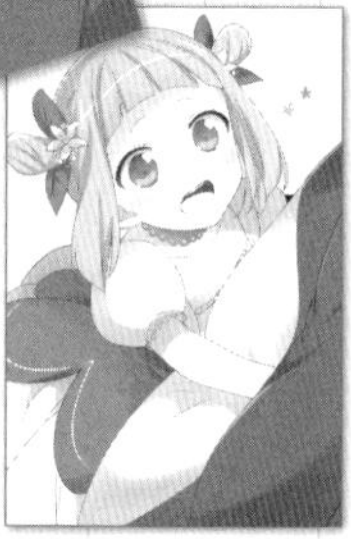

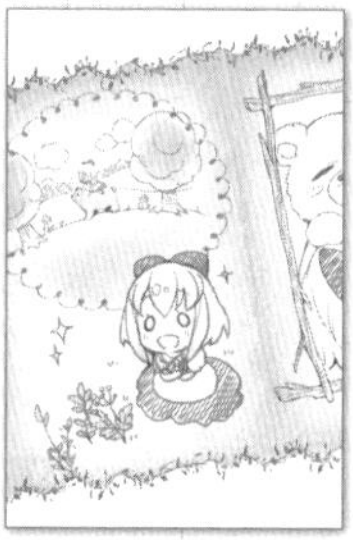

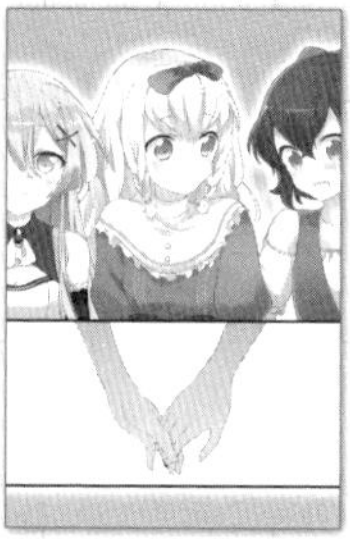

ILLUSTRATION GALLERY

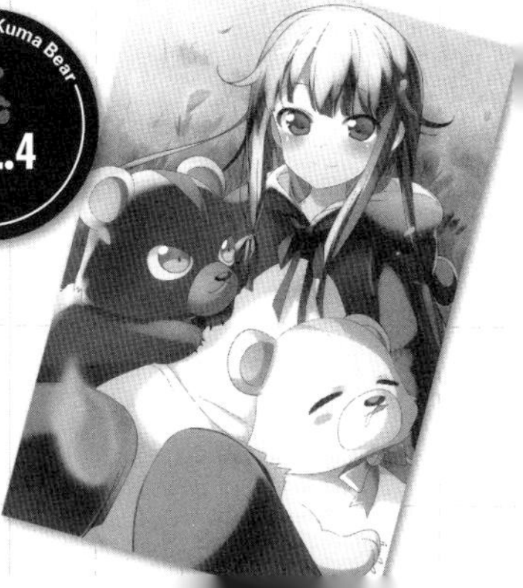

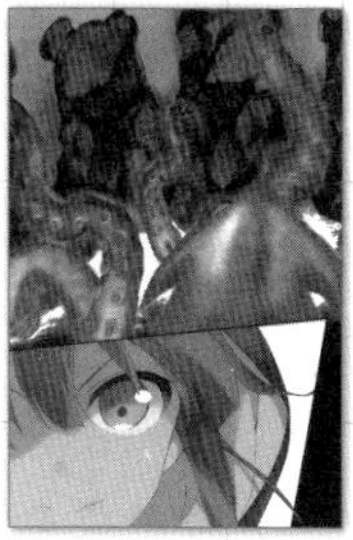

STORY

熊熊勇闖異世界 5

來挖隧道吧

在密利拉鎮的旅館吃到美味料理的優奈大受感動，想邀請旅館老闆迪加的女兒——安絲來克里莫尼亞城。安絲對前往克里莫尼亞一事顯露出遲疑，理由是從密利拉鎮翻山越嶺相當困難，無法輕易來往。因此，優奈想出用隧道連結兩座城鎮的方法，在轉眼間便挖通了一條隧道。

熊之隧道開通！

經由隧道回到克里莫尼亞城的優奈向領主克里夫轉達密利拉鎮想要併入克里莫尼亞城的請求，還告訴他自己挖了一條隧道的事。克里夫雖然對優奈的誇張行徑感到傻眼，卻還是決定跟商業公會的米蕾奴一起前往密利拉鎮。他們在途中討論隧道的營運方式，然後前往密利拉鎮的冒險者公會，答應讓這座城鎮併入克里莫尼亞城。眾人討論出可行的隧道營運方式，優奈也在隧道入口擺上熊熊石像，這條隧道甚至被命名為「熊之隧道」。

說服安絲！

優奈獲准在隧道與城鎮之間建造熊熊屋，於是蓋了一棟可供孤兒院孩子住宿的大型熊熊屋。然後，優奈把隧道的事告訴安絲，說服她答應前往克里莫尼亞。為了取得安絲的店所需的土地，優奈馬上回到克里莫尼亞城，開始進行開店的準備工作。

來自艾蕾羅拉的委託

得知蜂蜜的危機，優奈擊退了蜂木附近的魔物。救了熊與牠們的孩子之後，優奈拜託商業公會保護牠們，然後前往王都請芙蘿拉公主吃加了蜂蜜的鬆餅。優奈順便送了繪本的第二集給芙蘿拉公主，又被其他人請求複印繪本，於是答應。不知為何，艾蕾羅拉當場拜託優奈在希雅的學校舉辦的課外教學擔任護衛，而事情就這麼敲定了。回到克里莫尼亞城的優奈帶著菲娜和修莉前往密利拉鎮，取得新的食材——竹筍，然後把竹筍料理的做法傳授給迪加。

15 前往王都 克里夫篇

7net購入特典

我鞭策疲憊的身體，趕往王都。

這幾天的我非常忙碌，甚至為了工作犧牲了睡眠時間，這一切都要怪那隻熊。她突然來到我家，說自己在艾雷岑特山脈挖了一條通往密利拉鎮的隧道。

而且麻煩的是，密利拉鎮已經成為我的領地之一。

密利拉是位於海邊的城鎮，能為克里莫尼亞帶來利益。所以，我沒有資格向那隻熊抱怨。

我忙得不可開交的時候，那隻熊卻無所事事。前幾天，她有來見我女兒諾雅，而且還擺出一張傻裡傻氣的臉。不管怎麼看，她都不像是打倒克拉肯的人。如果不知道王都的那件事，我或許會嗤之以鼻。

不論如何，這幾天真的很忙碌。

我到冒險者公會跟會長討論隧道的事，但他不相信，所以我帶他去了隧道一趟。我們接著決定魔物的狩獵範圍，把狩獵魔物的費用設定得稍微偏高。冒險者公會建議我準備接送冒險者的馬車，所以我也安排了馬車。

因為要將糧食運送到密利拉鎮，我交代商業公會的米蕾奴盡速鋪設通往隧道的道路。為了確保安全，還要僱用冒險者。

我想盡快確保道路暢通，所以狩獵魔物和護衛的安排必須同時進行。經費的支出是我最大的煩惱。

還要再過一陣子才能收到隧道的通行費，

我必須盡早到王都變賣克拉肯的素材，以籌措經費。

我明明還有平常的工作要忙。

可惡，該做的事情太多了！

我一抵達王都，便前往佛許羅賽家的宅邸跟艾蕾羅拉見面。

「這麼久沒見，你變得好憔悴喔。」

「因為我趕著過來啊。」

其實我也想留在克里莫尼亞工作，但還得向國王陛下報告，所以不得不來。

「原來你這麼想念我呀。」

「我可沒空跟妳開玩笑。」

「哎呀，真冷淡。不過，我很高興見到你喔，希雅也會很高興的。這也都是多虧優奈呢，我們得好好感謝她。」

「沒必要感謝那隻熊，因為她破壞了我平靜的生活。」

「少來了，你根本不那麼想。」

可惡，我就是瞞不過艾蕾羅拉。我確實很感謝那隻熊。不論是她從一萬隻魔物的威脅中救了我的命，還是孤兒院的那件事。就算如此，我是不會說出口的。

「我能謁見國王陛下嗎？我想早點回去克里莫尼亞。」

「真是的，你突然寄信來，嚇了我一跳。」

我寄了信給艾蕾羅拉，拜託她安排我跟國王陛下見面。比起我直接寫信給國王陛下，拜託艾蕾羅拉比較快。

「我已經安排好了，你一抵達就能會面。」

「那真是太好了。不過，那麼含糊的信竟然能讓國王陛下答應會面。」

連艾蕾羅拉都還不知道關於隧道的事。我只在信裡提到有急事需要私下報告，內容與熊和密利拉鎮有關。

「因為是和優奈有關的事嘛。既然如此，國王陛下不論如何都會願意聽的。」

「那隻熊在王都做了什麼？」

「她抓住了國王一家人的胃。」

「是喔……」

一般人根本不能拿食物給王室成員吃。

那隻熊到底在想什麼啊？

隔天，我和艾蕾羅拉一起前往城堡。

不管來幾次，城堡總是讓我坐立難安。我就是不喜歡嚴肅的地方，而且貴族之間的交際應酬麻煩得不得了，所以我很感謝總是出面替我處理這些事的艾蕾羅拉。

「對了，謁見的地點在哪裡？」

「因為是關於優奈的事，所以要到國王陛下的辦公室。」

「真的嗎？」

我確實有說是要報告不想被別人聽見的事，但沒想到國王陛下願意在辦公室與我會面。這樣的待遇讓我受寵若驚，這也是因為熊的關係嗎？

不過，一想到要跟國王陛下見面就讓我感到緊張。相較之下，艾蕾羅拉倒是一派輕鬆。

「這裡就是辦公室。」

我安撫自己的心，做好謁見國王陛下的心理準備。可是，我身旁粗神經的女人卻在敲過門後立刻開門走了進去。

「喂！」

「要我說幾次才懂？等我回話再進門！」

罵聲從辦公室內傳來。

不過我身旁的女人絲毫不在意。一想到她是我的妻子，就讓我深感無奈。真希望她能稍微思考一下自己的立場再行動。

「我都敲門了，沒關係吧？」

國王陛下嘆氣，然後朝我望過來。

「國王陛下，這次非常感謝您在百忙之中撥空與我會面。」

「不必多禮。既然事情與優奈有關，我當然要聽聽詳細內容了。我很好奇那隻熊又做了什麼。那麼，能告訴我發生什麼事了嗎？」

我告訴國王陛下，熊在艾雷岑特山脈挖了一條連接克里莫尼亞與密利拉鎮的隧道。

「我是有聽說優奈要去海邊，沒想到她在艾雷岑特山脈挖了隧道……」

「真是讓人啞口無言啊。」

我也有同感。

「那麼，密利拉鎮會成為克里莫尼亞的領地之一對吧？」

「是的。」

「不過，他們竟然會提出這個要求。」

「這也是多虧優奈。」

「什麼意思？」

這麼問的人不是國王，而是艾蕾羅拉。

「這件事請千萬不要外傳。」

「我知道，所以才會叫你來這個辦公室。」

我說起優奈一個人打倒克拉肯的事，接著說起優奈因此受到城鎮居民仰慕，所以選擇她所居住的克里莫尼亞當作密利拉的歸屬一事。

「一個人把克拉肯……」

「克里夫，這實在是有點……」

「我可不會為了說這種謊而特地來到王都。」

「也對。」

況且，誰會相信這種事?就連這麼說的我自己也難以置信。可是，她所狩獵的克拉肯確實存在，城鎮也真的得救了。

「我大致了解了，也准許領地擴張一事。」

「感謝國王陛下。另外，我還有一個請求。」

「什麼請求？」

「可以請城堡收購克拉肯的素材嗎？」

「收購克拉肯的素材？」

「是的，在克里莫尼亞出售的話，優奈的事有可能會曝光。」

「城鎮的居民都已經知道她的事了吧，難道不會太遲了嗎？」

「我們有請居民不要外傳。他們都很感謝優奈，應該不會拒絕優奈的請求。」

「優奈……」

「即使有誰說出去，恐怕也不會有人相信。不過，要是從克里莫尼亞賣出克拉肯的素材，或許會有什麼萬一。」

「我知道了，城堡會收購所有素材。」

「感謝國王陛下。不過，只有魔石是在優奈手上。」

「克拉肯的魔石啊。我確實想要，但也沒辦法了。」

「不過，克拉肯的皮和素材相當有價值呢。」

「我打算用這筆錢整頓隧道附近的土地，狩獵魔物，並購買隧道所需的魔石。」

「我知道了。那麼，還有其他事情要報告嗎？」

「是，請您允許我在王都大量採購要於隧道中使用的魔石。」

我想應該不至於破壞行情，但還是要事先告知。

「好吧。艾蕾羅拉，妳等一下通知商業公會一聲。」

「我知道了。」

事情都順利談妥了。

今天可以慢慢休息，明天則要馬上出發。

「那麼，艾蕾羅拉，妳去請賽雷夫替克里夫準備一份午餐。」

「了解。」

「請問那是什麼意思呢？」

「關於優奈的報告怎麼可能只有這些？我們一邊吃飯一邊聊聊詳細情形吧。」

我本來要對國王陛下說「那麼我先告辭了」，卻說不出口。

「我明白了。」

後來，我向國王陛下詳細描述了密利拉的現狀以及優奈所做的事。

這一切都要怪那隻熊。

16 優奈和熊熊與熊

安利美特購入特典

我把打倒哥布林和半獸人後採到的蜂蜜盡情淋在鬆餅上品嚐。

嗯，真好吃。

變成小熊的熊緩和熊急在一旁看著我。

「你們難不成是想吃嗎？」

牠們一直盯著我看，但我不知道牠們究竟是想吃鬆餅還是想吃蜂蜜。身為召喚獸的熊緩和熊急可以像普通的生物一樣進食，但就算不吃也可以用我的魔力補充能量。

「要吃嗎？」

我問熊緩和熊急，牠們倆就開心地叫了一聲「咿～」。

我把剩下的鬆餅切成兩塊。然後，用叉子叉起切得有點大塊的鬆餅，放進熊緩的嘴裡，接著把另一半鬆餅送入熊急的口中。

牠們倆吃得津津有味。我很高興牠們愛吃，但牠們只用兩口就吃完我的鬆餅了。

我撫摸著熊緩和熊急的頭安撫牠們，牠們倆就輕輕叫了一聲。

「嗯？你們在看什麼？」

熊緩和熊急的眼睛都看著裝蜂蜜的壺。

牠們畢竟是熊，果然喜歡吃蜂蜜嗎？

我拿出一支稍大的湯匙，舀起蜂蜜送進熊緩和熊急的嘴裡。牠們露出了燦爛的笑容。

看到牠們這麼高興，我就忍不住餵個不停，結果就讓裝蜂蜜的壺見底了。熊緩和熊急意猶未盡地等著我，但我已經沒有東西可以餵牠們了。

「已經沒有了喔。」

我把空了的壺拿給熊緩和熊急看，牠們就露出了傷心的表情。

「別這麼沮喪嘛。我去買就是了。」

我溫柔地摸摸熊緩和熊急的頭。

看來熊果然很喜歡吃蜂蜜。

為了購買蜂蜜，我前往雷姆先生的店。另外，我也很好奇那一家子的熊過得如何，所以決定去打聽看看。

我來到店裡時，發現雷姆先生正要出門。

「熊姑娘？」

「我來買蜂蜜了，雷姆先生你要出門嗎？」

「是啊，我要去森林裡看看情況。蜂蜜的話，多虧了妳，現在有在賣，買一些回去吧。」

他要去森林嗎？

「森林裡的那些熊還好嗎？」

「嗯，當然了。我向克里夫大人提到妳的名字，就馬上搞定了。我真不知道該怎麼答謝妳才好。」

「那一家子的熊沒事就好。如果克里夫下達狩獵熊的命令，我就得跟他打一架了。」

「我知道妳很可靠，可是別說些可怕的話啦。」

雷姆先生笑道，但我可是認真的。

「我也想去見那些熊，可以跟你一起去嗎？」

「當然沒問題，不過我無法保證能見到牠們喔。」

「沒關係。」

我坐上雷姆先生的馬車，來到有蜂木的森林。

聽說目前還只有確認到一頭熊而已，而且只是遠遠地看到。因此，他只要有時間就會去

森林確認看看。

啊，原來這裡有一條路啊。森林裡有條可供馬車通行的路。馬車往森林內前進，然後在蜂木附近一片開滿花朵的廣場前方停了下來。

「嗯……看來那些熊不在這裡。」

我們有看到蜂木，卻沒見到熊的身影。雷姆先生露出有些不安的神情。靠我的熊熊探測技能也找不到不是魔物的熊。

明明就是熊熊技能……

我召喚出熊緩和熊急。雷姆先生嚇了一跳，往後退一步。

「熊緩、熊急，你們知道熊在哪裡嗎？」

熊緩和熊急叫了一聲「咿～」，然後邁出步伐。

「熊緩牠們說知道在哪裡。雷姆先生也要一起去嗎？」

「嗯，當然要。」

雷姆先生看到熊緩牠們雖然很驚訝，但還是馬上答應了。我們在熊緩和熊急的帶領下走在森林裡。

「牠們就是傳聞中熊姑娘的熊啊。」

我們走了一陣子後，熊緩便大叫了一聲「咿～～～」。

這陣叫聲響徹了森林，可以聽到遠方也傳來了「咿～～」的聲音。

「怎麼了！」

「你是在叫牠們過來嗎？」

熊緩輕輕叫了一聲。

我們等了一會兒，一家子的熊就從森林深處走出來了。

「喔喔，是牠們一家，太好了。」

熊爸爸、熊媽媽，還有兩頭小熊。

太好了。牠們都在。

熊緩和熊急也加入了牠們一家。

「好驚人的景象。竟然有這麼多熊聚在一起。」

的確如此。一般來說，這可能是很恐怖的情況。不過只要知道牠們不會攻擊人，看起來就很可愛了。

我們看著幾隻熊玩在一起，這時候小熊跑過來磨蹭我。

喔～好可愛。我摸了摸牠們的頭和身體。

「小、小姑娘。我想跟熊道謝，可以嗎？」

雷姆先生似乎誤以為我可以跟熊對話。不過，不要緊。

「熊緩、熊急，雷姆先生說想跟熊道謝，可以讓他靠近牠們嗎？」

我說完，熊緩和熊急就做出了類似和熊對話的舉動。接著，熊緩靠近我們，用身體推了推雷姆先生的背。

「這是什麼意思？」

「牠說你可以靠近。」

我觀察熊緩的舉動，幫忙翻譯。實際上我並不知道牠在說什麼。可是，我可以感受到熊緩和熊急的意念。

「喔～這樣啊。」

雷姆先生緩緩靠近熊。

「謝謝你一直保護我們到現在。」

雷姆先生撫摸著熊爸爸道謝。之後，熊爸爸也用身體蹭了蹭雷姆先生。

牠這個舉動讓雷姆先生很高興。他也摸了摸熊媽媽，同樣向牠道謝。

「我也可以摸摸小熊嗎？」

「咿～」

雷姆先生一問，小熊們就來到他的腳邊了。

「真是可愛的孩子。」

雷姆先生彎下腰抱住小熊。

「真沒想到可以摸到牠們。」

他露出滿臉笑容，高興地摸著熊。

「你們隨時都可以來吃蜂蜜喔。」

　　雷姆先生的表情就像是在對待親生子女一樣。

　　我們繼續和這一家子的熊玩了一陣子……應該說很長一段時間，直到雷姆先生滿足為止。

「小姑娘，今天真的很謝謝妳。不只是見到這些熊，還能那麼近地向牠們道謝，感覺就像和牠們心靈相通了。」

　　雷姆先生的表情真的很高興。他能這麼開心，我也覺得很高興。

「我也很高興能見到這麼有精神的牠們。」

　　雖然我已經治好牠們的傷，確認牠們沒事了，但能再見一面還是讓我很開心。

　　下次如果帶菲娜她們一起來，不知道牠們會不會高興？

「我也可以再來見這些熊嗎？」

　　這裡有蜂木，是禁止進入的，所以我還是試著問了一下。

「當然可以，妳隨時都可以來見牠們。牠們也會高興的。」

　　既然這樣，下次就帶菲娜她們一起來玩吧。

　　回去時我正想買蜂蜜，就收到了一壺當作謝禮。可是，熊緩牠們吃得很快，幾天後我又跑來買了。

17 合作書店購入特典 安裘與芙蘿拉公主

我才離開房間一下子，芙蘿拉大人就偷偷溜出房間了。她有時候會一個人溜出房間，究竟是像到誰呢？

我正要去找她的時候，芙蘿拉大人就跟艾蕾羅拉大人一起回來了。似乎是艾蕾羅拉大人帶她回來的。芙蘿拉大人的身旁有個打扮成可愛熊熊的女孩子，而她的後面還有一個十歲左右的小女孩。

這些女孩到底是誰呢？

芙蘿拉大人很高興地牽著打扮成熊的女孩。艾蕾羅拉大人對我說：

「我們在路上遇到了芙蘿拉大人。這些女孩是我的客人，放心吧。」

「我明白了。」

既然艾蕾羅拉大人這麼說，我就放心了，而且這兩個女孩看起來並沒有危險。

艾蕾羅拉大人推薦芙蘿拉大人讀繪本，可是芙蘿拉大人不喜歡房間裡的繪本。

接著，打扮成熊的女孩拜託艾蕾羅拉大人給她紙和筆。

艾蕾羅拉大人把紙和筆交給打扮成熊的女孩，她便開始畫圖。芙蘿拉大人在熊女孩的旁邊開心地看著。另外一個普通的女孩似乎不知該如何是好，所以我帶她到椅子上坐下。這個女孩好像很緊張，動作非常僵硬。

我不認識這個女孩，但她被突然帶到公主殿下的房間，就算公主年紀還小，也難免會緊張吧。

我問了小女孩的名字，她說自己叫菲娜，打扮成熊的女孩則叫做優奈。據她所說，她們在參觀城堡的時候，芙蘿拉大人突然出現，抱住了打扮成熊的優奈。菲娜雖然會回答我的問題，卻有點心不在焉的。

我跟菲娜聊了一陣子，繪本就完成了。

大家離開之後，我請芙蘿拉大人讓我看繪本。

紙上畫著圓潤可愛的角色，書名叫《熊熊與少女》。

繪本的內容是一個小女孩努力照顧生病的媽媽，又受到熊熊幫助的故事。小女孩為母親努力的情節很感人，熊熊幫助小女孩的橋段也很棒。繪本的畫風很可愛，芙蘿拉大人非常高興。

我一定要好好感謝優奈。

後來過了幾天，發生了一件令人驚訝的事

——國王陛下有所吩咐。

今後優奈可以自由進出城堡，如果她來見芙蘿拉大人，我們就必須放行。而且，國王陛下交代我們將她視為客人接待。

我當然感到疑惑，但也不能追問國王陛下，於是乖乖聽命。

既然她是國王陛下的客人，直呼她的名字似乎有失禮節。

最近芙蘿拉大人很喜歡去找在城堡工作的人，然後唸繪本給他們聽。

可是，我不禁擔心。雖然已經裝訂成冊，我還是擔心繪本會不會破損或弄髒。那本繪本是優奈大人畫給芙蘿拉大人的書，世界上僅此一冊。要是有什麼萬一，芙蘿拉大人會很傷心，我也不知道該怎麼向優奈大人交代。

「芙蘿拉大人，要不要我幫您拿呢？」

「不用了。」

芙蘿拉大人很珍惜地抱著繪本。

我有點擔心，但只要不是水邊或地面很髒的地方，應該沒問題吧？

芙蘿拉大人一靠近正在工作的人，他們就會停下手邊的事，專心聽芙蘿拉大人說話。

「我唸繪本給你們聽。」

沒有人能抗拒芙蘿拉大人的笑容。當然了，其中也有人很忙碌。如果人家真的沒空聽，我會再三低頭道歉，芙蘿拉大人會因此露出難過的表情。這時候，安慰她就是我的工作。

「我們今天去那邊走走吧。」

「嗯。」

我記得那邊有人在打掃。

我跟芙蘿拉大人走在走廊上，看到摩爾娜卡正在打掃的身影。摩爾娜卡在大約一年前進入城堡工作，是個二十歲左右的活潑女性。

「芙蘿拉大人，早安。」

摩爾娜卡帶著笑容對芙蘿拉大人打招呼。

「摩爾娜卡，請問妳現在有空嗎？」

我這麼問摩爾娜卡，她便望向芙蘿拉大人手上的繪本。因為唸繪本可以讓芙蘿拉大人學習認字，所以有告知過在城堡裡工作的人，可以暫時停下手邊的工作，陪伴芙蘿拉大人。摩爾娜卡似乎也注意到這一點了。

「我可以唸繪本嗎？」

芙蘿拉大人拿著繪本，這麼問道。

「好的，當然可以。」

摩爾娜卡笑著回答，芙蘿拉大人便露出滿臉笑容。她真可愛。

我們移動到附近可以坐下的地方。芙蘿拉大人坐到我的腿上，打開繪本。

摩爾娜卡露出羨慕的表情，不過這是我身為芙蘿拉大人的奶媽兼保母的特權。

我從芙蘿拉大人還是小嬰兒的時候就開始照顧她，儘管有些僭越，我是把她當成親生女

兒一樣在疼愛。

「某個城市裡住著一個小女孩。」

摩爾娜卡坐在旁邊，帶著笑容聆聽芙蘿拉大人唸故事。其實在城堡裡工作的人之間，聽芙蘿拉大人唸繪本已經變成一種流行了。據說只要有聽過故事，就可以跟別人炫耀。芙蘿拉大人散步的時間和地點都不固定，所以能聽到她唸繪本的機率非常低。

可是，我能坐在貴賓席聽到芙蘿拉大人唸繪本。芙蘿拉大人的可愛聲音能讓大家感到幸福。

「小女孩就騎到熊熊的背上了。」

現在的圖畫是小女孩騎到可愛熊熊背上的樣子。第一次看到的人會被深深吸引，無法移開目光，摩爾娜卡也不例外，從剛才開始就一直盯著可愛的圖畫看。

優奈大人畫的圖畫非常可愛，出現在繪本上的熊也不可怕，模樣很可愛。

芙蘿拉大人繼續唸到小女孩和熊熊一起找到藥草的地方。小女孩把藥拿給了媽媽。

「謝謝你，熊熊。」

最後小女孩道謝，芙蘿拉大人唸完了繪本。

「芙蘿拉大人，非常謝謝您。您唸得很棒呢。」

芙蘿拉大人聽到摩爾娜卡的讚美，露出開心的表情。

「如果可以的話，下次請再唸給我聽。」

「嗯，好呀。」

竟然約好下次再唸，摩爾娜卡真有一套。一個人聽兩次需要相當好的運氣。

芙蘿拉大人興高采烈地前往下一個地點。

於是，唸繪本變成芙蘿拉大人每天的例行公事。

「安裘，那本熊熊的繪本是在哪裡買

的？」

「繪本？」

今天，照顧芙蘿拉大人的工作結束之後，同樣在城堡工作的莫麗莎這麼問我。

「我是說上次芙蘿拉大人唸的繪本啦。我也想買給自己的女兒，可是卻找不到。」

「那是非賣品喔。」

我向莫麗莎說明打扮成熊的女孩在芙蘿拉大人的房間畫了繪本的事。

「這麼說來，她為芙蘿拉大人當場畫了一本繪本嗎？」

我就算親眼見到也難以置信。

優奈大人當場畫出了一張又一張的圖畫。她的手簡直就像有魔法似的，雖然外觀看起來是熊的臉。

「所以外面才沒有在賣呀。其他人也都拜託我來問妳是在哪裡買的呢。」

原來是這樣啊。

其實還有其他人問我關於繪本的事。我也有個跟芙蘿拉大人同年的女兒。我很想送給女兒，但那是世上獨一無二的繪本。

「嗯～那麼如果大家一起連署的話，不知道能不能複印同樣的繪本？」

真是個好主意。

我也想送一本給女兒，所以贊成這個提議。

而且如果隨身攜帶的是複印的繪本，不小心弄破或弄髒也沒問題了。我們就註明這個好處，試著拜託看看吧。

18 電子書購入特典 密利拉旅行 菲娜篇

第一天

我正在跟媽媽和修莉一起數咕咕鳥的蛋時，優奈姊姊來了。

我心想她有什麼事，結果她突然問媽媽可不可以借走我。媽媽還答應了。

我並不是東西。優奈姊姊和媽媽到底把我當成什麼了？

我一問理由，優奈姊姊就說她要去密利拉鎮，希望我可以一起去。她好像記得我以前說過想看海的事。我很高興。真希望她一開始就這麼說。

可是，我有工作要做。我還在猶豫時，媽媽就在後面推了我一把。

因為媽媽也答應了，所以我決定去海邊。

「那麼，我就借走令嬡了。」

「不嫌棄小女的話，隨時都可以帶走她。」

真是的，媽媽和優奈姊姊都很喜歡捉弄別人。嗚嗚，好害羞喔。

可是，妹妹修莉一臉羨慕地看著我，看來她好像想跟我們一起去。修莉說她也想去，於是優奈姊姊也邀請修莉了。

修莉也要跟我們一起去。優奈姊姊真是溫柔。

我們馬上騎著熊緩出發。修莉在熊緩身上吵吵鬧鬧的。我知道她很開心，可是熊緩太可憐了，所以我叫她不要這樣。

熊緩用很快的速度在街道跑，然後衝過森林裡的道路。森林裡有各式各樣的人正在工作。修莉在熊緩背上很有精神地揮揮手，對方也揮手回應我們。我覺得有點高興。

通過森林裡的路之後，有一個很大的熊熊石像迎接我們。

為什麼會有熊熊呢？

這個熊熊石像和優奈姊姊店裡的熊熊是一樣的。

我問優奈姊姊，但是她好像不想回答，所以我決定不再問下去。可是，這一定和優奈姊姊有關係。

隧道裡點著光之魔石，所以很明亮。

這就是隧道呀。

熊緩和熊急開始在隧道裡奔跑。沿路上都是一樣的風景。一直看著同樣的風景，讓我開始覺得有點不安。可是跑了一陣子之後，我們遇到了人。他們好像是在進行裝魔石的工作。看到人，讓我稍微放心了下來。

接下來的路程沒有裝光之魔石，所以黑漆漆的。可是，優奈姊姊的光之魔法照亮了隧道。光球是一顆熊熊的頭，非常可愛。

跑出隧道之後，外面有一個看不到盡頭的大水池。

這就是海……

海比我聽說的還要大很多，裡面全部都是水。修莉也睜大了眼睛看著海。

我從來沒有想過自己可以看到這種風景。

優奈姊姊提議到海邊看看。我和修莉帶著滿臉的笑容點點頭。

海水非常冰涼，而且喝起來鹹鹹的。這些水是鹽水。我覺得喉嚨好痛，優奈姊姊就拿水

出來給我們喝。

呼～得救了。可是，優奈姊姊看到我們這個樣子就笑了出來。太過分了。

之後，我們往城鎮前進。

我們在半路上看到熊熊。是很大的熊熊。那好像是優奈姊姊的家。為什麼房子會這麼大呢？

我們到鎮上之後，鎮上的人都跟優奈姊姊打招呼。

優奈姊姊真受歡迎。

後來，優奈姊姊在旅館介紹一個很壯的人給我們認識，他叫做迪加先生。他的塊頭就跟冒險者公會的拉洛克叔叔差不多大。而且，聽說他非常會做菜。

這個時候，優奈姊姊告訴我們這次來這座城鎮的理由。

她說想要去挖一種叫做竹筍的東西。因為一個人挖很寂寞，所以她才會找我們來。咦，不是為了帶我們來看海嗎？

可是，既然已經看到海了，我還是會幫優奈姊姊的忙。不過……竹筍是什麼呢？

迪加先生好像也對竹筍很有興趣，所以決定跟我們一起去挖。

吃過迪加先生的料理後，我們來到熊熊造型的房子。

好大的房子。有兩隻熊熊並排在一起。

這間房子似乎是為了帶孤兒院的孩子們來玩才蓋的。就算這樣還是很大。

一走進裡面，就可以看到很大的餐廳。

二樓是很大的房間。聽說大家可以一起睡在這裡。我們走到三樓，三樓好像是我們今天晚上要睡的房間。四樓是浴室，好大喔。

浴室分成男女兩間。

雖然有點早，但是明天要早起，所以今天

要早點洗澡睡覺。

我們馬上脫掉衣服，走進浴室。可是，浴池裡面沒有熱水，是空的。這也是當然的，我們剛剛才回到這裡啊。總之，在熱水放好之前，我們決定先把頭髮和身體洗乾淨。

我幫妹妹洗澡，然後清洗自己的身體。我洗完澡之後，優奈姊姊正要開始洗頭。

優奈姊姊的頭髮又長又漂亮。身體和手臂也很苗條，身材很好。這麼細的手臂怎麼會有力氣打倒魔物呢？

果然是用魔法嗎？可是，她曾經用細細的手臂揍過一群冒險者。

我一邊覺得不可思議，一邊幫優奈姊姊洗頭。

第二天

隔天，為了去挖叫做竹筍的食材，我們一大早就出發了。因為很早睡覺，我一點也不睏。到城鎮的入口時，迪加先生已經在等我們了。他的肩膀上扛著鋤頭，充滿了幹勁。

我們來到優奈姊姊所說的竹林。這就是竹子嗎？

看起來像是一根綠色的細筒子。輕輕敲還會發出堅硬的叩叩聲，感覺一點也不像是可以吃的東西。迪加先生好像也跟我有同樣的想法，就向優奈姊姊發問。結果，優奈姊姊用魔法挖開地面，取出了某種東西。

這好像是長成綠色筒子以前的狀態。我摸摸看，的確軟軟的。這就是竹筍，聽說很好吃。優奈姊姊知道得真多。

可是要挖土，我和修莉卻沒有挖土用的道具。

優奈姊姊把戴著熊熊手套的手往前一伸，熊緩和熊急就出現了。

我和熊緩一組，修莉和熊急一組，一起挖竹筍。

「熊緩，拜託你了。」

「咿～」

我和其他人分開，跟熊緩一起移動。

雖然有點遠，就在這附近挖好了。

「熊緩，你找得到嗎？」

「咿～」

熊緩叫了一聲，開始挖土。結果，地面馬上就出現一個洞，裡面有剛才優奈姊姊給我們看的東西。

熊緩把最後的工作讓給了我。我從洞裡拔出竹筍，雖然有點費力，我還是拔出來了。

這是可以吃的東西呢，真想快點知道是什麼味道。

我抱著竹筍回到原地。這是第一根。

「優奈姊姊，這樣就可以了嗎？」

我向正在用魔法挖竹筍的優奈姊姊確認。

「對啊。拜託妳多挖一些喔。我也想帶回去給孤兒院的人吃。」

「好，我會加油的。」

我回到剛才的地方。

熊緩會找竹筍並挖土，最後再由我負責拔出來，然後搬回去。

搬了幾趟之後，我遇到了修莉。

「姊姊好快喔。」

我搬來的竹筍數量比較多。可是，我在途中都不曾看到迪加先生。

我問優奈姊姊，她說自己也沒有看到他。

沒有熊緩和熊急在身邊，挖起來果然很辛苦吧。

後來，我們採了很多竹筍，優奈姊姊說到此為止。

修莉因為輸給我很不甘心，但是我可不能輸給妹妹。

不過，修莉也很努力，所以我誇獎了她。

優奈姊姊終於出發去找一次都沒有出現的迪加先生。他們馬上就回來了，可是迪加先生的手上只有一根竹筍，看來他好像一直沒有找到。可以輕鬆地找到竹筍再挖出來的熊緩真的很厲害。

我們一回到迪加先生的旅館，優奈姊姊就馬上開始料理竹筍了。我本來想要幫忙，可是她說：「一大早就開始工作，妳應該很累了吧。先去休息吧。」所以我和修莉坐在椅子上休息。

過了一陣子，優奈姊姊做的竹筍料理上桌了。每一道菜看起來都很好吃。一看到料理，沒有吃早餐的我肚子就小聲地叫了一下。不過，大家好像都沒有聽到。真是太好了。

我和修莉開始吃飯。肚子很餓的修莉吃得臉頰鼓鼓的，我當然也吃了很多。真的非常好吃。竟然做得出身為廚師的迪加先生都不知道的料理，優奈姊姊好厲害。

後來，因為我和修莉想去，所以我們決定去看船。

停著很多船的地方好像叫做港口。港口有很多船浮在水上。漁夫會搭上船，在大大的海裡捕魚。修莉好像很想坐船，我可以理解她的心情。我也很想坐坐看。可是，我們不能這麼任性。

我們正在看船的時候，修莉發現一艘很大的船，跑了出去。

「修莉，等一下。」

用跑的太危險了，所以我追上去。

我逮到修莉，叫她不要亂跑，這時候遠處

有人從船的後面走出來，他們一看到優奈姊姊就跟她打了招呼。看來他們好像是優奈姊姊認識的人，名字好像叫做達蒙先生和尤拉小姐。

然後，達蒙先生竟然願意讓我們搭上他的船。

船在水上移動。一開始慢慢的，之後才漸漸加快速度。修莉很興奮。優奈姊姊大喊，叫我們小心不要掉進海裡。

船離陸地愈來愈遠。冰涼的風吹在我們身上。雖然可怕，但也很好玩。我不會害怕，應該是因為有優奈姊姊在旁邊陪著我們。和優奈姊姊在一起很安心。

自從遇到優奈姊姊，我看過的風景就愈來愈多了。她上次帶我去王都，這次又帶我來海邊。如果沒有遇到優奈姊姊，我一定看不到這些風景。

優奈姊姊，謝謝妳。

第三天

我們一到鎮上，就有一個漂亮的大姊姊有點不高興地瞪著優奈姊姊，跟她打招呼。

這個大姊姊好像是鎮上的冒險者公會的會長，叫做阿朵拉小姐。聽說優奈姊姊之前到鎮上的時候有受過她的照顧，可是優奈姊姊卻沒有去找她，所以她很生氣。這是優奈姊姊不好，跟照顧過自己的人打招呼是很重要的。

因為一開始感覺到阿朵拉小姐在生氣，我還以為她是個可怕的人，但是跟她說話之後，我才發現她是個非常親切的人。

我們聊到優奈姊姊的話題，有很多一樣的感想。優奈姊姊會幫助有困難的人，非常善良。

後來，我們和阿朵拉小姐一起行動。我們來到一個市場，裡頭賣著在大海裡抓到的魚。市場裡擺著很多我沒見過的魚。跟河裡的魚比起來，大小跟形狀都不一樣。

還有和魚不一樣，身體不斷扭來扭去的東西。感覺有點噁心。這個也可以吃嗎？可是，優奈姊姊說這個非常好吃。吃這種東西需要一點勇氣。

逛完市場的我們接著來到有很多攤販的地方。各式各樣的攤販飄出很香的味道。我和修莉露出很想吃的表情，阿朵拉小姐和優奈姊姊就給我們零用錢了。好像是為了謝謝我們幫忙挖竹筍。

「優奈姊姊，謝謝妳。」

我向優奈姊姊和阿朵拉小姐道謝。然後，我牽著修莉的手走向攤販。

「姊姊，我們吃這個嘛。」

招牌上寫著烤魷魚。味道聞起來很香。

我買了一份，和修莉分著一起吃。我們以前經常兩個人分著少少的食物吃。

烤魷魚吃起來有點硬，但是很好吃。

吃過烤魷魚的修莉嘴巴髒掉了，我用手帕幫她擦嘴。

我們接著去吃把魚烤過或是跟蔬菜一起炒的料理。修莉想要吃很多不同的東西，可是我們吃不了那麼多。我們兩個人勉強吃完最後買的魚料理。

我的肚子好飽，已經塞不下了。因為修莉想吃，我就忍不住買了好多。

可是，每種食物都非常好吃。

後來回到優奈姊姊身邊的我們跟著她去商業公會談事情，明天就要回家了。

這三天真的好開心。

希望下次可以再來。

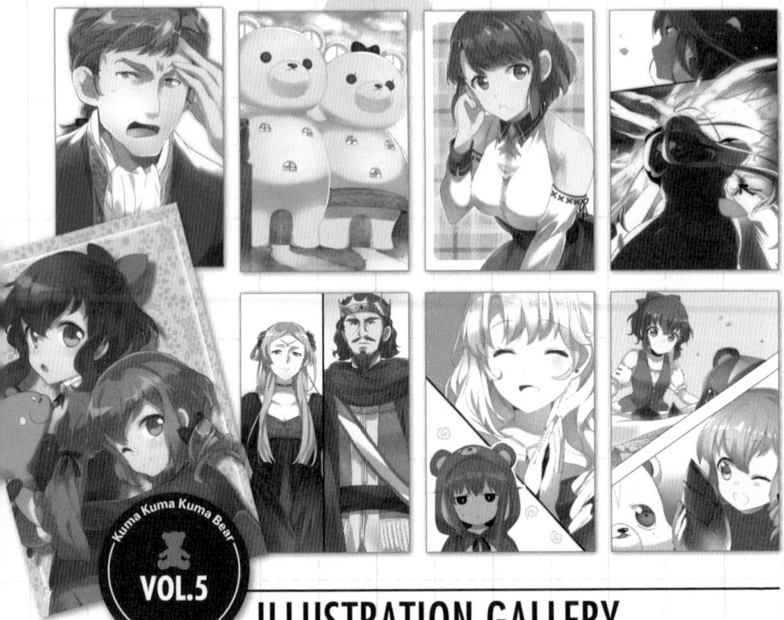

Kuma Kuma Kuma Bear

VOL.5

ILLUSTRATION GALLERY

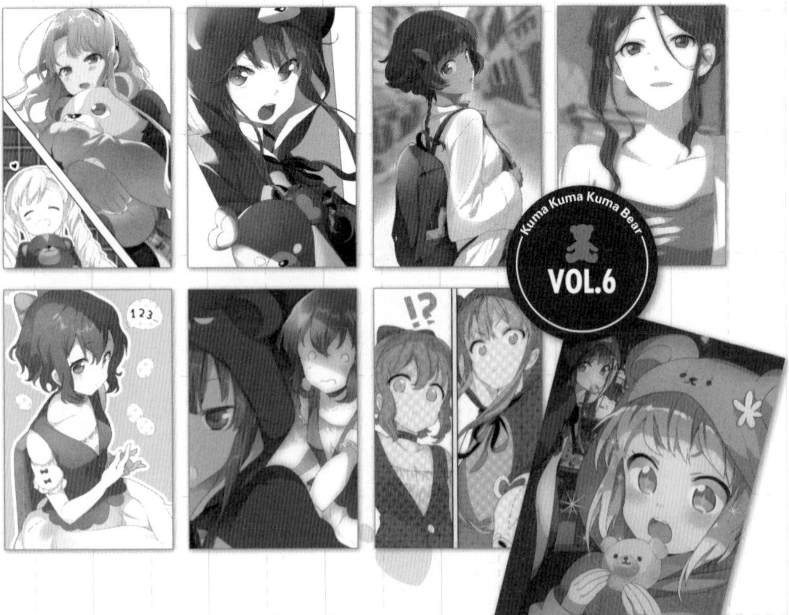

Kuma Kuma Kuma Bear

VOL.6

熊熊勇闖異世界

STORY

熊熊勇闖異世界 6

擔任學生的護衛

從密利拉鎮的短期旅行回來後，優奈為了執行艾蕾羅拉的委託而前往王都，在希雅等學生的課外教學中擔任護衛。護衛的對象是希雅、卡特蕾亞、馬力克斯、堤摩爾所組成的學生隊伍。眾人要將貨物送到搭乘馬車約需兩天路程的村莊，路上出現了哥布林，由希雅等人順利擊退，接著就抵達了村莊。大家在村裡過夜，村裡卻驚傳有魔物出現，學生們將其擊退，才剛安下心就聽說在村民管理的蠶巢附近，有小屋也遭到魔物襲擊，還有村民受困在裡面。優奈趕緊跟學生一起前往小屋，卻在那裡遇到了黑虎。面對強敵，學生不知如何是好，這時優奈在他們面前大顯身手，打倒了黑虎，因此受到學生們尊敬。回程的路上平安無事，達成護衛任務的優奈馬上向艾蕾羅拉報告，完成委託。

「熊熊食堂」開幕

回到克里莫尼亞的優奈帶著複印好的繪本造訪孤兒院，又去跟克里夫吃飯。這時，

連接密利拉鎮的隧道已經整修完成，於是安絲和工作夥伴一起來到了克里莫尼亞城。優奈帶著她們前往店面，馬上開始進行開幕的準備。其中一個工作夥伴——妮芙希望在孤兒院，而不是店裡工作，眾人還討論了員工的制服，最後「熊熊食堂」順利迎來開幕日。

尋找祕銀小刀

優奈拜託菲娜肢解護衛學生時打倒的黑虎，靠菲娜現有的小刀卻無法肢解，所以優奈決定購買更好的小刀，帶著菲娜前往打鐵舖。可是，克里莫尼亞的鐵匠——戈德的店裡並沒有足以肢解黑虎的祕銀小刀。經由戈德的介紹，優奈帶著菲娜前往王都的打鐵舖，在路上與希雅等人重逢，於是跟他們一起前往打鐵舖。可是，王都的鐵匠——加札爾的店裡也沒有祕銀小刀。原來是因為礦山的洞窟裡出現魔偶，導致祕銀缺貨。為了詢問詳細情形，優奈前往王都的冒險者公會，從莎妮亞和艾蕾羅拉那裡接下擊退魔偶的委託。優奈把菲娜交給艾蕾羅拉照顧，一個人朝著礦山出發。

19 電子書購入特典 與熊熊的相遇 達蒙篇

這座密利拉鎮因為突然出現的克拉肯，無法出海捕魚。能前往其他城鎮的唯一幹道也因為盜賊跋扈而無法通行。有錢人都紛紛離開鎮上。

過了一個月，城鎮陷入了糧食危機。

我和家人討論過後，決定翻越艾雷岑特山脈，到克里莫尼亞城購買糧食。我和妻子尤拉兩人一起爬上地勢險峻的山路。聽說只要越過這座山，就能抵達克里莫尼亞城。可是愈接近山頂，暴風雪就愈強，甚至看不清前方。

光前進一步就費盡力氣。我們渾身凍僵，再也無法行走。雖然想找地方避避風雪，卻無處可躲。

這個時候，後方傳來物體倒下的聲音。我回過頭，發現尤拉累倒了。我大喊，她卻沒有醒來的跡象。而我想要把尤拉揹到背上，卻使不上力。

我的體力似乎也到了極限，腦海裡浮現出孩子們的身影。不行了。我的意識漸漸遠離。

我醒來時，發現自己身在溫暖的房屋裡。而且，我的眼前有個打扮成熊的女孩子。女孩給我喝溫熱的飲品，請我吃飯。熱呼呼的食物就像是滲透至身體裡似的，非常美味。

可是更令我驚訝的是，這棟房屋竟然位在這座山脈上。

後來，打扮成熊的女孩子分了糧食給我們。她說只要我們幫忙為她帶路到密利拉鎮就好了。於是我們決定沿著原本的路下山。

我們騎著熊下山。打扮成熊的女孩說這是她的召喚獸。我們費盡千辛萬苦才爬上的山路，熊很輕鬆地跑完了。真是令人難以置信的景象。

我們花了幾天才爬上雪山，卻不到一天就回到山腳了。

自從熊姑娘來到鎮上後，發生了很多事。開始有糧食在鎮上流通，占據在幹道上的盜賊被擊退了，還發現商業公會的會長跟盜賊的所作所為有關係。

幹道可以通行後，商隊出發去採購糧食。雖然可能會花上一點時間，卻漸漸看到了希望。這也都是多虧有熊姑娘幫我們擊退盜賊。

因為克拉肯在海裡出沒，沒辦法捕魚的我待在家裡，這時克羅爺爺召集了所有的漁夫。我來到集合地點時，現場已經有許多漁夫。

時間一到，克羅爺爺便出現在漁夫面前，說不管後天發生什麼事都不可以接近海邊，要待在家裡。

「那是什麼意思，克羅爺爺？」

「就是字面上的意思，當天絕對不可以接近海邊。」

因為人靠近海邊就有可能會引來克拉肯，所以我們都知道不能靠近。但是克羅爺爺竟然會特地指定日期，實在太不尋常了。

「不論是好是壞，這座城鎮的命運都將在那天決定。萬一出了什麼事，我會負起責任。所以不管發生什麼事，拜託你們不要去海邊。」

個性頑固的克羅爺爺對我們深深低下頭。我們平常本來就不會去海邊，就算他不說，我們也不會去。其他的人似乎也和我有同樣的想法。

「克羅爺爺，我們知道了，請把頭抬起來吧。我們不知道會發生什麼事，可是既然克羅爺爺這麼說了，大家都會乖乖遵守指示。對吧，各位？」

「是啊，沒錯。」

我們向克羅爺爺發誓，當天絕對不會靠近海邊。

當天，我因為很在意克羅爺爺說的話，沒辦法乖乖待在家裡，所以為了分散注意力，我走到鎮上散步。

就算在鎮上散步，我還是非常好奇海邊的情況。我實在是忍不住，便散步到看得見海的地方。

嗯？怎麼回事？冒險者公會的職員擋在通往鎮外的大門前。

我很在意，便出聲向他們搭話，他們卻說：「今天禁止任何人通行。」

到底會發生什麼事？這和克羅爺爺說過的話有關係嗎？

我暫時觀望了一陣子，聽到大門邊傳來吵雜的聲音。我跑了過去，發現熊姑娘倒在白熊的背上。

熊姑娘發生什麼事了？冒險者公會的會長想要和熊一起走進大門，守衛卻很猶豫是否該放熊進入城鎮。因為這樣，公會會長靜靜地表示憤怒。

她說熊姑娘把克拉肯打倒了。

把克拉肯打倒了？

公會會長的口中說出了破天荒的一句話。據說她是在距離城鎮有一小段路的懸崖上打倒克拉肯的。而熊姑娘是因為跟克拉肯戰鬥時，用了太多魔法才會累倒。

我實在沒辦法相信這件事。

可是，公會會長說去看了就知道。包括我在內，幾個男人為了確認，往懸崖的方向跑去。如果克拉肯真的被打倒了，我們的城鎮就能得救。

我跑得氣喘如牛，來到懸崖邊時，看見海上冒出了大量的蒸氣。因為熱氣的關係，我不斷流著汗。我向前走到冒出蒸氣的地方，便看見冒著蒸氣的海中矗立著幾尊巨大的熊石像，克拉肯就死在石像圍起的範圍中。

那個打扮成可愛熊熊的女孩子竟然打倒了克拉肯，我簡直不敢相信。

雖然人家都說眼見為憑，但我就算親眼見到也難以置信。可是一直以來折磨我們的克拉肯，的確就死在沸騰的海水之中。

有什麼東西滑落我的臉頰。我似乎在不知不覺中哭了。我趕緊擦掉眼淚，可是流淚的人不只有我一個。我環顧四周，發現和我同樣趕到現場的人都望著被打倒的克拉肯流淚。

我來到小姑娘留宿的迪加的旅館。

小姑娘似乎是因為和克拉肯戰鬥，太過疲勞而倒下的。公會會長阿朵拉小姐說她正在靜靜地睡覺，希望我們不要吵醒她。

可是，和我一樣看到克拉肯屍體的鎮民都想要向熊姑娘道謝，不斷聚集到旅館來。每次有人來，阿朵拉小姐和身為旅館老闆的迪加就會代為說明。

「想道謝的話，就拿一些米來給小姑娘吧。就算只有一點點也好，這是最能讓她高興的食材。」

「米嗎？」

「她真的會高興嗎？」

「是啊，我保證。等到她醒來後一定會很高興。」

「是呀。比起在這裡把優奈吵醒要好多了。」

鎮民點點頭，各自回到家中。我也回到家裡和家人商量，把所剩不多的米拿去給小姑娘。我沒有其他能為小姑娘做的事了。

我帶著女兒，前往小姑娘休息的旅館。

我拿著米走進旅館時，已經有幾個居民過來了。然後，他們都把米倒進應該是迪加準備的大木桶裡。大家都從不多的糧食中拿了米來。

我也和女兒一起把米倒進木桶裡。

「爸爸，熊姊姊會高興嗎？」

「是啊，她會高興的。」

「熊姊姊，謝謝妳。」

女兒牽著我的手，說著感恩的話。我們真的難以回報熊姑娘的恩情。

其實我很想要當面向她道謝，但她才剛和那種魔物戰鬥完，我根本無法想像那有多麼辛苦。那應該是一場賭上性命的戰鬥，我回想起倒在白熊背上的小姑娘。

希望她現在可以好好休息。

隔天，我出海捕魚。搖晃的船身、海潮的香氣，這一切都讓我感到懷念。我的臉上自然而然地浮現笑容。並不是只有我這樣，每一艘船上的漁夫都帶著滿臉的笑容。大家的心情應該都跟我一樣吧。

我帶著漁獲回來時，有人說因為要肢解克拉肯，所以希望大家到附近的沙灘集合。

我來到沙灘時，看到了熊姑娘和克羅爺爺。

克拉肯非常龐大。因為當初看到牠時是泡在海裡，所以我以為牠沒有那麼大。我們開始分工合作，肢解克拉肯。

聽說熊姑娘要把克拉肯的素材全部送給我們的城鎮。她好像說過，希望這些素材可以用在復興城鎮上。普通人根本不可能這麼做。她打倒了克拉肯，反過來向城鎮索取一大筆錢也不為過，可是熊姑娘卻沒有提出任何要求。

就算向鎮民以外的人說這件事，大概也不

會有人相信吧。

打扮成熊的女孩真的是個不可思議的女孩。

這座城鎮的居民都很感謝熊姑娘。可是，自從小姑娘救了這座城鎮，就發生了很多事。不只是克里莫尼亞的領主大人來訪，還發現了一條通往克里莫尼亞的隧道。雖然熊姑娘說隧道是她發現的，但我非常清楚那是不可能的。如果有那種隧道，熊姑娘應該不會特地爬上艾雷岑特山脈。

想到她能夠打倒克拉肯，我就忍不住作各種猜想。

因為發現了隧道，開始會有糧食從克里莫尼亞運送過來。不過，還得確保有道路可以供馬車等交通工具通行。城鎮決定馬上開拓通往隧道的路，當上商業公會會長的傑雷莫正在忙碌地工作著。

想到那個懶小子竟然當上了公會會長，我就忍不住笑意。可是，如果是由那傢伙擔任會長，商業公會應該也會往好的方向發展。

而今天，我因為要到商業公會辦事，去見了傑雷莫。

「傑雷莫，你好像很忙呢。」

「是達蒙啊。你看起來倒是很閒嘛。」

「才沒有那回事。因為我今天也有出海工作啊。」

「真羨慕你這麼開心。」

「是啊，因為多虧小姑娘，我又可以出海了，而且你們商業公會也會跟我們收購漁獲嘛。」

「我這邊可忙了。除了管理漁獲的流通，還要管理從克里莫尼亞運送過來的糧食，有很多事情要做。為什麼我會遇到這種事啊？」

「那是因為你是個願意為城鎮努力的人

啊。」

「你應該知道我是個偷懶成性的人吧？」

「我也知道你是體貼居民的人。」

「你太高估我了。」

「沒有那回事喔。傑雷莫先生的人望總是令我驚訝。」

出現的是從克里莫尼亞被派遣過來的公會職員，安娜貝爾小姐。她是個看起來很認真又嚴肅的女性。

「安娜貝爾小姐？」

「他工作時雖然會偷懶，卻很受鎮上的居民愛戴。只要聽到是為了傑雷莫先生，大家都願意出手相助，也有很多人會帶伴手禮來慰勞傑雷莫先生。我可以理解為什麼這座城鎮的長老們會選擇傑雷莫先生擔任會長。可是，我真的很希望他不要再丟下工作跑去偷懶了。」

「呃，可以請妳說我是在休息嗎？」

「我可不能讓你休息好幾個小時。這座城鎮的命運就要看傑雷莫先生的表現了。」

「呃，我不覺得自己的責任有那麼重大……」

「難道說這座城鎮毀滅也沒關係嗎？」

「我的意思是其他的人來做應該也可以吧？例如由安娜貝爾小姐來擔任會長。」

「如果由我來做，城鎮的復興會花費更多時間。這座城鎮遇到了很多新的狀況。如果不受到鎮民信賴，就沒辦法應付這些事。由我擔任商業公會的會長應該也會引發反彈，使得事務無法推行。」

「我並不是那麼了不起的人。」

「傑雷莫，你就死心吧。我也是相信你的其中一個人。因為是你，我才能放心地把商業公會、城鎮，還有我們捕到的魚交給你。」

「達蒙……我看起來像是會因為這番話而努力的人嗎？」

「不像。」

我和傑雷莫開始發笑。不過，傑雷莫好歹也是個會做事的男人。

而今天，我也要出海捕魚。

我們漁夫經過克拉肯被打倒的地點附近時，都會對大熊石像的背影傳遞感謝之意。

感恩我們今天也能平安地出海捕魚。

謝謝。

20 向學校報告 馬力克斯篇

7net購入特典

參加完實習訓練的隔天，我們要向老師報告，這也是為了確認身為冒險者的優奈小姐和我們的說法有沒有出入。我的心情有點沉重。

「唉～」

「馬力克斯，你怎麼了？」

我一嘆氣，希雅便一臉擔心地這麼問我。

「沒有啦，我只是在想今天要報告的事。」

優奈小姐說她坦白報告了事情的始末。她也說就算她隱瞞，村裡的人也會說，所以遲早會穿幫。我也這麼想。

想都不用想，我的分數肯定很低。

我瞧不起擔任護衛的冒險者，沒有請示冒險者就擅自行動。我應該要聽從身為冒險者的優奈小姐的指示，卻充耳不聞。可是，普通人根本不會知道那種打扮成熊的女生是冒險者，也不會認為她很強。不過，如果這一點也包含在測驗內容裡的話，分數就會下降。

雖然還有打倒魔物的分數，但一切都不好說。這次的實習訓練並沒有包含魔物狩獵，如果老師認為這已經超出學生的本分，那就沒有意義了。

可是我不認為對村民伸出援手是錯的。如果下次又遇到有困難的人，我還是會幫忙，我就是想成為那樣的騎士。

我們在教室裡等待，先去報告的吉古德等人回來了。

「馬力克斯，輪到你們了。」

「你們結束了嗎？」

「是啊，反正也沒什麼好說的，很快就結束了。」

我很羨慕語調輕鬆的吉古德。比我們早去報告的隊伍都很快就回來了，我們是最後一組。因為我們的報告會很久，所以才會被排在最後面——我忍不住悲觀地這麼想。

況且，我很懷疑老師會不會相信，也不知道老師究竟對優奈小姐所說的話相信到什麼程度。

「馬力克斯，走吧。」

「嗯。」

「你不必這麼擔心啦，當時我的母親大人也在嘛。」

「艾蕾羅拉大人有說什麼嗎？」

「我昨天一回去就睡了，所以還沒有跟她聊到。」

我也一樣。或許是因為疲勞，我昨天很早就睡著了。

我不能說謊，只能說真話。我們跟吉古德等人擦身而過，前往老師在的辦公室。

一走進辦公室，我們就看到老師和希雅的母親——艾蕾羅拉大人的身影。

我望向希雅，發現她的表情很驚訝。看來希雅也沒有接到通知。

「你們就是最後一組吧。不管怎麼樣，先坐下吧。」

聽到老師這麼說，我們坐到椅子上。

「我已經聽艾蕾羅拉大人說過了，但還是難以置信。學校還會再跟村民確認，可是首先要聽聽你們的說法。」

我們一五一十地說出自己在實習訓練中採取的行動、經歷的事情。內容全都是一些難以取信於人的事。

老師每聽我們說一件事，就會露出驚訝

的表情。可是，或許是因為先聽優奈小姐說過了，老師靜靜地聽著我們說話，頂多只有偶爾問幾個問題確認而已。

「我了解了，之後會再向村民確認。」

「老師，我們果然會被扣分嗎？」

堤摩爾這麼一問，老師就露出傷腦筋的表情，然後馬上轉頭望著艾蕾羅拉大人。

「這次的事情不會扣分也不會加分。你們為了幫助村民而採取行動的心態很了不起。對於這件事，我不會生氣。你們都是將來要擔任領導者的人物，所以我不希望你們對有困難的人見死不救。可是，我也希望你們能了解自己的行為有多麼輕率。行動之前，你們必須考慮到自己的立場。」

「那麼，我們的行動到底對不對呢？」

堤摩爾再度確認。

我大概能理解艾蕾羅拉大人的意思。可是，堤摩爾好像還不懂。他忍不住問說怎麼做才是正確答案。

「正確答案會因人而異，世界上沒有什麼是絕對正確的。」

「……………」

「可是，你們也沒有錯。我只希望你們不要認為自己的行為是完全正確的，也不要覺得自己做錯了。」

「聽起來好困難。」

「人生本來就不可能每件事都有正確答案。有些事情要等到以後才會知道究竟是對是錯。以這次來說，沒有跟護衛你們的冒險者商量就是錯的。冒險者也算是老師的代理人，沒有跟冒險者商量就採取危險的行動，並不是值得鼓勵的做法。」

這麼說沒錯，但要跟打扮成熊的優奈小姐商量，實在有點強人所難。我想絕對沒有人第一眼見到優奈小姐就知道她是很強的冒險者。

「艾蕾羅拉大人，沒有人會覺得打扮成熊

的優奈小姐很強的……」

堤摩爾心有不甘，這麼找藉口。我很能理解他的心情。

「不要以貌取人也是這次測驗的一環喔。我想知道你們見到一個打扮成熊的女孩子會怎麼判斷、怎麼行動。」

「為什麼要測驗這種事呢？」

「因為那樣比較好玩……不是啦，咳咳。」

她剛才說了「好玩」吧？艾蕾羅拉大人輕咳了一聲，然後重新開口。

「有很多人是從外表看不出真實身分的。例如衣衫襤褸的間諜或殺手、微服出巡的國王，還有打扮成可愛模樣的優秀冒險者。雖然外表是重要的判斷依據，我還是希望你們成為懂得判斷內在的人。所以，我才會拜託外表可愛但實力堅強的冒險者優奈去監督你們的實習訓練。」

我已經明白艾蕾羅拉大人所說的道理，優奈小姐就是不能用外表判斷的典型人物。可是，要是有人能一眼看出優奈小姐是優秀的冒險者，我還真想見見對方。

到頭來，我們的實習訓練成績沒有被扣分也沒有被加分。

這次，我們的行動並沒有正確或錯誤之分。我們為了救助村民而採取行動，結果黑虎出現，而優奈小姐救了我們——這是唯一留下的事實。

如果黑虎沒有出現的話，我們會得到讚賞嗎？

如果順利救出村民，我今後恐怕會毫不猶豫地重複同樣的事吧。雖然我不認為這是錯的，這次的事卻讓我開始重新思考起自己的行動原則。

最後艾蕾羅拉大人說：「為了不要後悔，審慎思考是很重要的。」她說，從各種角度觀察，比較能了解什麼才是正確的。

從學生、一個人、騎士、老師、冒險者等各式各樣的觀點去思考後，我稍微理解了。

可以肯定的是，我非常弱小。看過優奈小姐的戰鬥後，我能體認到自己究竟有多弱小。面對那隻黑虎的時候，我怕得無法動彈，可是那個打扮成熊的少女比我還要嬌小，卻敢一個人迎戰黑虎。

我不知道要經歷多麼嚴苛的訓練才能強得足以跟黑虎抗衡。

「優奈小姐真強。」

向老師報告完畢後，我跟其他人一同踏上歸途時，無意間這麼說道。

「怎麼突然這麼說？」

「我只是在想，要是沒有優奈小姐在，我們早就死了。」

「的確沒錯。我們真得好好感謝優奈小姐呢。」

後來過了一陣子，老爸得知了實習訓練的內容。因為我讓大家身陷危險、擅自行動，又沒有請示身為冒險者的優奈小姐，所以他痛罵我一頓，甚至打了我。

可是，他肯定了我試圖救助村民的舉動。

被打的感覺很痛，但我很高興能得到老爸的肯定。

21 往克里莫尼亞出發 安絲篇

安利美特購入特典

「噯，安絲。我們真的可以一起跟過去嗎？」

妮芙小姐一邊打掃店裡，一邊問道。

「真的。我已經徵求過優奈小姐的同意，沒問題的。」

前幾天，優奈小姐帶兩個女孩子來玩。我是在那個時候徵得同意的。

現在，趁出發至克里莫尼亞前，我請妮芙小姐她們在旅館工作。這是為了讓她們練習基本的待客方式。

「我們不用學做料理嗎？」

「因為妳們都會處理海鮮，目前這樣就足夠了。請各位先學會比較不熟悉的待客方式。」

「既然安絲都這麼說了，那好吧。」

妮芙小姐回到打掃的工作上。

我在出發前也密集地接受了爸爸的料理指導。

「火候不夠。」

「是！」

「鹽放太多了。」

「是！」

爸爸雖然很嚴格，卻教了我很多。

他有時候會露出悲傷的表情，但又會馬上變回帥氣的爸爸。

妮芙小姐等人開始變得熟悉工作時，我聽說隧道在近期就要完工了。為了詢問開往克里莫尼亞的馬車狀況，我決定前往商業公會。

「不好意思。請問現在有開往克里莫尼亞的馬車嗎？我們想要盡快前往克里莫尼亞。」

「很抱歉，隧道開通日的馬車全部都客滿了。」

「那要等到什麼時候呢？」

聽到我的問題，職員翻著紙張查詢。

「第三天和第五天也都客滿了。目前要到第七天才有空位。」

據職員所說，隧道的通行規則好像是克里莫尼亞和密利拉各輪一天。第一天之後的馬車出發日是第三天。可是因為客滿，似乎搭不上第三天和第五天出發至克里莫尼亞的馬車了。

我想就算遲個幾天，優奈小姐應該也不會生氣。可是為了回應優奈小姐的期望，我想要早點去。這都要怪我疏於確認。

無奈的我正打算預約七天後的馬車時，有個帶著黑眼圈的男人從裡頭走出來。他是商業公會的會長——傑雷莫先生。他經常到我們家的旅館吃飯。

「咦，安絲？」

「好久不見了，傑雷莫先生。」

「怎麼了？那個肌肉老爸託妳來辦事嗎？」

「不，不是的，我是來確認前往克里莫尼亞的馬車。」

我向傑雷莫先生說明自己來到商業公會的理由。

「對了，安絲，聽說妳要到熊姑娘在克里莫尼亞開的店工作？妳這位旅館的招牌離開了，真令人寂寞呢。」

「還有媽媽在，沒問題的。」

後來我提到自己想要搭上第一天的馬車，卻沒有空位的事。

「第一天啊～」

傑雷莫先生陷入沉思。

「果然不行嗎？」

「居民好像都很期待通車，所以有很多人來訂馬車的座位。可是既然是要去熊姑娘那裡工作的安絲需要的話，我也想幫忙。」

傑雷莫先生把手放在頭上思索。

「好，我來幫妳想辦法吧。」

「真的嗎？」

「會長，擅自答應這種事情沒關係嗎？」

在一旁聽到我們說話的公會職員插嘴說道。的確，客滿的馬車不太可能這麼簡單就能空出座位給我。

「嗯～拜託通融一下嘛。」

「那是不可能的。」

有個看起來很正經的女人出現了。我記得她是克里莫尼亞的商業公會派過來的人。

「安娜貝爾小姐……」

傑雷莫先生露出被討厭的人逮到的表情。

「可是，她是拯救了這座城鎮的熊姑娘的朋友。而且，她要到熊姑娘在克里莫尼亞的店裡工作，熊姑娘也在等著安絲過去。既然這樣，多少都會想要幫點忙吧。」

傑雷莫先生拚命找藉口。

「而且安絲要在熊姑娘的店裡用在密利拉捕到的海鮮做料理。這對漁夫和商業公會，甚至是整座城鎮來說都有好處。」

有這麼誇張嗎？

我只是要在優奈小姐的店裡做爸爸教我的料理而已。牽扯到整座城鎮，我也覺得很困擾。

聽到傑雷莫先生的這番話，安娜貝爾小姐開始沉思。

「……我明白了。我會想辦法準備開往克里莫尼亞的馬車。」

「可以嗎？」

安娜貝爾小姐說出了我意想不到的話。

我還以為她是個嚴格遵守規則的人，但好像不是。

「將這座城鎮特有的食材推廣到克里莫尼亞是一件好事。如果吃過料理的人也想在家裡品嚐，流通量就會增加，來到密利拉鎮的人也會變多。這樣一來就能促進活化城鎮。而且，如果我們冷漠對待拯救過這座城鎮的優奈小姐的朋友，因此被她怨恨就傷腦筋了。」

優奈小姐的影響力似乎比我想的還要大。

「不過，我沒想到傑雷莫先生會這麼為城鎮著想。既然如此，為了回饋城鎮，再增加一些工作也沒關係吧。」

安娜貝爾小姐對傑雷莫先生微微一笑。

「安、安娜貝爾小姐，要是工作量變得更多，我會死的。」

「人不會這麼簡單就死去。我也很想讓你休息，可是一旦隧道開通了，一定會變得很忙碌。」

「怎麼這樣……」

「可是，新加入的公會職員已經開始漸漸熟悉工作，其他職員的水準也提高了。我想他們差不多可以幫忙分擔傑雷莫先生的工作了，所以在那之前，請你繼續努力。」

我覺得安娜貝爾小姐是考慮到周圍有其他職員，刻意這麼說的。聽到安娜貝爾小姐的這番話，周圍的職員都露出高興的表情。

原來除了直接誇獎，還有這種誇獎方式呢。

「會長，我也會努力的，我們一起加油吧。」

「我也會好好加油。」

公會職員都發出振奮的聲音。可是，傑雷莫先生卻露出了困擾的表情。我後來去問爸爸，他說：「他只是因為其他人很有幹勁，自己也不得不努力，所以覺得很困擾啦。」爸爸真了解傑雷莫先生。

後來傑雷莫先生和安娜貝爾小姐幫我安排

了包括妮芙小姐等人在內的五個馬車座位。

出發當天，爸爸他們都來送行了。

「妳可不要逃回來喔。」

「要寫信給我們喔。」

「路上小心啊。」

爸爸、媽媽和哥哥向我道別。而最後，他們看著妮芙小姐等人。

「我女兒還不成器，希望妳們不要嫌棄她。」

「爸爸，那是嫁女兒時會說的話啦。」

「是嗎？」

「我們會好好扶持安絲的，請不要擔心。」

「嗯，有大家在就沒問題。」

「安絲，妳不是孤單一個人喔。有任何事情都可以跟我們商量。」

我也真的這麼想。如果只有我一個人，我可能會被不安給壓垮。可是只要有認識的人在，就能讓我放心一點。

「我會努力的。我會經營一家生意興隆的店。爸爸、媽媽、哥哥，我出發了。」

我最後抱緊家人，暫時與他們分別。

22 合作書店購入特典 諾雅與菲娜和熊熊麵包

今天我不用念書。

我去優奈小姐的家拜訪她，她卻不在。

她去哪裡了呢？我本來想見見熊緩和熊急的，真是可惜。我漫無目的地走在街上，正在煩惱要去哪裡的時候，就走到「熊熊的休憩小店」附近了。

優奈小姐會在這裡嗎？

我望向店面，看到許多客人走進店裡。這家店的生意本來就很好，但今天的人潮好像比平常還要多。

是不是發生什麼事了呢？

我走向「熊熊的休憩小店」。話說回來，走進店裡的客人愈來愈多了。一踏進店裡，我就看到買麵包的地方擠滿了人。

這是怎麼回事？

我靠近擺放麵包的賣場，聽到陌生的名詞。

「請給我六個熊熊麵包。」

「不好意思，一位客人限購一個。」

「好吧，我們一家三個人都來了，那就三個。」

「好的，三個對吧。」

「另外，我還要那個麵包跟那個麵包。」

「好的，謝謝惠顧。」

我剛才聽到熊熊麵包，是我的錯覺嗎？

可是，下一個客人也點了熊熊麵包。

我從人群的縫隙往裡面瞄。眼前擺著各式各樣的麵包，每一種看起來都很好吃。我在許多麵包中找到了它。

「熊熊造型的麵包?」

沒錯,賣場上擺著長得像熊臉的麵包。那到底是什麼?太可愛了!我也好想吃吃看,所以馬上跑去排隊。

我正在排隊的時候,熊熊麵包變得愈來愈少。再這樣下去,麵包就要在我買到之前賣光了。

「請給我熊熊麵包。」

嗚嗚,麵包正在不斷減少。

「諾雅大人?」

有人叫了我。我回過頭,發現是菲娜。

「菲娜,那種麵包是什麼?我從來不知道店裡還有那種麵包。」

我開口質問菲娜。

「那是最近發售的新麵包喔。因為非常受歡迎,所以大家做得很辛苦呢。」

既然如此,我不知道也沒辦法,這幾天我都沒有來光顧。不管怎麼樣,我身為熊熊粉絲俱樂部的會長,不知道就太丟臉了。

「既然店裡做了這種麵包,請跟我說一聲嘛。」

菲娜身為熊熊粉絲俱樂部的副會長,應該有義務向我這個會長報告。

「呃,對不起。」

「那麼,我要馬上來品嚐熊熊麵包了。」

我望向麵包賣場,發現剛才還有的熊熊麵包已經一個也不剩了。

「我的熊熊麵包!」

嗚嗚,熊熊麵包賣完了。

「都是因為我跟諾雅大人說話的關係,對不起。」

「不,這不是菲娜的錯。」

這並不是菲娜的責任,都要怪我見到菲娜太高興,不小心聊得太久了。可是,吃不到熊熊麵包還是讓我很傷心。我正沮喪的時候,菲娜對我說道：

「諾雅大人，妳等一下有空嗎？」

「有空呀。」

我今天一天都可以自由活動。

「那要不要跟我一起做熊熊麵包呢？」

「妳會做嗎？」

「我也有練習做過，應該沒問題。」

自己做熊熊麵包是我從來沒體驗過的事，或許很有趣。

「嗯，我們來做吧。可是要在哪裡做？」

「我想應該可以借用一下廚房。」

菲娜這麼說，然後牽起我的手，帶我去深處的廚房。菲娜一走進廚房就向一位正在做麵包的女性打了招呼。她叫做莫琳小姐，是掌管這家店的麵包師傅。

「那邊有空位可以給妳們用。」

「莫琳小姐，謝謝妳。」

菲娜向莫琳小姐道謝，然後走回我這裡。

「諾雅大人，我取得使用場地和材料的許可了，我們可以在那裡做麵包。」

菲娜指著空的桌子。

「真的可以嗎？」

「是的，沒問題。」

菲娜開始準備兩種麵團，分別是帶著一點顏色的麵團和白色的麵團。

「我先開始做，請模仿我的做法。」

「我知道了。」

我點頭，菲娜便開始搓揉白色的麵團。她漸漸揉出一張圓圓的熊臉。然後，她把褐色的麵團搓成小球狀，放在熊臉上面。

還沒烤就看得出來這是一張熊熊的臉。

「那麼，諾雅大人也來試試看吧。」

我模仿菲娜，做出同樣的麵包。

「諾雅大人做得真好。」

「哎喲，不要客套了，不管怎麼看都是菲娜做得比較好。」

兩個熊熊麵包擺在一起是一目了然。可是只要多做幾次，應該就能像菲娜一樣厲害了。

我拿起一塊新的麵團。

「諾雅大人，妳要做幾個麵包呢？」

「要做幾個都可以嗎？」

「雖然材料很夠，但做太多也吃不完喔。」

說得也是。要是做太多而吃不完，那就只能丟掉了。可是，我還想做更多。

「……既然如此，我也想做父親大人和菈菈的份，可以嗎？」

不是我要自誇，這真是個好主意。

「好的，沒問題。那麼我們繼續做吧。」

我要請父親大人他們品嚐美味的麵包。

於是，我們做了許多熊熊麵包。聽說用白色麵團當基底的熊熊麵包叫做熊急麵包，用褐色麵團當基底的熊熊麵包就叫做熊緩麵包。

當然了，店裡並不是用這種名字當作商品名稱，只是大家心裡都這麼想。

我們借用石窯烘烤自己做的熊熊麵包。

「烤麵包的工作就交給我吧。」

菲娜用熟練的手法把麵包放到石窯裡。我也很想試試看，可是幾乎沒有經驗的我不該妨礙她。

「烤一陣子就完成了。」

我在石窯前等待。這裡好熱，可是我忍耐汗水，看著麵包烘烤的過程。過了一陣子，熊熊麵包烤熟了，開始飄出美味的香氣。

「差不多快好了。」

菲娜從石窯裡取出麵包。熊熊的臉烤成了金黃色。

麵包有一張可愛的熊臉，我捨不得吃掉它。跟菲娜做的熊熊麵包比起來，我做的熊臉果然有點怪怪的。可是，這是我自己做的麵包，光是這樣就讓我覺得好高興。

「那麼，我們開動吧。」

菲娜咬了一口熊熊麵包，露出津津有味的表情。

「諾雅大人不吃嗎？」

「我只是覺得它有點可憐……」

我這麼一說，菲娜就笑了。

「為什麼要笑？」

「大家第一次吃熊熊麵包的時候都會遲疑，我也一樣。聽說孤兒院的孩子們也猶豫了很久才吃呢。」

我能理解。吃掉這麼可愛的熊臉，實在太可憐了。

可是，我下定決心咬了一口耳朵，吃起來好燙。不過，可口的麵包風味在嘴裡擴散。

「真好吃。」

吃了一口之後，熊熊的臉漸漸被我吃光。

「諾雅大人，能做得這麼成功真是太好了。」

「這都是多虧了菲娜，謝謝妳。」

我這麼說，菲娜就露出高興又害臊的表情。

後來，我把做好的麵包帶回家，分給父親大人和菈菈等宅邸的傭人們。

一聽到這是我做的，父親大人便露出驚訝的表情。能看到父親大人這麼驚訝的樣子，我很開心。

希望下次還有機會再做。

熊熊勇闖異世界

STORY

熊熊勇闖異世界 7

熊熊電擊魔法完成！

抵達礦山城鎮的優奈遇到護衛學生時遇見的傑德等人，與他們一起進入礦山。在洞窟內前進時，熊熊地圖偵測到其他隊伍的反應。樓層改變後，地圖上又出現了新的魔物反應，透過探測技能可以得知它是祕銀魔偶。優奈一行人看到笨蛋戰隊正在跟祕銀魔偶交戰，認為打擾他們會違反冒險者的禮節，於是暫時回到城鎮，隨後笨蛋戰隊敗給祕銀魔偶，也返回了城鎮。優奈決定一個人進入洞窟，與放棄打倒祕銀魔偶的傑德等人分頭行動，開始祕密特訓。優奈習得電擊魔法，然後挑戰祕銀魔偶。擔心洞窟崩塌的優奈用熊熊傳送門把祕銀魔偶帶到戶外，用熊熊上鉤拳把祕銀魔偶打飛到高空中，靠墜落的衝擊讓核心外露，再用電擊熊熊鐵拳將它破壞。打倒祕銀魔偶後，優奈在洞窟深處找到名叫「熊礦」的謎樣礦石。

請鐵匠打造祕銀小刀吧

優奈回到王都報告打倒魔偶的消息，從艾蕾羅拉那裡取得護身用的祕銀小刀作為報酬。優奈帶著自己獲得的祕銀魔偶造訪加札爾的打鐵舖，首先訂製了戰鬥用的兩把小刀，而不是肢解用的小刀。難得來到王都，優奈決定去看看莫琳以前的店面，卻見到了一位守在店門口的少女。優奈把莫琳的現況告訴這名自稱是其親戚的少女——涅琳，然後回到克里莫尼亞城，委託戈德打造肢解用的祕銀小刀。

惡魔的食物

看到城裡在賣草莓的優奈嘗試製作草莓蛋糕，請大家試吃後大受好評，於是開始在「熊熊的休憩小店」販售，由莫琳的姪女——涅琳負責製作。優奈也想請芙蘿拉公主吃蛋糕，於是到王都的加札爾那裡收下祕銀小刀，順便拜訪城堡。同樣有口福的王宮料理長——賽雷夫大受感動，拜託優奈傳授蛋糕的做法給他，並提議要在王都開店。

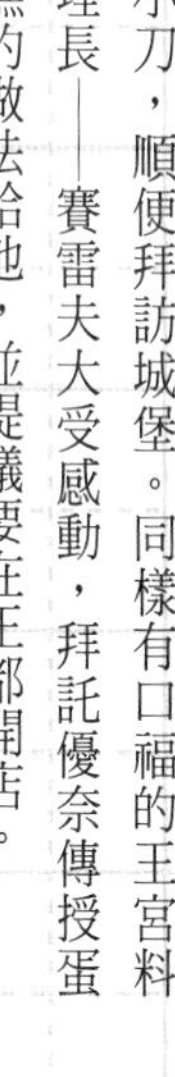

23 安利美特購入特典 菲娜和希雅一起熬夜

今天真是辛苦的一天。我作夢也沒想到會遇見國王陛下、王妃殿下和公主殿下。普通人不會和國王陛下近距離見面、聊天、被國王陛下摸摸頭，甚至一起吃飯。就算跟爸爸和媽媽說，他們一定也不會相信。

回去的時候，國王陛下說「妳可以隨時跟優奈一起來拜訪」。光是想像就讓我覺得肚子好痛。可是，幸好我平安回來了。

順道一提，優奈姊姊為了工作跑去礦山了。這段期間，我會寄住在艾蕾羅拉小姐的家。

吃完晚餐也洗過澡之後，我回到房間裡休息。今天真的好累。可是，我現在可以休息了。想到明天之後會發生什麼事，我就覺得很可怕，但早點睡覺就可以忘掉了。

話說回來，這個房間好大。我一個人待在大房間的大床上面。這裡比我和修莉兩個人一起睡的房間還大上好幾倍。我還可以在床上滾來滾去，而且床鋪躺起來既鬆軟又舒服。

優奈姊姊……不知道要不要緊。我吃飯前有用熊熊電話跟她聊一下，她好像過得很好。優奈姊姊很強，所以應該不需要我擔心。可是那份工作很危險，所以我還是會擔心。

我正在想著關於優奈姊姊的事時，有人敲了敲房門。我回話之後，房門慢慢打開，希雅大人探頭到房間裡。

「菲娜，妳還醒著嗎？」

「是的。」

「睡覺前要不要聊聊天？」

我稍微思考一下，然後答應了。

希雅大人一走進房間就坐到床上，看著我微微一笑。她是個很可愛的人。

「妳穿得好可愛喔。」

「這、這是艾蕾羅拉大人和史莉莉娜小姐硬要我穿上的，我穿起來不適合。」

我穿著鑲有白色荷葉邊的睡衣。這是艾蕾羅拉大人和史莉莉娜小姐幫我準備的睡衣，我就跟今天早上一樣無力抵抗，只好穿上它。

「放心吧，很適合妳喔。」

「嗚嗚，好難為情。」

這麼可愛的衣服，像我這種女孩子穿起來也不適合。我覺得像諾雅大人那樣的大小姐才適合穿這樣的衣服。

「有可愛的女孩來家裡作客，母親大人也很開心，因為很少有機會能見到諾雅。所以，妳就包容她一下吧。」

「……是。」

可是，一想到優奈姊姊回來之前，這種情況都會持續下去，我就覺得心情沉重。真希望優奈姊姊可以早點回來。

雖然我答應跟希雅大人聊天，但兩人獨處讓我很緊張。希雅大人是貴族千金，本來我這種平民是沒辦法跟她說上話的。

「今天跟母親大人在一起，妳一定累了吧？」

「呃……是的。」

我一瞬間猶豫該不該說出真心話，但還是輕輕點頭。

「呵呵，去城堡好玩嗎？」

我告訴她遇到國王陛下，讓我緊張得不得了的事。

「這樣啊。運氣真是不好呢。不，因為要見到國王陛下沒那麼容易，反而算是運氣好

吧？而且他還向妳搭話，一般來說不會有這種事喔。」

的確，像我這樣的平民一般來說根本不可能見到國王陛下，更不可能被國王陛下攀談。而且，應該也沒有平民會被國王陛下摸頭，還跟他一起吃飯。

可是，我不知道這樣是運氣好還是不好。

「對了，我記得優奈小姐說過妳是她的救命恩人呢。」

希雅大人突然說出不得了的話。

「不是的，那只是優奈姊姊自己亂說的，被救了一命的人是我才對。」

我說出和優奈姊姊相遇時的事。

「她在森林裡迷路啊，所以菲娜才會變成救命恩人吧。」

「因為優奈姊姊救了差點被野狼攻擊的我，所以她才是我的救命恩人。可是，優奈姊姊介紹我的時候，都會說我是救命恩人。她一定是故意的。」

「呵呵，就當作妳們是彼此的救命恩人不是很好嗎？因為優奈小姐第一次在森林裡迷了路也被妳救了一命，而妳也在差點被魔物攻擊時被優奈小姐救了一命。」

「可是……」

那座森林離城市很近，而且優奈姊姊還有熊緩和熊急，不可能會迷路。我想她一定是不想讓我感到過意不去，才會那麼說的。因為優奈姊姊是個非常體貼的人。

可是，我希望她不要再把我介紹成救命恩人了。

「不過，瀟灑現身打倒魔物，救了妳一命，感覺好帥氣喔。如果優奈小姐是男生，這或許就是命運的邂逅了呢。」

「如果優奈姊姊是男生的話嗎？」

我想像自己被男生拯救的樣子。

然後，我忍不住笑了出來。

「妳怎麼了？」

「那個，應該說是男人嗎？我想到爸爸扮成熊的樣子就覺得好好笑。」

我只想得到爸爸一個男生，所以一想像爸爸打扮成熊來救我的模樣，就忍不住笑出來了。

「呵，也對。就算救妳的人是個男人，如果是打扮成熊的樣子，妳可能不會把他當成真命天子吧。外表果然也很重要吧？可是，優奈小姐明明長得非常可愛，為什麼要打扮成那個樣子呢？漂亮的長髮從連衣帽下面露出來時，我嚇了一跳呢。沒想到這麼可愛的女生是個冒險者，而且還很強。」

我有跟優奈姊姊一起洗過澡，她真的非常漂亮。

「在那之後，妳就一直跟優奈小姐在一起嗎？」

「那個，我家以前很窮。媽媽生病，家裡也沒有爸爸，所以我會做肢解的工作來賺錢。可是，我沒什麼工作可做。知道這件事的優奈姊姊就把肢解的工作委託給我了。」

我稍微提起了遇到優奈姊姊以前的事。我說完後，希雅大人露出了悲傷的表情。

「原來是這樣啊，抱歉，問了讓妳不開心的事。」

「不，已經沒事了。優奈姊姊治好了媽媽的病，我也有了新的爸爸，現在過得很幸福。」

「這麼說來，優奈小姐對妳來說是救世主了吧。不，是救世熊吧？」

「是的！」

就算優奈姊姊不是男人，這對我來說也是改變了人生的一場邂逅。自從遇到優奈姊姊，一切都改變了。我以前在暗到看不見出口的路

上走著，是優奈姊姊把我救了出來。

如果沒有遇到優奈姊姊，我早就被野狼咬死了。媽媽的病也無法痊癒，我也不會有新爸爸。

如果沒有優奈姊姊，我大概不會像現在這樣煩惱、覺得肚子痛、像今天一樣和身為貴族的希雅大人一起聊天，甚至在城堡裡遇見國王陛下、王妃殿下和公主殿下。這些真的都是不久以前的我想都沒有想過的事。

跟遇見優奈姊姊以前相比，我現在每天都很開心。

後來，我跟希雅大人說了黑蝰蛇的事、肢解的事、去海邊玩等等跟優奈姊姊之間的回憶。

「呼啊～」

跟希雅大人聊著聊著，我就漸漸想睡了。

「妳看起來很睏呢。」

「我、我還可以。」

「不用勉強沒關係喔。妳跟母親大人在一起，一定很累了。能聽妳說關於妳和優奈小姐的事，我很開心。那我幫妳關燈，妳好好休息吧。」

希雅大人說完後，房間就變暗了。

「菲娜，晚安。」

「希雅大人，晚安。」

我最後只說了這句話，睡魔就馬上來襲，失去了意識。

隔天一早醒來時，我看到希雅大人睡在我旁邊，嚇了一大跳。

為什麼她會跟我睡在同一張床上呢！

24 與熊熊的相遇　加札爾篇

7net購入特典

有個打扮成奇妙模樣的女孩來到我的店裡。我一開始還以為她只是來逛逛，她卻帶了戈德的介紹信過來。信上說這女孩是個優秀的冒險者，希望我能替她打造祕銀小刀。

優秀的冒險者？

我反覆比較眼前的熊女孩和信上的內容，信上有描述眼前這女孩的特徵，說她打扮成熊的樣子。我知道戈德不是那種愛開玩笑的人，可是我怎麼看也不覺得眼前這個打扮成熊的小姑娘會是優秀的冒險者。

既然是戈德的請求，我當然可以替她打造祕銀小刀。不過，我這裡已經沒有祕銀的庫存了。祕銀本來就是稀有的珍貴礦石，可是最近除了祕銀，連鐵等等的其他金屬價格都在漸漸上漲。雖然對店裡沒有影響，金屬漲價還是會造成我的困擾。我說原因在於礦山有魔物出現，小姑娘就跑去冒險者公會了。

金屬的價格仍在漸漸上漲。我還有鐵跟銅的庫存，但再這樣下去就要耗盡了。目前，我只能暫時停止採購金屬。即使做了武器，漲價也賣不出去。冒險者公會究竟在搞什麼？

熊姑娘造訪以後過了幾天，當我快要忘了她的時候，她又來光顧了。

她說自己找到了祕銀，希望我替她打造小刀。

出現在礦山的魔偶之中似乎有祕銀魔偶，

熊姑娘說她打倒了祕銀魔偶。普通人聽到這番話只會一笑置之，可是她把足以當成證據的祕銀魔偶擺在我眼前，我不得不相信。

祕銀魔偶似乎經歷過相當強的衝擊，手腳都快要脫落了。我完全無法想像究竟要怎麼做才能把祕銀魔偶弄成這種狀態。

我把散落的祕銀塊拿起來仔細看，發現了奇怪的地方。祕銀魔偶的內層材質與外層材質不同。這是鐵嗎？它的內層是鐵，外層則是祕銀材質，這傢伙簡直虛有其表。即使如此，以這尊魔偶的大小來看，祕銀的分量應該還是相當多。我目測比例大約是三分之二的鐵和三分之一的祕銀吧，這樣也算是一大筆錢了。

「把手伸出來。」

為了打造熊姑娘的小刀，我叫她伸出手。

如果要替我中意的人做武器，我會觀察、觸摸對方的手，打造最適合那個人的武器。如果對方的手很大，握柄的部分卻很小的話就會難以施力，反之也一樣。小巧的手不能掌握大型的武器，無法充分發揮武器的性能，對武器鐵匠來說，這是不能容許的錯誤。

我握住小姑娘的手，她的手既小巧又柔軟。一想到她真的是用這雙手跟魔物戰鬥，我就感到不可思議。如果要用小刀，她應該再多鍛鍊一點。

我最後再確認她戴著熊手套的狀態。我一開始覺得這雙手套很荒謬，觸感卻很神奇。我對布料不熟悉，但它毫無疑問是用高級素材製成的，光是觸摸就讓人感到舒適。

我收下鋼鐵魔偶作為費用，卻使店裡變得很嘈雜。每次有客人光顧，總是不得安寧。

「什麼！這是魔偶嗎？」

「好厲害，是鋼鐵魔偶耶。」

「加札爾老爹，這是怎麼回事？」

答案只有一個，那就是「某個冒險者用這個來抵武器的費用」。每個人聽到都會很驚訝，很有意思。一傳十，十傳百，於是客人愈來愈多。有人會特地來看鋼鐵魔偶，順便拜託我磨劍。雖然我覺得這只是一時的熱潮，不過確實是不錯的宣傳。

後來，我替小姑娘打造出一雙頂級的祕銀小刀。我聚精會神，終於做出如想像中的小刀，在我過去的作品中也算是數一數二的高品質。

……可是熊姑娘卻遲遲不來取貨。

我確實有說隨時都可以，但我好不容易才做出來，希望她快點來拿。

我已經收了鋼鐵魔偶作為費用，祕銀素材也是對方準備的，所以實際上沒有花費成本，成本只有我進行加工的工錢。

我看著自己替小姑娘做的小刀。因為熊姑娘說她要用雙手持刀，所以我配合她的熊手套，把刀柄的部分做成黑色與白色。劍有慣用手之分，一般人不會特別在意，但為了將武器的性能發揮到極限，這是必要的技術。

看著小姑娘的小刀，我想到了一個好主意。

我決定在小刀的握柄處雕刻熊臉。我很擅長精細的作業，在黑色和白色的刀柄上雕出熊臉。有些貴族的家徽會使用動物或鳥類的圖案，我以類似的風格雕出熊的圖樣。

不是我要自誇，雕得真好。我平常不會提供這種服務，這是為了答謝她給的那尊鋼鐵魔偶。

然後，熊姑娘終於來了。

太慢了！我很想這麼說，但看到她從克里莫尼亞大老遠趕來，露出深感抱歉的表情，我就說不出口。

我把小刀交給她，她便表現出開心的樣子。身為鐵匠，花時間精心打造的武器得到顧客喜愛是一件令人高興的事。

熊姑娘興高采烈地看著小刀，可是，她一發現刀柄上的熊徽就露出複雜的表情。為什麼？

接著，熊姑娘說她想試刀，我答應了。我告訴她，小刀的性能會因她的魔力而異。

熊姑娘為了試刀，拿出了一尊鋼鐵魔偶。她到底有幾尊鋼鐵魔偶？而且她竟然要砍鋼鐵魔偶。我正覺得可惜的時候，她便握起小刀，朝鋼鐵魔偶發動攻擊。

她才剛踏出步伐，就瞬間移動到鋼鐵魔偶的後方。接著，鋼鐵魔偶的手臂應聲落下。

剛才的動作是怎麼回事？好快。而且她輕而易舉地切下了鋼鐵魔偶的手臂。接著，她數度揮砍鋼鐵魔偶，確認小刀的鋒利度。這幅景象令我難以置信。

我撿起被砍下來的一部分鋼鐵。

切口很漂亮。小姑娘不是魔法師嗎？她的手那麼柔嫩，應該幾乎沒有握過武器。我看過無數人的手。強者的手很粗硬、傷痕累累，看得出訓練的經歷。可是，熊姑娘的手並不像是經過反覆訓練的樣子，然而她的動作和用刀技巧跟高階冒險者相比毫不遜色。

小姑娘說我的小刀品質很好，但真正厲害的是她。我終於明白戈德和妮爾特為何會說她是優秀的冒險者了。

25 合作書店購入特典 熊熊調查堤露米娜小姐

某天，我在商業公會聽到有人想要挖角堤露米娜小姐的小道消息。

堤露米娜小姐的工作能力好，與公會會長米蕾奴小姐熟識，又對蛋的事務很了解，還知道布丁、披薩、蛋糕等料理的做法。從他人眼裡看來，堤露米娜小姐似乎是很珍貴的人才。我尊重堤露米娜小姐的意願，但非常不希望她辭掉工作。

為了獲得詳細的情報，我首先要調查堤露米娜小姐身邊的環境。

證詞一：女兒一號

「咦？最近的媽媽嗎？我想應該沒有什麼奇怪的地方。她有沒有跟不認識的人見面？嗯～啊，前幾天她好像有說要去跟別人見面，可是我不知道她是去見誰。」

見面對象不明，該不會是想挖角的人吧？漸漸開始有可信度了。

證詞二：女兒二號

「媽媽嗎？她說過因為沒錢，不知道該怎麼辦才好。」

我獲得珍貴的情報——堤露米娜小姐很缺錢。搞不好有人想用更好的薪水把她挖走。

證詞三：丈夫

「妳問我們的家計有沒有困難？不是嗎？想知道堤露米娜是不是有缺錢的問題？我沒聽

說過，堤露米娜真的那麼說嗎？該不會是我賺的錢太少了吧？」

男人陷入苦惱，恐怕問不出更多情報了。

證詞四：麵包師傅

「妳問堤露米娜小姐有沒有找我商量？她沒有找我商量過耶。最近的堤露米娜小姐？對了，她有問過我關於薪水的事，我回答沒問題。」

這番話讓我很高興，所以我說如果有問題的話，一定要告訴我。

證詞五：公會會長

「堤露米娜小姐？我當然覺得她是個優秀的人了。她工作很有效率，也總會遵守交貨日，守信用的人值得信賴。挖角？公會沒有這麼做喔，因為我們現在不缺人手。妳問我想不想挖角堤露米娜小姐？嗯～畢竟工作內容不同嘛。啊，對了，上次堤露米娜小姐來公會的時候有其他商人向她搭話，那搞不好是在邀請她呢，畢竟堤露米娜小姐是優奈店裡的靈魂人物嘛。」

我又取得了重要的證詞。看來堤露米娜小姐確實有受到邀請，而且對象是商人。

證詞六：照顧小孩的女性

「堤露米娜小姐最近的狀況嗎？嗯～我覺得就跟平常一樣。啊，可是有一次，我看到她一臉困擾的樣子，唉聲嘆氣地說她不知道該怎麼辦呢。」

看來堤露米娜小姐確實有煩惱。

從我蒐集到的證詞來推測，缺錢的堤露米娜小姐應該是被其他商人挖角，正在考慮要不要跳槽。

為了挽留堤露米娜小姐，我邀請她到家裡

來。

「那麼優奈，找我有什麼事？」

「堤露米娜小姐，妳覺得再加三成如何？還是要五成？」

要是增加到兩倍，那就對其他人太不公平了，所以我不能再加碼更多。可是，如果堤露米娜小姐辭職，我就傷腦筋了。

「優奈，妳怎麼突然說些沒頭沒尾的話？」

「我是在講薪水的事。要加薪多少，妳才肯留下來？」

我不知道對方出價多少，於是開門見山地問。

「這該不會跟妳最近到處打聽我的事情有關吧？」

「……妳、妳在說什麼？」

被發現了。我明明有叫大家不要說出去，卻有人洩漏祕密。背叛者是誰？

「唉……」

堤露米娜小姐輕輕嘆了一口氣。

「我是聽大家說的。菲娜問我跟誰見了面，修莉問我是不是沒有錢，根茲還用一臉快哭出來的表情問我是不是覺得他賺的錢太少了呢。莫琳小姐說優奈很擔心我，米蕾奴小姐還問我上次向我搭話的商人是誰，連莉滋也一臉擔心地問我有沒有什麼煩惱呢。」

背叛者不只一人！所有人都是。話說，為什麼大家都要直接問本人啊！

菲娜和修莉就算了，為什麼連根茲先生都去問本人啊？看看一家人的生活水準就知道自己賺得夠不夠了吧？米蕾奴小姐、莫琳小姐和莉滋小姐竟然也都問了。

「光憑這些也不能證明我在追查堤露米娜小姐的事吧？」

我決定假裝不知情。

「順帶一提，大家都有提到妳的名字

喔。」

「…………」

「所以，妳為什麼要向其他人問關於我的事？」

我放棄抵抗，從實招來。

「我聽說有人想挖角堤露米娜小姐，我想知道是不是真的，所以才問其他人是否知道詳情。如果能知道辭職的理由，我就能挽留了。」

聽到我這麼說，堤露米娜小姐深深地嘆了一口氣。

「妳就是為了這種傻事才調查我嗎？」

「有人挖角妳的事是真的吧？」

「是呀，條件也很好。我想對方應該是想知道我們店裡的情報吧。可是，對方也有可能在獲得情報之後就拋棄我，所以我不會輕易出賣情報的。而且輕易出賣他人的人就算去了新的職場也得不到信任，馬上就會被淘汰了。」

「既然這樣，妳為什麼要唉聲嘆氣，一臉煩惱地說自己沒錢之類的話呢？」

「我會煩惱就是因為有人來挖角呀。對方實在有點纏人，可是跟米蕾奴小姐商量之後就解決了，沒關係。」

「堤露米娜小姐，妳至少可以找我們商量吧，大家也都很擔心妳呢。」

「妳說得對，抱歉，下次我會主動說的。」

「那麼，缺錢又是怎麼回事？」

「那應該是因為……我在小屋工作的時候把錢包忘在家裡，所以我說沒有錢可以在回家的路上去買菜，剛好被修莉聽到了吧。」

真是招人誤會。

「那麼，妳為什麼要問莫琳小姐關於薪水的事？」

「要是她跟我一樣被別人挖角，那就傷腦筋了吧？所以我只是稍微旁敲側擊而已。如果她覺得薪水少，考慮去別家店工作，我就能率先挽留她了。」

原來她有替我注意這件事。

「話說回來，優奈竟然是這樣看我的，我真傷心。」

堤露米娜小姐刻意擺出難過的表情。

「妳竟然覺得我會為了錢就輕易跳槽到其他地方。妳救了我和我女兒的命，讓我能健康地工作、親手擁抱女兒們，還和根茲結婚了。而且，我的薪水已經很足夠了。上午工作，下午有自由時間，甚至能跟孩子們相處的職業可不多。妳讓我這麼幸福，我才不會恩將仇報呢。妳真傻。」

堤露米娜小姐微笑，用手指戳了一下我的額頭。

看來是我杞人憂天了。

「今後也要請妳多多關照喔。」

往後，我和堤露米娜小姐的交情應該會長長久久吧。

26 電子書購入特典 在熊熊的休憩小店工作 諾雅篇

我在「熊熊的休憩小店」吃午餐時，諾雅走進了店裡。她一走進店裡就發現了我。

「優奈小姐也來吃飯嗎？」

「既然說『也』，諾雅也是來吃飯的？」

「是啊，我好久沒有來吃飯了。可以一起吃嗎？」

「可以啊。」

「那我去點餐，請等我一下喔。」

諾雅點了麵包和蛋糕後回來。

「這家店的麵包果然很好吃呢。」

「能聽到妳這麼說，我也很高興。」

諾雅吃著麵包，看了看店內。我想知道她在看哪裡，順著她的視線望過去，發現她正在看工作中的孩子們。

「優奈小姐。」

「什麼事？」

「我也想穿熊熊的衣服。」

諾雅看著身穿熊熊外套的孩子們，用認真的表情這麼說道。

「……呃，妳是認真的嗎？還是在開玩笑？」

「我是認真的。菲娜和修莉也有穿，我也想穿熊熊的衣服。」

她這麼說，讓我很傷腦筋耶。

「就算妳說想穿，但那可是店裡的制服喔。」

「既然這樣，只要我在店裡工作就可以了吧。我會工作的，拜託。」

諾雅雙手合十，這麼拜託我。看到她這個樣子，我也不忍心拒絕。

「米露，抱歉打擾妳工作。諾雅說她無論如何都想穿著熊熊的衣服工作。」

為了實現諾雅的願望，我把在店裡工作的米露找來更衣室。

「如果只做一小段時間，是不要緊。」

「謝謝妳。」

我把手放到米露的頭上，她就露出開心的表情。接著，我請米露幫忙準備備用的熊熊外套。

「諾雅兒大人，雖然有洗過……您真的要穿我的衣服嗎？」

「沒關係！沒問題！我不介意！」

「真的嗎？」

諾雅的積極有點嚇到米露。諾雅脫下衣服，穿上米露準備的備用熊熊外套。

「這裡沒有鏡子嗎？」

「鏡子在那邊喔。」

為了讓員工整理服裝儀容，這裡姑且有放一面大鏡子。諾雅一站到鏡子前就擺起了姿勢。

「呵呵，呵呵，呵呵，是熊熊的服裝呢。」

「諾雅，妳有點恐怖耶。」

「我終於穿到熊熊的衣服了！」

諾雅大叫。

「既然穿上了衣服，妳要好好工作喔。」

「是！當然了。」

「還有，在店裡不可以任性喔。如果妳不聽話，我就馬上開除妳喔。」

「我向熊熊發誓，絕不要任性！」

我實在不想看到她打扮成熊的樣子說出這種宣言。

我先請諾雅從洗碗盤的工作開始做起。

「要仔細洗乾淨喔。」

「我知道了。」

諾雅沒有表現出排斥的樣子，開始洗碗。看到她這個樣子，莫琳小姐一臉擔心地對我說：

「優奈，讓領主的千金洗碗沒關係嗎？」

「因為她本人說想做嘛。」

「之後領主大人會不會生氣啊？」

「到時候我會負責的，不用擔心。」

不過，按照克里夫的個性，應該不會跑到店裡罵人。真要生氣的話，他應該會對諾雅生氣。

諾雅一句怨言也沒有，把店裡累積的碗盤全都洗乾淨了。

「優奈小姐，我洗完了喔。我接下來想做做看麵包。我以前有跟菲娜一起做過熊熊麵包喔。」

「嗯～做麵包還是下次再說吧。」

「嗚～人家明明有練習。」

這個時候，莫琳小姐對廚房裡的孩子們說：

「有空的人去削一下馬鈴薯的皮。」

「是～」

幫忙莫琳小姐的一個孩子這麼回應，用小小的手拿起菜刀，很順暢地削著馬鈴薯的皮。因為是每天都要做的事，手法很熟練。

「削得真好。」

「嗯，因為我有努力練習。」

我誇獎孩子，諾雅就舉手回應：

「我也想試試看！」

「諾雅？」

「可是要用菜刀，很危險喔。」

她好歹是貴族千金，要是受傷就糟糕了。

「沒問題。」

可是本人充滿了幹勁。

「真的沒問題嗎？」

「沒問題！」

她的自信到底是從哪裡來的？我愈來愈擔心了。

諾雅拿著小把的菜刀想削馬鈴薯皮。她的手法非常不穩，我都看不下去了。菜刀突然往奇怪的方向滑過去。

「啊啊，危險！」

我從諾雅手中沒收菜刀。

「為、為什麼啊！」

「諾雅禁止使用菜刀，不准妳用刀子。」

她的手法太危險了，我不能讓她做這份工作。

「妳該不會是第一次拿菜刀吧？」

「我當然有拿過……雖然只有幾次。」

最後一句說得很小聲，我輕輕嘆了一口氣。因為她是貴族的千金小姐，這也沒辦法吧。菲娜和孤兒院的孩子們都懂得用刀。菲娜是透過肢解學到用刀的技術，在店裡工作的孩子們則本來就很擅長料理。

諾雅一臉悲傷地把馬鈴薯放回桌上。我搔搔頭，稍微思考一下。

「諾雅，這樣做才對。妳仔細看好了。雖然妳是貴族，可能不需要學這個。」

「沒有那回事。請教教我。」

我拿起馬鈴薯和刀子，仔細教她怎麼削皮。其實如果有削皮器就統統都解決了，但因為孩子們都會用刀子削蔬菜的皮，所以用不到。

可是如果有削皮器，會不會更省時間呢？

諾雅按照我教的方法，用不熟練的動作削著馬鈴薯。

「嗚～好難喔。」

她的熊熊連衣帽好像露出了悲傷的表情，是我的錯覺嗎？

後來，包含我在內的三個人把莫琳小姐需要的馬鈴薯都削完了。

「我削得不太好呢。」

「大家第一次削的時候，都跟妳一樣不熟練啊。」

「優奈小姐也是嗎？」

「不只是我，應該每個人都是。」

我安慰諾雅，在店內走動，尋找下一份工作。

「接下來是接待客人嗎？請交給我。我可以算錢、收拾碗盤或是打掃。」

諾雅穿著熊熊服裝轉了一圈。

為什麼她這麼有幹勁呢？

我帶著諾雅走到外場，以卡琳小姐為中心的孩子們正在工作。

「那就請妳收拾碗盤吧。那個，卡琳小姐！」

我向負責監督外場的領班——卡琳小姐說道。

「優奈小姐，有什麼事嗎？呃，我好像在哪裡看過這個女孩子？」

諾雅摘下連衣帽，清楚露出長相，金色長髮從連衣帽下露了出來。

「諾雅兒大人？」

「今天我請優奈小姐讓我穿上熊熊服裝，作為代價，我來幫忙店裡的工作。」

「呃，優奈，真的嗎？人家可是貴族千金喔。」

卡琳小姐交互看了我和諾雅好幾次。

「嗯，因為她本人說想做啊。我想讓她去幫忙收拾，如果妨礙到大家工作就告訴我吧。」

「我才不會妨礙大家呢。只要給我指示，

我什麼都會做。卡琳小姐，我該做什麼呢？」

「我想想喔，那麼，可以請您去客人已經離開的座位收拾餐具，把桌子擦乾淨嗎？」

「諾雅，妳知道要怎麼做嗎？」

「我平常都有在看大家工作，我沒問題的。」

說完，諾雅左右搖著小小的熊熊尾巴，去清理餐桌。

「優奈小姐，真的沒關係吧？我之後不會被叫去訓話吧？不會挨罵吧？」

母女倆都說了同樣的話。

「別擔心啦，到時候我會負起責任的。」

無視於卡琳小姐的擔憂，諾雅的一日打工體驗平安結束了。

「雖然沒有薪水，但店裡有麵包和布丁，想要的話就帶回去吃吧。」

「謝謝優奈小姐。」

諾雅接過裝了麵包的手提袋後，想離開店裡。

「諾雅，等一下。」

我抓住諾雅的肩膀。

「什、什麼事？我差不多該回家了。」

「要先換衣服再回去喔。」

「嗚～我還以為這樣就可以拿到熊熊的衣服了。」

要是她打扮成熊的樣子回去，克里夫和菈菈小姐一定會嚇一跳。而且，希望她考慮一下身為領主女兒的立場。

「好了，快去換衣服吧。」

「優奈小姐好壞。」

諾雅嘟起嘴巴，走去換衣服。而且換完衣服後，她還企圖把熊熊服裝帶回去，真是不死心。

她就這麼想要熊熊外套嗎？

雖然最後沒辦法把熊熊外套帶走，但諾雅帶著心滿意足的表情回家了。

下次或許該幫諾雅準備一件熊熊外套。

熊熊勇闖異世界

STORY

熊熊勇闖異世界 8

來自米莎的生日派對邀請函

從王都回到克里莫尼亞城的優奈為了喜歡熊緩和熊急的芙蘿拉公主，委託在裁縫店工作的雪莉製作熊緩和熊急的布偶。優奈先去了一趟冒險者公會再回到熊熊屋休息，這時菲娜氣喘吁吁地跑來，告知米莎寄了生日派對邀請函來的消息。經過確認，優奈才發現自己也收到了邀請函。收到身為貴族的米莎寄來的邀請函，不知所措的優奈和菲娜決定找領主克里夫商量。克里夫說派對只有親朋好友會參加，不需要在意，因此優奈決定參加。由於克里夫和諾雅要在米莎的生日派對之前先參加葛蘭的生日派對，所以優奈帶著要送給米莎當生日禮物的蛋糕和布偶，跟他們一起提早往錫林城出發。

葛蘭身陷危機

抵達錫林城的優奈落腳在葛蘭的宅邸客房，跟菲娜、諾雅、米莎共四個人一起上街散步。一行人正在邊走邊吃的時候，遭到錫林城的共同統治者——沙爾巴德家的笨蛋兒

子騷擾。對共同統治有所不滿的沙爾巴德家似乎處處為難葛蘭。某天，負責為生日派對掌廚的料理長波滋遭到暴徒攻擊，因此受傷。對沙爾巴德家的陰謀感到憤怒的優奈推薦了一名可以代替波滋掌廚的人選。優奈借助熊緩與熊急這兩隻召喚獸的力量，載著王宮料理長——賽雷夫從王都火速趕到錫林城。優奈成功阻止沙爾巴德家企圖妨礙廚師，讓對手蒙羞的計謀，使葛蘭的生日派對圓滿落幕。

贈送蛋糕與布偶當禮物

在米莎的生日派對之前，優奈跟大家一起玩黑白棋，又與冒險者——瑪麗娜等人重逢，一起擊退鼴鼠，過著快樂的日子。這時，諾雅的母親艾蕾羅拉也來到錫林城了。派對當天，被逼著穿上禮服的優奈把布偶和蛋糕送給米莎，甚至送鋼鐵魔偶給葛蘭，使派對掀起一陣騷動。

27 安利芙特購入特典 與熊熊的相遇 王妃殿下篇

我正在房間裡喝茶的時候，女兒芙蘿拉來找我。

「母親大人，唸繪本給我聽。」

芙蘿拉向我遞出一本繪本。

「哎呀，這是什麼繪本？」

「是熊熊的繪本。」

她拿給我的並不是裝訂完整的繪本。我簡單翻閱了一下，上頭畫著非常可愛的熊熊。

「這本繪本是哪裡來的？」

「熊熊給我的。」

「熊熊？」

意思是一隻熊給了她畫著熊的繪本嗎？我思考了一下，卻還是不懂。負責照顧芙蘿拉的安裘告訴我：

「先前艾蕾羅拉大人帶了一位打扮成熊的女孩前來拜訪。那女孩為芙蘿拉大人畫了這本繪本。」

不過，熊的打扮究竟是什麼樣的打扮？

「是很可愛的熊熊喔。蓬蓬的，又軟綿綿的。」

芙蘿拉很努力地形容打扮成熊的女孩，我卻完全無法想像。既可愛，又柔軟的熊女孩。我也很想見見她呢。

我唸繪本給芙蘿拉聽。

一個小女孩為了媽媽努力。可是很不幸地，她被野狼襲擊了。這時，熊熊救了她。

繪本描述的是一個小女孩珍惜生病的母

親，而熊熊救了小女孩的故事。雖然繪本的故事內容很簡單，卻能讓孩子學會母親的重要。

「如果我生病了，芙蘿拉也會救我嗎？」

「母親大人生病了嗎？要死掉了嗎？」

女兒芙蘿拉用小手捏緊我的衣服，眼裡盈滿淚水。

「不會的。媽媽很健康，不會死掉喔。」

我趕緊安撫芙蘿拉。

「真的嗎？」

「真的。所以妳別擔心。」

「嗯！」

女兒終於破涕為笑。

我也被她感染，露出笑容。不過知道她在為我擔心，讓我十分高興。

「母親大人很高興嗎？」

「是啊，芙蘿拉這麼為我擔心，我好高興。」

我摸摸芙蘿拉的頭，她露出笑容。話說回來，畫出這種繪本的熊女孩是個什麼樣的女孩子？真想見她一面。

過了幾天後，我聽說了熊熊來拜訪的消息。

「熊熊帶了好吃的東西來喔。」

熊女孩似乎帶了好吃的甜點來。聽說那種甜點非常美味，芙蘿拉滿臉笑容地說「很好吃喔」，連丈夫福爾歐特都點頭附和。

「的確很好吃呢。」

福爾歐特似乎也在場，吃了那種食物。他們兩個人都那麼有口福，真令人羨慕。我這麼一說，艾蕾羅拉就說她當時也在。我更加不甘心。為什麼你們都不邀請我呢？

我對福爾歐特說我也想吃布丁後，他露出一張想到了什麼好主意的表情。

我們相處了這麼多年，我知道他這是想到鬼點子的表情。

沒想到，那個叫布丁的食物會出現在福爾歐特的誕辰晚宴上。味道真的非常美味。

可是最讓我驚訝的是，那些布丁並不是身為料理長的賽雷夫做的。那可是國王的誕辰晚宴，貴族和各界的有力人士都會前來參加，可不能端出粗糙的料理。可是既然要拿來招待賓客，就表示福爾歐特很相信那個熊女孩。她究竟是什麼樣的人呢？熊女孩為我那個身為國王的丈夫福爾歐特如此信任，我的女兒芙蘿拉又這麼黏她，我也好想見到她。

不過，那個打扮成熊的女孩不是畫家嗎？

這是第三次了。

聽說熊女孩來了。而且又只有芙蘿拉和福爾歐特、艾蕾羅拉這三個人見到她。只有我被排除在外。

女孩來拜訪的那天晚上，芙蘿拉說「黑色熊熊和白色熊熊好可愛」、「牠們摸起來好軟喔」。她說的黑熊和白熊到底是指什麼呢？

我想應該不是真正的熊。可是根據福爾歐特的說法，熊女孩似乎叫出了召喚獸。聽說是真正的熊。聽到有熊，我一瞬間感到擔心，但既然福爾歐特允許她召喚熊，我想應該沒有危險。不過，打扮成熊的女孩召喚出熊的事情讓我感到一頭霧水。

她會畫繪本、做美味的料理，又會召喚熊。打扮成熊的女孩愈來愈神祕。

我決定下次一定要見到她，於是拜託艾蕾羅拉在她來的時候通知我一聲。

「我的女兒這麼受她照顧，我需要向她打聲招呼。」

這次我一定要見到熊女孩。

某一天，我接到熊女孩來找芙蘿拉的通知。

我趕緊前往芙蘿拉的房間。

一見到那女孩，我發現她真的是一身熊的打扮。我知道女兒為什麼總是叫她熊熊了。她穿著看起來十分柔軟的熊熊服裝，腳上穿著熊掌般的鞋子，手套也是熊的造型。

她就是畫了熊熊繪本，得到福爾歐特的允許，可以自由來見我們女兒的女孩。

芙蘿拉喊著「熊熊、熊熊」，很黏熊女孩。熊女孩也用溫柔的表情抱住芙蘿拉，撫摸她的頭。

雖然身為母親，我感到很寂寞，但芙蘿拉的笑容才是最重要的。

熊女孩的名字叫優奈。原來她不叫熊熊，優奈才是她的名字。

女兒很舒服地撫摸著優奈，我也試著摸摸她。觸感非常好。感覺就像在撫摸最高級的毛皮。

優奈擺出希望我不要再摸的表情看著我，因此我停了手。可是被我的女兒芙蘿拉撫摸，她卻很高興。她比較喜歡可愛的女兒，這的確也沒辦法。

帶芙蘿拉坐到椅子上後，優奈從熊造型的手套中拿出麵包。許多麵包從熊手套的嘴巴裡出現，每個麵包看起來都很好吃。芙蘿拉伸手去拿麵包，吃了起來。福爾歐特也一起開動，於是我也一起接受招待。這些麵包就像是剛出爐一般，既柔軟又美味。這些麵包該不會也是她做的吧？

她最後還拿出布丁。我用湯匙挖起布丁，放進口中。

啊啊，太好吃了。不管有幾個，我都吃得下。真希望裝布丁的不是這種小杯子，而是很大的杯子。

可是優奈告誡我，不可以吃太多。身邊明明都是王室成員，她卻好像不會緊張。我可以理解女兒和丈夫為什麼會這麼喜歡這個熊女孩。

我拜託艾蕾羅拉，下次熊女孩來的時候也要告訴我。

我又多了一個樂趣。

28 起司村的歐格爾

7net購入特典

我們的村子被一個打扮成熊的女孩所救。

這個村子並不是很富裕，大家都過著省吃儉用的生活。有魔物出現在村子附近，攻擊我們重要的家畜，村民沒有錢能僱用冒險者，所以我們到王都販賣自製的起司，卻幾乎沒有人知道起司，乏人問津。這時，有人買走了全部的起司。據老爸所說，對方是一個打扮成熊的女孩子。

我一開始還很懷疑，直到老爸拿出錢，我才不得不相信。

向冒險者公會提出狩獵魔物的委託後，我和老爸回到村裡。

可是冒險者卻沒有來。在這非常時期，打扮成熊的女孩來到村裡了，她就是當時買起司的女孩。那個女孩一聽說有魔物襲擊村子，馬上就替我們擊退了魔物，

她說這是為了保護重要的起司。聽到她這麼說，全村的人都很高興。女孩拒絕了擊退魔物的謝禮，甚至把魔物的魔石讓給我們。我一開始還覺得她是個打扮怪異的女孩，現在則把她當成村子的恩人看待。

「那麼歐格爾，拜託你了。」

我受到身為村長的父親所託，去克里莫尼亞城賣起司給打扮成熊的女孩。她拜託我們定期運送起司給克里莫尼亞城的「熊熊的休憩小店」。

而且，為了減輕運送的負擔，她還借了道具袋給我們。多虧如此，我們可以騎馬，而不是駕駛馬車，這樣輕鬆多了。

女孩說她的店裡有賣添加起司的料理，起初我還半信半疑，但我們很感謝她願意購買村子生產的起司。我們可以靠著賣起司的收入來購買必需品。

我抵達克里莫尼亞後，提早去訂了旅館的房間。順利訂到房間的我把馬寄放在那裡，向旅館員工詢問女孩所說的「熊熊的休憩小店」在哪裡。我本來還懷疑叫做「熊熊的休憩小店」的店是否真的存在，旅館員工卻馬上替我指了路。

聽說店門口有大型的熊造型擺飾，一看就知道了。我馬上前往旅館員工告訴我的地點，發現那裡有一棟高大的氣派建築。

應該是這裡沒錯吧？

正如我在旅館聽說的，店門口有放大型的熊造型擺飾。可是，這並不是我所熟悉的那種熊。若把熊弄成可愛的樣子，或許就會像這樣吧。這隻可愛的熊還抱著麵包。

應該就是這裡沒錯。

我走進店裡，看到有許多人正在用餐，餐桌上放著熊女孩在村裡做給我們吃的起司料理，客人們都津津有味地吃著那道料理。竟然有這麼多人吃著在王都幾乎賣不出去的起司，我簡直不敢相信。

店裡有打扮成熊的孩子們正在收拾桌上的餐具。

我想他們應該是店裡的員工，於是向一個打扮成熊的小女孩問道：

「不好意思，我想找這家店的負責人。」

打扮成熊的孩子對我說的話感到疑惑。

「呃，請等一下。」

小女孩這麼說，然後離去。接著，她馬上

帶著另一個女孩回來了。這個女孩並沒有打扮成熊的模樣。

「不好意思，請問有什麼事呢？」

「我送了起司過來，卻不知道該拿去哪裡。我只記得是要交給叫做莫琳或堤露米娜的人。」

「啊，請等一下。不對，可以請你跟我來嗎？」

理解我的來意之後，女孩帶我走向店內深處的房間。

「可以請你等一下嗎？因為店裡很忙。媽媽……不對，莫琳暫時走不開。」

「沒關係。」

「呃，怎麼辦呢？堤露米娜小姐又不在。我得找個人去叫她……」

「妳不用那麼急，沒關係的。」

「不好意思。」

看到剛才店裡的情況，我發現員工很忙。我或許應該在其他時段過來。

「請問打扮成熊的女孩不在嗎？我不是指店裡的小女孩，那個……是比她大一點的女孩，她騎著真正的熊。」

我回想在村裡遇見的女孩，這麼問道。

「啊，你是指優奈吧。除了吃早餐和午餐的時間，優奈很少來店裡。對了，我去拿飲料給你喝，請坐在這裡稍等一下。」

「不用了，請別客氣。」

女孩匆匆忙忙地走出房間。

看到真的有客人在店裡吃起司，感覺真不可思議。一開始我還擔心對方是不是真的願意買起司，看來應該可以放心了。

我等了一陣子，剛才的女孩就回來了。

不只是女孩，旁邊還跟著一名成年女性。

「不好意思，讓你久等了。」

女性一進門就向我道歉。剛才的女孩放了一杯飲料在我面前。

「我是堤露米娜，負責管理這家店。」

「我是歐格爾，打扮成熊的女孩拜託我送起司過來。」

「謝謝你，我們的庫存正好快用完了，幫了大忙呢。」

「那麼，你們真的願意購買嗎？」

我姑且這麼確認。

「是的，當然了。我已經聽優奈說過了，金額就跟上次一樣，沒問題吧？」

「是，沒問題。」

我順利賣出起司。這麼一來我就能購買各種必需品回村子了。

「對了，我有件事想跟你商量。」

女性看似有點難以啟齒地開口。

我想應該不是中止交易，但不希望被殺價。我們已經決定好要用賣起司的收入買什麼東西了。可是，女性說出的話卻出乎意料。

「請問能增加起司的量嗎？」

「增加嗎？」

「既然你已經看過店裡的情況，我想你應該知道，添加起司的料理很受歡迎。我不知道做起司要花費多少人力和時間，但可以拜託你們嗎？」

我們還有庫存的起司，只要減少村民食用的量就可以了，而且我們目前也正在製作。

「會不會太勉強呢？」

「我想應該可以稍微增加。」

「真的嗎？太好了。」

女性露出高興的表情。

「不會，這對我們村子也有幫助。」

顧客願意購買更多，村子也能受惠。回到村裡之後，我得請大家增加產量。

「那麼，先讓我確認你帶來的起司，我再付錢好嗎？」

「好的。」

我跟著女性前往店裡的倉庫，途中還經過

了廚房內部。這時，女性介紹了正在烤麵包的女師傅——莫琳給我認識。

「真不好意思，我一時忙不過來。」

被介紹的女師傅莫琳一邊做麵包一邊道歉。

「這裡也有小孩子在工作呢。」

不只是外場，也有很多小孩在廚房工作。

「他們都是孤兒院的孩子，是優奈給了他們工作。」

「原來是這樣啊……那個熊女孩到底是什麼人呢？」

「嗯～這是最難回答的疑問呢。」

「我不會勉強妳回答的。」

「我不是不願意回答，只是連我們也搞不太懂。因為她突然出現在我們面前，不求回報地救了我們所有人。」

她也不求回報地救了我們的村子，真是個不可思議的女孩。

跟著女性來到倉庫後，我從道具袋裡取出起司，排放到架子上。

「謝謝你。」

「不會，這是我平常的工作。」

女性開始數我排放的起司。

「奇怪，好像有點多呢。」

「老爸……不，村長交代我多拿一點過來。」

「那麼，我會多付這部分的金額。」

「可是……」

這些起司是感謝那女孩救了我們村子的心意，我們只能用這種方式報答她。

「這種事還是要算清楚才行。有一次模稜兩可，就會有第二次、第三次，這樣對彼此都不好，畢竟我們今後還要合作很久。」

女性這麼說，仔細計算起司的數量。這是給熊女孩的謝禮，我卻沒能說出口。

「那麼，可以請你確認一下嗎？這是起司的單價，這是起司的數量，然後這邊是總金額。」

確認完的我跟女性一起回到剛才的房間。

「那麼，這些就是這次的貨款。」

「謝謝妳。」

我接過裝了錢的小袋子，然後借用桌子確認金額。金額相當大，我可以用這筆錢替村子購買需要的東西，實在是感激不盡。

「今後也要拜託你了。」

「好的，請多多關照。」

我用收到的錢購買必需品，返回村子。

我們真該好好感謝那個熊女孩。

29 菲娜挑選禮服

合作書店購入特典

現在，我正面臨緊急狀況。我被困在一個房間裡，雖然房門並沒有上鎖，我卻不能逃出去，也不能求救。把我關在房間裡的是這座城市的領主千金——諾雅大人。

諾雅大人和宅邸的女僕——菈菈小姐正在我面前開心地看著掛在衣架上的禮服。衣架上有許多顏色很漂亮的禮服，是誰要穿呢？一定是諾雅大人的禮服吧，絕對沒錯。可是，傳進我耳裡的話全面否定了我的想法。

「菲娜適合穿什麼顏色的禮服呢？」

「要給菲娜小姐穿的話，這個顏色如何呢？」

「會不會有點太亮了？」

「這樣呀。既然如此，這件怎麼樣呢？」

「好像不錯。可是，這件應該也很適合她。」

我聽到她們正在談論適合我的禮服。

為什麼事情會變成這個樣子？因為身為貴族的米莎大人寄了生日派對的邀請函給我。我不知道該怎麼辦，所以就去找優奈姊姊商量。可是，優奈姊姊好像也很困擾，所以決定去找諾雅大人商量。

我本來打算拒絕，去找諾雅大人商量後卻被她說服，只好參加生日派對。

光是想到這件事就讓我的心情好沉重。

諾雅大人抓住我的手，然後說：「我們來挑選要穿去生日派對的禮服吧。」把我帶到她

29 菲娜挑選禮服

的房間。這就是我現在的狀態。

嗚嗚，我好想回家，卻不能擅自離開，希望我至少可以不用穿禮服。

「這件禮服可能比較好。」

諾雅大人把禮服攤開，拿給菈菈小姐看。

那麼漂亮的禮服，我穿起來一定不適合。

竟然不能穿普通的衣服參加，現在拒絕會太遲嗎？我開始覺得肚子痛了。

我總覺得以前好像也發生過同樣的事。我曾經體會過這種胃痛的感覺。

「既然如此，那就請她全部試穿，選出適合的禮服吧。」

「也好，反正還有時間，就請菲娜試穿吧。」

菈菈小姐和諾雅大人拿著禮服朝我走來。

我不禁往後退。

啊，我想起來了，我曾在王都經歷過同樣的事。這就跟艾蕾羅拉大人和史莉莉娜小姐拿衣服給我穿的狀況一樣。現在諾雅大人的愉快表情就跟艾蕾羅拉大人拿著衣服靠近我的樣子很像。嗚嗚，為什麼她們兩個人都想讓我穿上漂亮的衣服呢？

我根本不適合穿那種禮服，太浪費了。

「諾雅大人，我不能穿現在的衣服去參加派對嗎？」

就算知道沒用，我還是試著抵抗。這裡的禮服跟我的衣服不一樣，非常昂貴，一定比我在艾蕾羅拉大人那裡穿的衣服還要昂貴。要是弄髒或弄破，那就大事不妙了，我根本賠不起。

「米莎應該會穿禮服，我也會穿喔，所以菲娜也要穿上才行。」

聽到這番話，我就無法反駁了。

「好了，菲娜，快把衣服脫掉吧。」

諾雅大人一邊這麼說，一邊靠近我。

「……諾雅大人……」

我往後退，試圖逃走，卻碰到床鋪，沒辦法再後退了。現在的狀況跟艾蕾羅拉大人那時候一模一樣。

兩人漸漸逼近。

「我不適合穿禮服的。」

「菲娜小姐長得很可愛，每一套禮服肯定都很適合。」

「菈菈說得一點也沒錯。好了，我們從這裡面選出最適合的禮服吧。」

她們的回應也跟史莉莉娜小姐和艾蕾羅拉大人一樣。可是，這次我不是一個人，我還有優奈姊姊。

「既然這樣，優奈姊姊也一起……」

「要找優奈小姐的話，她剛才在我們準備禮服的時候先回去了。」

「咦？」

「她還拜託克里夫大人照顧菲娜小姐呢。」

優奈姊姊！我在心中這麼吶喊。

嗚嗚，優奈姊姊竟然一個人跑掉，太過分了，我也好想回家。

「菈菈，幫菲娜脫掉衣服吧。」

「好的。」

菈菈小姐靠近我。我無路可逃，優奈姊姊也不會來救我。

「菲娜小姐，請恕我失禮。」

菈菈小姐向我伸出手。

「嗚嗚，我知道了。我會自己脫的。」

我放棄抵抗。我在艾蕾羅拉大人那裡學到——放棄也是重要的人生哲學。我沒辦法反抗她們。我認命地脫掉衣服，開始試穿禮服。

我在艾蕾羅拉大人那裡穿的衣服也很可愛，但穿上禮服會讓我有種變成公主的感覺。

「尺寸也剛剛好呢。這麼看來，或許沒必要再調整。」

我現在穿的禮服好像是諾雅大人的禮服。

我和諾雅大人同年，身高也一樣。

「菲娜，妳轉一圈看看。」

諾雅大人這麼說，於是我慢慢轉圈。

「菲娜，妳穿起來很好看喔。」

嗚嗚，我覺得好害羞。

「那麼，接下來穿穿看這一件。」

諾雅大人帶著滿臉笑容，向我遞出另一套禮服。我無法拒絕，只好換上別的禮服。每件禮服都很漂亮，給我穿實在太浪費了。

後來，我又試穿了好幾件禮服。

「菲娜，妳比較喜歡哪一件？」

因為每件禮服都很漂亮，我很難下決定。比起鮮豔的顏色，我比較想要淺色。

我這麼說，諾雅大人就替我選了顏色比較淺的禮服。

這麼一來，禮服的挑選總算結束了。可是，一想到我要穿著這件禮服去參加米莎大人的派對，我就覺得肚子好痛。

「那麼，既然菲娜的禮服已經選好了，這次就來選優奈小姐的禮服吧。」

我在菈菈小姐的幫助下脫掉禮服的時候，諾雅大人這麼說道。

「既然這樣，一開始就找優奈姊姊來不是比較好嗎？」

「那可不行。就算我們拜託優奈小姐穿禮服，她也絕對不會穿的。」

優奈姊姊平常總是穿著熊熊的衣服。除了洗澡的時候，我從來沒有看過她脫掉。我以前問過她為什麼不換成別的衣服，她說因為有熊熊的庇佑，所以不能脫掉。世界上真的有熊熊的庇佑嗎？

「而且，要是勉強她穿上，她可能就不會去生日派對了。所以，我決定瞞著這件事直到生日派對當天。菲娜，妳也絕對不可以跟優奈小姐說喔。」

所以諾雅大人才沒有邀請優奈姊姊一起來選禮服啊。

優奈姊姊跟我不一樣，就算對象是貴族也能輕易拒絕。她遇到不喜歡的事就會直說，諾雅大人似乎也很清楚這一點。

「菲娜，妳也一起來幫優奈小姐選禮服吧。」

「……好的。」

都是優奈姊姊不好。優奈姊姊丟下我自己跑掉，我也想抱怨個兩句。

於是，我們開始挑選適合優奈姊姊的禮服。

30 電子書購入特典 雪莉做布偶

我工作的地方是賣布料和絲線等商品的店。我會在店裡製作衣服等東西。某一天，優奈姊姊來到店裡，問我能不能做熊緩和熊急的布偶。

熊緩和熊急是優奈姊姊的熊熊的名字。牠們是非常可愛，也很乖的熊熊。優奈姊姊好像希望我能做出像牠們的熊布偶。

我想要做得跟牠們一模一樣，所以拜託優奈姊姊讓我看看熊緩。因為這個房間很小，我還以為不行，但優奈姊姊伸出手，從熊熊手套中變出了小小的熊緩。

這、這隻小熊是誰？太可愛了。

優奈姊姊說牠是變小的熊緩。

小小的熊緩露出像在說「什麼？」的表情看著我。優奈姊姊說她想請我做這個尺寸的熊緩布偶。

我馬上拿出布尺，測量熊緩的尺寸。我量了頭和身體、腳掌、手掌、耳朵、尾巴等所有部位的尺寸。

話說回來，牠毛茸茸又軟綿綿的。

嗚嗚，好可愛喔。

我取得身為老闆的泰摩卡先生的同意，馬上開始製作布偶。

我先做出布偶的紙型，遇到不懂的地方就詢問泰摩卡先生。這是最辛苦的作業。只要做好紙型，就可以沿著紙型裁布，把布縫起來後，布偶就完成了。感覺和做衣服很類似。

「雪莉，今天就做到這裡吧。」

「泰摩卡先生，謝謝你。多虧有泰摩卡先生，最難的地方已經做好了。」

「這也是一種學習嘛。如果有什麼不懂的地方，儘管問我吧。」

泰摩卡先生總是很溫柔地教導我。如果我有爸爸，也許就是這種感覺吧。

「我想要在家裡多做一點，我可以把材料帶回去嗎？」

「可以啊。可是不可以太勉強自己喔。」

「好的。」

為了回家繼續做布偶，我把材料帶了回去。

回到家的我吃過晚餐之後，開始繼續做布偶。

「雪莉姊姊，妳在做什麼？」

敏夏跑來問我。敏夏還是很小的女孩子。

「我在做熊熊的布偶喔。」

「熊熊？」

敏夏對熊熊有所反應。熊是很危險的動物。可是因為有優奈姊姊的熊緩和熊急，大家一聽到熊就會很高興。我有點擔心大家的將來。

「優奈姊姊拜託我幫忙做熊緩和熊急的布偶。」

「好好喔。我也想要。」

「……嗯～我去問優奈姊姊，下次幫妳做好嗎？」

「可以嗎？」

「可是要先跟優奈姊姊確認才行喔。」

「嗯！」

大家都睡著後，為了不要吵到同一個寢室的孩子，我跑到沒有人的飯廳繼續做布偶。雖然很睏，但我會努力。這是優奈姊姊的請求，她特別找我來做，這讓我非常高興。所以為了回應優奈姊姊的心意，我不斷縫著布料。

然後到了快要天亮的時候，我做好了熊緩的布偶。

完成了。

雖然是第一次做，卻做得很成功。

最難做的地方果然是臉。為了把臉做得可愛，我費了一番工夫。

做完熊緩布偶的我放鬆下來，不小心睡著了。可是，不久之後起床的院長來叫醒我，把我罵了一頓。

我回到自己的房間，稍微睡了一下。

我睡了一下子後，到了早餐時間，跟我同房的孩子把我叫醒。

我揉著眼睛，從床上坐起身。因為只睡了一下子，所以我很想睡覺。可是這是我做布偶做到天亮的關係，所以也沒辦法。

我在房間裡左顧右盼。奇怪？做好的熊緩布偶不見了。做好布偶的事情應該不是作夢吧。我這才想起來，我把布偶放在飯廳了。

我跑出房間，趕到飯廳，看到年紀小的孩子們正在搶熊緩布偶。

「這是人家的！」

「是我的啦！」

「嗚嗚，也借我玩嘛……」

我做的熊緩布偶被搶來搶去的。

「那是我做的布偶，可以還給我嗎？」

我這麼一說，大家就露出了快要哭出來的表情。

「不要。」

「我想要熊熊。」

他們緊緊抱住熊緩布偶，不肯放開。我沒有想到大家會這麼想要布偶。

「那是優奈姊姊要我做的東西，所以還給

我。」

「優奈姊姊？」

「嗯，你們都不想給優奈姊姊添麻煩吧？」

我這麼一說，拿著布偶的孩子一臉難過地把布偶還給我了。大家都很喜歡優奈姊姊，所以他們不會做出會讓優奈姊姊困擾的事。可是這麼一來，這些孩子就太可憐了。

「謝謝。雖然不能馬上給你們，可是我會拜託優奈姊姊，讓我幫大家做布偶。」

「真的嗎！」

「人家也有嗎？」

「我也有嗎？」

原本難過的表情變成了笑容。

「嗯，所以現在要先忍耐喔。」

我答應幫大家做布偶。

「雪莉姊姊，妳不做熊急嗎？」

「我接下來才要做。」

「那我想要熊急。」

「我想要熊緩。」

「我也想要熊緩。」

「我想要熊急。」

我昨天答應的敏夏也這麼求我，我得做很多熊緩和熊急的布偶才行。

吃完早餐的我一邊揉著眼睛，一邊走到店裡。

「雪莉，妳看起來很睏呢，沒事吧？」

「是，我有點做太久了。」

「要好好睡覺才行喔。」

「是。」

「那我要去工作了，有不懂的事情就來問我喔。」

「好的。」

熊緩已經完成了，接下來只要用白色的布做熊急布偶就行了，沒有問題。

我開始做熊急布偶。開始做了一陣子後，我打了呵欠。好想睡覺。可是我得努力把布偶做完。

我忍著睡意，好不容易做好了熊急布偶。接下來只要拿去給優奈姊姊就可以了。我去請泰摩卡先生允許我外出。

「雪莉，妳去找優奈之後，今天就可以休息了喔。我知道妳很努力幫優奈做事，但也需要休息。」

我熬夜做布偶的事情好像被泰摩卡先生發現了。

「對不起。」

我道歉後，向泰摩卡先生請了今天的假。我把做好的熊緩布偶和熊急布偶裝到袋子裡。雖然有點大，但是我還拿得動。

我拿著裝有布偶的袋子，前往優奈姊姊家。

希望她會高興。

KUMA KUMA KUMA BEAR

Kuma Kuma Kuma Bear

VOL.7

ILLUSTRATION GALLERY

Kuma Kuma Kuma Bear

VOL.8

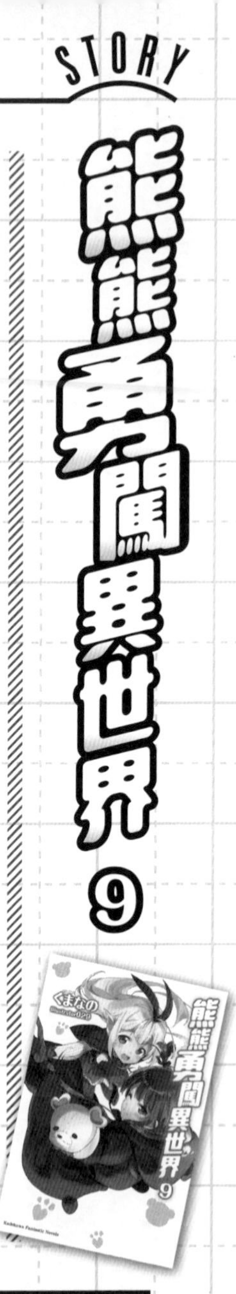

優奈震怒

因為還有一段時間才要返回克里莫尼亞，所以優奈和賽雷夫與波滋一起前往市場尋找食材。優奈正在大量收購陌生水果的時候，菲娜用以前拿到的熊熊電話聯絡了優奈。聽到菲娜急切的聲音，優奈火速趕回葛蘭的宅邸，見到昏了過去的菲娜和諾雅。可是，原本跟她們在一起的米莎卻不見了。從恢復意識的菲娜口中得知米莎被某人帶走的優奈召喚了熊緩與熊急，上街尋找米莎。在熊緩與熊急的引導之下，優奈抵達的地方果然就是沙爾巴德家的宅邸。優奈揍飛綁架米莎的笨蛋兒子，救出了米莎。然後，當優奈正要出拳毆打試圖狡辯的笨蛋爸爸的時候，艾蕾羅拉在沙爾巴德家現身了。

熊緩和熊急並不可怕！

奉國王之命前來私下調查沙爾巴德家的艾蕾羅拉從宅邸裡沒收了犯罪證據，逮捕了沙爾巴德一家。由於優奈在前往沙爾巴德家的途中騎著熊緩和熊急狂奔，使居民感到害怕，於是眾人在菲娜等人的協助下舉辦活動，成功宣傳熊緩和熊急的安全性。

熊熊屋前出現一名精靈少女？

回到克里莫尼亞城的優奈為菲娜受傷一事向提露米娜道歉。藉來自和之國的貨物享用了久違的日式料理後，優奈取得布偶，首先去拜訪了諾雅。然後，優奈為了將布偶送給芙蘿拉公主而前往王都。送了布偶給芙蘿拉公主後，優奈返回王都的熊熊屋，在門口發現一名昏倒的精靈少女——露依敏。

露依敏說自己是為了尋找姊姊莎妮亞才來到王都，於是優奈帶著她來到莎妮亞擔任會長的冒險者公會。姊妹倆決定回到精靈村落，而優奈拜託她們讓自己同行。與她們一起往精靈村落出發的優奈在途中暫駐拉魯滋城，付出全力協助露依敏取回她交出的重要手環。順利取回手環後，三人再次朝精靈村落出發。

31 安利美特購入特典 熊熊粉絲俱樂部茶會 菲娜篇

米莎大人的生日派對順利結束了。

雖然我得穿禮服參加，但優奈姊姊也跟我一起穿了禮服，這樣我就能稍微放心了。優奈姊姊拚了命抵抗，卻還是贏不了諾雅大人，只好穿上禮服。

當時優奈姊姊用哀怨的眼神看向了我，但我不想要一個人穿禮服，優奈姊姊也要跟我一起穿。

穿上禮服的優奈姊姊非常漂亮，就連艾蕾羅拉大人和克里夫大人看了都很驚訝。明明這麼漂亮，真不懂她為什麼不願意穿。

米莎大人非常喜歡我們送給她的蛋糕和熊熊布偶。而且，我也沒有弄髒禮服，順利結束了派對。

「明天要不要大家一起舉辦茶會呢？」

派對結束後的晚上，米莎大人這麼提議。

「茶會嗎？」

「現在庭院的花開得很漂亮喔。」

米莎大人這麼說。她偶爾也會幫忙照顧花朵，所以她希望我們也能來欣賞。

在寬敞的庭院一邊賞花一邊喝茶，感覺就像貴族大人呢。不對，米莎大人和諾雅大人都是貴族，只有我不是。

「在庭院喝茶嗎？不錯耶。」

諾雅大人贊成舉辦茶會，我沒有拒絕的理由，所以也會參加。

「優奈姊姊大人呢？」

「嗯～我就不用了。妳們三個人玩吧。」

「咦～優奈小姐也來參加茶會嘛。」

「我要一個人去街上悠閒地散散步。」

雖然我們也邀請了優奈姊姊，她卻拒絕了。諾雅大人和米莎大人都有點遺憾，但沒有強迫優奈姊姊來參加。

隔天，我和諾雅大人、米莎大人三個人一起來到宅邸的庭院，這裡開著很多漂亮的花。真不愧是米莎大人家裡種的花。城堡的花很漂亮，米莎大人家裡的花也很漂亮。

餐桌上擺著蛋糕和茶。蛋糕是優奈姊姊幫我們準備的。

她說過吃太多蛋糕不好，這樣沒關係嗎？我們昨天也吃了。

蛋糕旁邊放著熊緩和熊急的布偶。好像是諾雅大人拜託米莎大人帶來的。諾雅大人從剛才開始就一直用很想要的眼神看著布偶。請不要搶走米莎大人的布偶喔。

「那麼，如果有什麼事情，請隨時叫我。」

幫我們泡茶的梅森小姐說完後就離開了，因為這是只有我們三個人的茶會。

「那麼，我們開動吧。」

我們一邊賞花一邊享用蛋糕。

「菲娜，這次謝謝妳來參加派對。」

米莎大人再次向我道謝。

「不，那個……」

我不敢說其實我本來想拒絕的。

「其實菲娜本來想拒絕的。」

可是，諾雅大人馬上就揭穿我了。

「真的嗎？」

米莎大人露出驚訝的表情。

雖然這是事實，可是諾雅大人，妳為什麼要這麼說呢？

「對不起。因為我覺得我參加貴族大人的生日派對也只會給人家添麻煩。」

「我們不是朋友嗎？這跟是不是貴族沒有關係。」

「米莎大人……」

米莎大人用認真的表情看著我。

「就是嘛。菲娜太在意那種事了，我們都沒有放在心上。菲娜是我們的朋友，最重要的是，我們都是熊熊粉絲俱樂部的同伴。」

諾雅大人這麼說，舉起了熊緩的布偶。

「諾雅大人……」

「所以，妳隨時都可以來我家玩喔。」

「嗚嗚，諾雅姊姊大人，妳太賊了，我也希望菲娜來我家玩。菲娜，妳隨時都可以來這座城市喔，我很歡迎妳。」

就算她這麼說，我也沒辦法輕易地拜訪米莎大人的城市。可是，拜託優奈姊姊或許就可以了？

「對了，優奈小姐本來也想拒絕的。是我說服她參加的喔。」

諾雅大人得意地抬頭挺胸。

「而且，幫菲娜和優奈小姐挑禮服的也是我。」

「菲娜穿禮服的樣子真的很漂亮喔。」

優奈姊姊穿禮服的樣子非常漂亮，但我覺得自己不適合穿禮服。

嗚嗚，光是回想起來，我就覺得好害羞。

後來，我也和米莎大人與諾雅大人繼續聊著派對的事。

吃完蛋糕後，諾雅大人突然站了起來。

「那麼，接下來開始進行熊熊粉絲俱樂部的會議。」

諾雅大人這麼說道。

「熊熊粉絲俱樂部的會議嗎？」

「沒錯！」

「諾雅姊姊大人，粉絲俱樂部的會議都要做些什麼呢？」

「那當然是談談關於熊熊的話題了！」

既然是熊熊的話題，應該就只有優奈姊姊和熊緩與熊急的話題了。

「首先，我要問背叛者菲娜一個問題。」

「我是背叛者嗎！」

諾雅大人突然用手指指著我。

「沒錯。妳為什麼沒有告訴我熊熊布偶的事？如果妳有告訴我，我也有份……不，我就可以幫忙一起做布偶了。」

諾雅大人的視線轉向桌上的熊緩和熊急布偶。所以她才會把布偶帶來這裡呀。

可是，我剛才好像聽到她說「我也有份」。

「這代表妳沒有盡到向我這個熊熊粉絲俱樂部會長報告的義務。」

就算她這麼說，我也不知道該怎麼辦。

「因為那是我和優奈姊姊要送給米莎大人的生日禮物，而且我忙著做布偶……」

當時我滿腦子都想著生日禮物的事，完全沒有料到諾雅大人會這麼想。

「嗚嗚，我也好想一起做熊熊布偶喔。」

「那個……對不起。」

我低頭道歉，諾雅大人就慌張了起來。

「我原諒妳，所以下次一定要找我喔。」

「好的。」

「我也好想快點拿到熊熊布偶喔。」

諾雅大人抱住熊緩的布偶。

看來她果然不是想要做布偶，而是想要擁有布偶。

「話說回來，布偶做得和熊緩與熊急一模一樣呢。」

諾雅大人看著熊緩布偶的臉。雪莉說她做得很辛苦，如果沒有雪莉教我，我也沒辦法做得這麼好。

「對了，下次我生日的時候，我要請妳做熊緩和熊急的大布偶給我！」

諾雅大人一時興起，這麼宣言。

「諾雅姊姊大人，妳太賊了。我也想要熊緩和熊急的大布偶。」

「呵呵，我才是第一個拿到大熊熊布偶的人。」

我開始試著想像製作大熊熊布偶的過程。

嗚嗚，做起來一定很辛苦了。光是要做這種小隻的熊熊布偶就很辛苦了。如果要做大布偶，應該會需要非常多的布料和棉花，我想需要的量大概會超過做十隻這個尺寸的布偶的量。

可是，做布偶是很開心的事。如果有機會做熊緩和熊急的大布偶，我也想試試看。

32 合作書店購入特典 安裘小姐與熊熊布偶

最近，打扮成熊的女孩——優奈小姐會出入這座城堡。不只如此，國王陛下甚至允許她自由進入芙蘿拉公主的房間。優奈小姐是個非常不可思議的女孩子。

優奈小姐很擅長畫畫，還畫了繪本給芙蘿拉大人。她也很會做菜，經常烹調各種料理，帶來給芙蘿拉大人品嚐。

更令人難以置信的是，她是個優秀的冒險者。像她這麼可愛的女孩子，怎麼看都不像冒險者。

今天，優奈小姐來拜訪芙蘿拉大人了。

她今天也打扮成可愛熊熊的樣子。優奈小姐一來，芙蘿拉大人就會喊著「熊熊、熊熊」，高興地朝她跑過去。優奈小姐會溫柔地抱住跑過來的芙蘿拉大人，讓她露出滿臉笑容。

優奈小姐說她帶了禮物來給芙蘿拉大人。

跟平常一樣是食物嗎？

但優奈小姐從熊臉造型的手套裡拿出的是熊熊布偶，而且是黑色與白色各一隻。它們就跟優奈小姐所召喚的熊熊一模一樣。

芙蘿拉大人高興地抱住熊熊布偶，坐到地上。

地板有打掃過，很乾淨，但王室成員不該坐在地上。我催促芙蘿拉大人站起來。芙蘿拉大人很乖巧地聽了我的話，坐到椅子上抱緊布偶。

這些熊熊布偶似乎是以優奈小姐的召喚獸為藍本，所以它們才會是黑色和白色的熊吧。

芙蘿拉大人一下子握住熊熊的手，一下子摸摸它們的頭或是抱緊它們，笑得非常燦爛。

嗚嗚，真是太可愛了。要是送給我女兒當禮物，她一定會很開心。

我女兒也很喜歡優奈小姐畫的繪本，跟芙蘿拉大人一樣愛上了熊熊。她有一陣子總是在看熊熊的繪本。

後來王妃殿下也來到這個房間了。令人驚訝的是，優奈小姐也送了熊熊布偶給王妃殿下。

我非常羨慕。可是，在王妃殿下面前，我不能說我也想要。

我看著熊熊布偶的時候，優奈小姐主動對我說道：

「安裘小姐，妳也想要嗎？」

我用很想要的眼神看著布偶，好像被她發現了。

「不，那個……我只是覺得我女兒會喜歡，因為她非常喜歡優奈小姐的繪本。」

我這麼回答。

「既然這樣，安裘小姐，請拿去送給女兒吧。」

優奈小姐這麼說，拿出另一對黑白兩色的熊熊布偶。

「真的可以嗎？」

「既然妳說妳女兒喜歡熊熊，我就不忍心拒絕了。」

我道謝並收下布偶，於是桌上的布偶又變多了，芙蘿拉大人非常開心。

芙蘿拉大人，拜託您不要說您也想要這對布偶，這對布偶是要給我女兒的。

芙蘿拉大人沒有察覺我的擔憂，開心地玩

著布偶。

不過，能看到芙蘿拉大人的笑容是一件很幸福的事。

然後，我們開始享用優奈小姐帶來的料理。

今天的料理是火鍋，裡面好像放著叫做麻糬的稀奇食物。麻糬是一種能拉得很長的食物。芙蘿拉大人吃得很開心。

吃完午餐後，芙蘿拉大人抱著優奈小姐送的布偶，開始昏昏欲睡。

我帶芙蘿拉大人到床上，熊熊布偶也跟她在一起。芙蘿拉大人抱著熊熊布偶，舒舒服服地進入夢鄉。

她真可愛。

然後，結束了一天的工作，我順利帶著優奈小姐送的布偶回到家裡。幸好芙蘿拉大人沒有要求我把女兒的份也送給她。只不過，她醒來的時候，優奈小姐已經離開了，所以她很難過。

我的家就是城堡中的宿舍，丈夫與孩子也跟我住在一起。我的丈夫在城堡做行政工作，所以我們一家人才得以住在這座城堡裡。

我可以在有空的時候回來看看女兒，其他傭人也會幫我照顧孩子，所以我能放心工作。

我回到宿舍，我女兒莉夏就來迎接我。

「媽媽，歡迎回家。」

「我回來了。」

「聽說今天熊熊來了，是真的嗎？」

「哎呀，妳的消息真靈通。」

「嗯，我聽說的。」

可能是從其他傭人那裡聽說的吧？

「媽媽，那個大袋子是什麼？」

大袋子裡面裝著優奈小姐送的熊熊布偶。

「呵呵，是什麼呢？裡面是莉夏最喜歡的東西喔。妳猜猜是什麼？」

「嗚嗚，人家不知道啦。」

莉夏稍微噘起嘴巴。

「呵呵，對不起啦。其實啊，我從熊熊那裡帶了禮物來給妳喔。」

我從袋子裡取出優奈小姐送的黑熊布偶和白熊布偶，拿到女兒面前。

「是熊熊耶～」

莉夏瞬間綻放燦爛的笑容，抱住熊熊布偶。

她的反應跟芙蘿拉大人一模一樣。

莉夏表現得比我回來的時候還要開心，我有點吃醋，但熊熊布偶太可愛了，這也沒辦法。

「媽媽，這兩隻熊熊都是給我的嗎？」

「嗯，我說莉夏很喜歡熊熊，人家就把這個禮物送給我了。」

「我好想跟熊熊見面喔。」

雖然我獲准住在城堡裡，卻不能帶女兒去有王室成員在的內部區域。

所以，莉夏只有可能在走廊上偶然遇見優奈小姐。

可是，如果我下次拜託看看，優奈小姐會不會願意跟她見面呢？不過，以私人理由拜託就太牽強了。

「熊熊有名字嗎？」

「名字？」

「嗯！沒有名字就太可憐了。」

優奈小姐的熊有名字。我記得黑熊叫做熊緩，白熊叫做熊急。

我這麼告訴莉夏。

「熊緩和熊急，你們好。」

莉夏緊緊抱住黑熊布偶和白熊布偶。看著她這副模樣，我不禁露出微笑。芙蘿拉大人很可愛，我的女兒也很可愛。

唔～要不要再生一個孩子呢？

後來，我老公下班回家後，莉夏興沖沖地拿熊熊布偶給他看。她好像真的很開心。

吃飯的時候，她把布偶放在旁邊，甚至跟它們一起睡覺。

「哪一隻熊熊比較可愛？」

我有點好奇，於是這麼問道。

莉夏一聽，開始比較兩隻熊熊。她一會兒看黑色熊熊，一會兒看白色熊熊，重複同樣的動作好幾次。

「嗚嗚……」

莉夏露出快要哭出來的表情。

「對不起，兩隻都很可愛呢。」

我撫摸莉夏的頭，向她道歉。莉夏用嬌小的身體抱緊兩隻熊。

到了睡覺時間，莉夏鑽進被窩，把熊熊布偶放在左右兩旁。

「媽媽，唸熊熊繪本給我聽嘛。」

看到熊熊布偶後，似乎讓她想聽熊熊的故事了。

「好呀。」

我唸繪本給莉夏聽，她聽著聽著就漸漸睡著了。

看來她已經陷入熟睡。

她在睡夢中抱住懷裡的白色熊熊。

哎呀，她是不是比較喜歡白色熊熊呢？

「……熊熊……」

「呵呵。」

我撫摸女兒的頭，關燈後走出房間。

33 7net購入特典 雷多傑爾先生尋找繪本

我是在拉魯滋城擁有大型店面的商人。我在王都也有分店，是個十分成功的商人。

我會採購索澤納克國和艾爾法尼卡王國的商品，在國境附近販售。

這次，我要前往王都談幾筆生意。

王都有我媳婦瑟芙爾的娘家，所以我決定帶著她和孫女愛露卡一起去。

瑟芙爾的娘家雖然規模較小，但也是商家，我每次拜訪王都總是受到他們的照顧。

「那麼就拜託您了。」

有人委託我購買索澤納克國的畫家創作的畫。我的店裡並沒有賣這種商品，但偶爾會有熟客委託我。店裡沒有的商品，我會拜託同行幫忙調貨，而這次的畫，我打算交給認識的商人處理。

談完今天的生意，我回到瑟芙爾的娘家。一回到家，愛露卡就出來迎接我。她是我最疼愛的孫女。

「爺爺，歡迎回家。」

「我回來了。」

我把愛露卡抱起來，她還很輕。我抱著愛露卡走進房間。

「爺爺，我想拜託你一件事。」

愛露卡平常明明不太會要東要西，真稀奇。因為她的媽媽瑟芙爾管教嚴格，所以她是個很少任性的孩子。這樣的孩子竟然主動提出要求，讓我覺得很高興。

「妳想拜託什麼呀？」

「我想要熊熊的繪本。」

想要繪本啊，真是可愛的請求。可是，如果我買給她，瑟芙爾就會生氣地說我太寵孩子。我為了確認，向房間裡的瑟芙爾問道：

「瑟芙爾，買個繪本給她也沒關係吧？」

「爸爸，不是的。愛露卡想要的繪本，一般的店好像沒有在賣。」

看來瑟芙爾並不是不買給她，而是店裡沒有在賣。

「那她是在哪裡看到的？」

瑟芙爾說她們去朋友家玩的時候，愛露卡在那裡看到熊的繪本，喜歡得不得了。

「愛露卡，妳想要那種繪本嗎？」

「嗯，熊熊很可愛。」

「這樣啊。如果媽媽說好，我就幫妳買來。」

「真的嗎？」

愛露卡開心地笑了。為了這張笑容，爺爺什麼都願意做。

「爸爸，這麼輕易答應她，沒關係嗎？」

「不過就是繪本嘛。我好歹也是商人，買個繪本還不簡單。」

這時，我以為利用商人的人脈就能輕易取得繪本。

首先為了看看那本繪本，我去拜訪了瑟芙爾的朋友。

「這就是那本繪本。」

「不好意思。」

我拿起繪本翻閱。繪本的畫風確實很可愛，內容是關於熊熊和小女孩的故事。調查過繪本後，我得知作者的名字叫做熊，而且仔細一看還會發現封底印著國徽。

換句話說，這本繪本有國家權力介入。

明明是區區繪本？

「這是在哪裡取得的？」

「不好意思，關於這本繪本的事是機密，我不能透露。」

昨天瑟芙爾也說過了，對方不願意透露。只是本繪本，又不是要交易違法物品，可是對方卻不能說出來源，這是怎麼回事？

「我可以請教不能回答的理由嗎？」

「購買的時候要簽訂不得透露相關事項的契約。我們不能轉讓、複印、販售這本繪本，就連來源也是祕密。」

「開玩笑的吧？」

男人搖了搖頭。

「如果違反契約的事情曝光，我可能就無法取得繪本的續集了。那樣的話，我會被孩子怨恨的。」

熊繪本已經出到第二集了。所以，往後可能會再推出第三集。

「既然如此，這個叫做熊的作者究竟是誰？我想直接拜託對方，告訴我吧。」

「不好意思，我也不能回答這個問題。」

一提到作者的事，男人的口風就變得更緊，彷彿被下了封口令。

瑟芙爾要我別勉強人家回答，所以我不能深入追問。

後來，我詢問這名家裡有幼童的男性友人，找到了幾個持有繪本的人。可是，每個人都像瑟芙爾的朋友一樣三緘其口。

不只是來源，連購買方法也問不出來。要是能知道作者是誰，至少能拜託對方出售或繪製，卻連這一點也辦不到。

「我願意付錢，能不能賣給我呢？」

「不好意思，這不是錢的問題。」

就算提出普通繪本價格的一百倍，仍然沒有人點頭。

事情果然跟繪本上的國徽有關。由此可見，這或許是國家高層下達的指示。

後來我也會在工作的空檔調查關於繪本的事，卻一直沒能取得，只有時間不斷流逝。明天就要離開王都了，我沒能達成向愛露卡許下的約定。

我拖著沉重的腳步，回到有愛露卡在等待的家。

「爺爺，繪本呢？」

一回到家，愛露卡便這麼問道。

「對不起。」

「嗚嗚……」

愛露卡露出難過的表情。

「愛露卡，爺爺也很努力找了，不可以露出這種表情喔。」

瑟芙爾這麼勸告愛露卡。

「……嗯。」

愛露卡輕輕點頭。

真是個好孩子。

這都要怪我輕易答應，讓愛露卡期待落空。

「愛露卡，對不起。」

雖然我有拜託王都的熟人幫忙，但並不覺得他能幫忙找到。有沒有其他方法能取得繪本呢？

回到拉魯滋城的我委託名叫多古路德的商人採購王都的人拜託我的畫。多古路德很熟悉藝術品，懂得買賣繪畫或雕刻等作品。

「我明白了，是休貝爾大師的畫吧。」

「那麼，拜託你了。請務必遵守約定的日期。」

「不過，您來得正是時候呢。」

「這話怎麼說？」

「我明天就要前往王都了，會暫時離開這座城市。當然了，畫的事情我會先安排好，請別擔心。」

「你要去王都嗎？」

多古路德很懂畫，也認識許多畫家。我突然想到，他或許知道關於熊繪本的事，或是能透過畫家找到繪本的作者。

「既然你要去王都，我能拜託你一件事嗎？」

「什麼事呢？」

我向多古路德說明熊繪本的事。

「熊的繪本嗎？我明白了。我認識幾個熟人，可以問問看他們。」

「拜託你了。」

「不過，請不要過度期待。連雷多貝爾先生都找不到的東西，我不認為自己能找到。」

「從不同的角度尋找，或許有可能找到。試試總沒有損失。」

只要能盡量蒐集情報就好。

可是，考慮到無法取得繪本的情況，我決定想想有什麼禮物能拿來代替繪本，至少安慰一下失望的愛露卡。

34 電子書購入特典 與露依敏的相遇 米蘭妲篇

拉魯滋城有一條很大的河，它是艾爾法尼卡王國與索澤納克國的國境，兩岸的城市之間隔著這條河。我們為了工作而來到索澤納克國岸邊的城市，工作結束後，我們要返回位於艾爾法尼卡王國岸邊城市的租屋處。到冒險者公會報告完畢的我們在確認委託告示板的時候，剛好看到運送貨物渡河到對岸城市的工作。乘船費用由委託人負擔，而且還是得趕在今天送達的工作。

這樣就能省下船票了，真是一石二鳥。我們這群貧窮冒險者決定接下這份工作。

在櫃檯辦妥接下委託的手續後，我回到夏菈和艾莉愛兒這兩個隊友身邊。

「怎麼了？」

艾莉愛兒看著委託告示板的方向。

「那裡有個很可愛的女孩子呢。」

艾莉愛兒的視線前方有個十五歲左右的女孩不知所措地看著委託告示板。

「妳不可以騷擾人家喔。」

「我才不會騷擾人家呢。可是，看到女孩子帶著傷腦筋的表情一個人站在委託告示板前面，一般人都會擔心吧。」

「是沒錯啦。」

「我去關心一下好了。」

艾莉愛兒這麼說，而後走向了那女孩。我和夏菈也只好跟上艾莉愛兒。

站在委託告示板前的是個精靈女孩。

據她所說，她似乎是要去王都找姊姊。可

是，她沒有可以搭船和住宿的錢，所以才會來冒險者公會尋找委託。但她找不到自己能完成的委託，正感到困擾。

既然聽到她這麼說，我們就不能見死不救。艾莉愛兒和夏菈都對我點點頭。

「既然如此，妳要不要跟我們一起做送貨的工作？」

「可以嗎？」

女孩一臉不安地這麼問道。

「乘船費用是對方買單，雖然酬勞不多，還是多少能拿到一些錢，應該能貼補一點妳前往王都的旅費。」

聽到我這麼說，女孩陷入沉思。她是不是覺得我們很可疑呢？

女孩看著我們，微微低下頭。

「不會添麻煩的話，就拜託妳們了。」

「我們也要請妳多多指教了。我是米蘭妲，她們是……」

「我是艾莉愛兒。」

「夏菈。」

「我叫做露依敏。」

大家彼此自我介紹。

「那麼露依敏，妳有帶公會卡嗎？」

「有，以前爸爸叫我辦的。」

我們確認了她的公會卡，階級是Ｅ。

辦妥工作登記的我們前往委託人的店面。

工作內容是把這間分店的貨物運送到河川對岸的店面。

本來似乎是要用道具袋運送，但道具袋卻拿去用在別的地方了，所以沒有道具袋可以用。貨物中包含了急件，所以才會委託冒險者來幫忙。

「各位，謝謝妳們。妳們願意接下這麼緊急的委託，幫了我大忙。」

委託人是身為商人的多古路德先生，看起

來是個很溫柔的人。

「不會，我們也正好要回城市去，算是幫了我們一個忙。」

「那麼可以請妳們把貨物搬到馬車上嗎？」

我們按照多古路德先生的指示，把貨物搬到馬車上。

「這些東西都很貴重，請千萬小心。」

所以才會限定由女性來承接吧。雖然不是說男性就一定很粗魯，但這類講求細心的工作經常會限定由女性來承接。

「露依敏，妳抬那邊。」

「好的。」

艾莉愛兒和露依敏一起搬貨物。把露依敏交給很喜歡她的艾莉愛兒來照顧，應該沒問題。

我們把所有的貨物都搬到馬車上了。

「謝謝妳們。馬車會直接駛到船上，各位也請上車吧。」

我們坐上馬車，馬車則直接駛上了船，乘船費用是由多古路德先生負擔。我們的運氣真的很好。

「露依敏，妳還好吧？」

「是，我沒事。」

我向一臉不安地看著河川的露依敏問道。她似乎沒事。

船緩緩在水面上前進，渡過河川。

馬車駛下船，接著又駛上街道，來到多古路德先生的店門口。

這次要把貨物搬下馬車才行。

「夏菈，妳抬那邊。」

「好重喔。」

「來吧，艾莉愛兒和露依敏都很努力喔。」

露依敏用嬌小的身軀努力搬運著貨物。我

們也要加油才行。

接著，我們按照多古路德先生的指示，整理卸下的貨物。

事情就發生在這個時候。

「嗚哇啊啊啊啊！」

我望向聲音的來源，發現露依敏倒在地上。

「露依敏，妳沒事吧？」

「是，我沒事。我不小心跌倒了。」

露依敏站起身來。

「咦？」

「怎麼了？」

「………」

我對露依敏說話，她卻沒有回應。她盯著一個點看，渾身顫抖。

我靠近露依敏，發現她面前的畫破掉了。

「發生什麼事了嗎？」

多古路德先生走了過來。

「畫……」

多古路德先生看到畫，露出嚴峻的表情。

露依敏弄破的畫非常昂貴，聽到金額的時候，我們嚇了一跳。雖然不能算是天價，但這麼高的金額我們實在是賠不起。

「真是傷腦筋，這幅畫已經有買家了。」

聽著這番話，露依敏的臉愈來愈蒼白。

「真的那麼貴嗎？」

「是的，這是知名畫家的畫。」

雖然我不是不相信，但依然這麼確認。

為求慎重，我們也有請商業公會進行鑑定。這毫無疑問是知名畫家的畫，價值不菲。

我們確實搞砸了這份委託，但問題在於要怎麼賠償畫的費用。

我們其實可以把責任推給露依敏。可是，我們不忍心對發抖的女孩那麼做。

把畫拿到商業公會鑑定後，時間也到了傍

晚。

我們決定明天再做詳細的討論，回到自己租的房子。

「露依敏，不會有事的。」

「對不起。」

露依敏一直在道歉。

我很想幫她做些什麼，卻不知道該怎麼辦。

我只能想到向對方討價還價的方法。

我們哄臉色很差的露依敏上床睡覺後，自己也上床休息。

隔天我們一醒來，露依敏就不見了。我們打算去找她，卻發現桌上放著一封信。

『我會去賠償那幅畫。各位，謝謝妳們對我這麼好。露依敏』

我緊緊捏著信。

「什麼賠償，她明明沒有錢……」

「難不成她要把自己的身體……」

艾莉愛兒激動了起來。

「不，我昨天有聽到多古路德先生和露依敏說的話，好像是關於手環什麼的。」

夏菈想起昨天的事。

「手環？」

現在回想起來，露依敏確實有戴手環。

「我記得對精靈來說，手環是很重要的東西。而且，聽說那是非常有價值的物品。」

「這麼說來，難道她要賣掉那個手環？」

我們衝出房間，前往多古路德先生的店。

多古路德先生迎接了比預定的時間還要早到店裡的我們。

「我就知道妳們會來。」

他帶我們進到裡面的房間，房間裡的桌子上就放著手環。如果我沒有記錯，這就是露依敏戴著的手環。

「這是她留下的東西。」

果然沒錯。

「那麼露依敏呢？」

「她離開城市了。」

「我們要快點追上她！」

聽到多古路德先生說的話，艾莉愛兒馬上站起身。

「艾莉愛兒，妳冷靜一點。」

「夏菈，可是露依敏……」

「我知道。總之妳冷靜一點。」

我們阻止了正要奪門而出的艾莉愛兒。

「露依敏小姐也有向妳們道歉。她說如果妳們有來店裡，希望我能代她向妳們道歉。」

「……露依敏。」

「所以，多古路德先生你就收下了手環嗎？」

「我畢竟是商人。畫被弄破的事情，我不能就這麼算了。」

「這麼說是沒錯。」

但我無法認同。

「多古路德先生，你打算怎麼處置這個手環？」

「我還沒有決定呢。」

「既然如此，我們想買下它。」

「妳們要買嗎？」

「雖然現在還買不起，但我們總有一天一定會賺到足夠的錢。在那之前，可以請你不要賣給任何人嗎？」

雖然不知道我們這種貧窮冒險者什麼時候才能買回來，但我們不能讓露依敏繼續露出悲傷的表情。

「大家都可以接受吧。」

「我永遠都是可愛女孩的同伴。」

「嗯，畢竟我們也不是沒有責任。」

大家都答應了我的提議。

「各位的心意我明白了。我答應妳們不會賣給其他人。」

我們會為了買回露依敏的手環而努力工作。總有一天，我們要把手環還給露依敏。

而今天，我們也要前往冒險者公會。

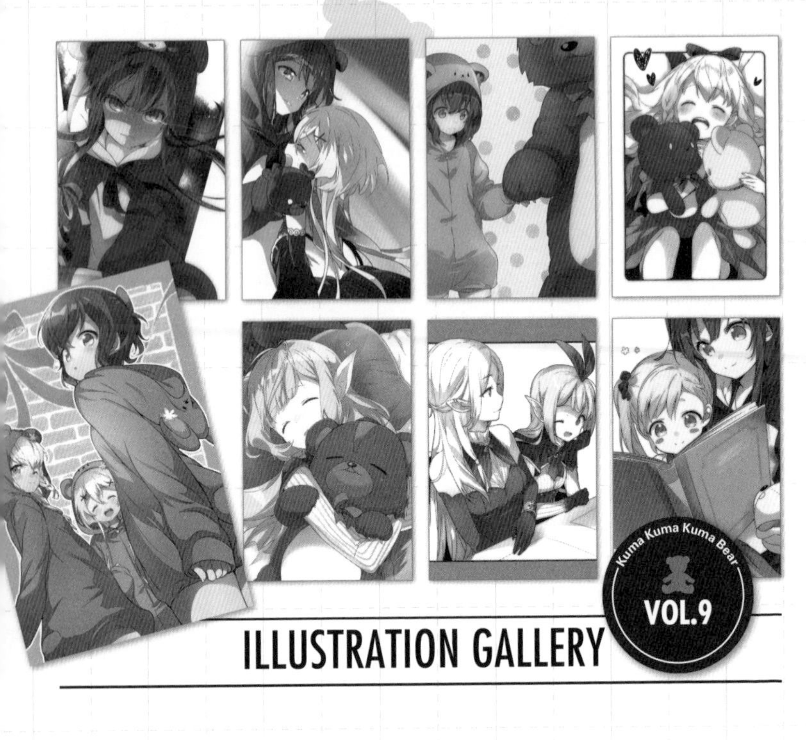
Kuma Kuma Kuma Bear
VOL.9
ILLUSTRATION GALLERY

熊熊勇闖異世界11.5

網站連載短篇故事

35 與熊熊的相遇　衛兵篇

我的工作是保衛城市。

排班方式是輪班制，在城裡巡邏、看守城市的入口、在值班處處理居民間的糾紛等等就是我們主要的勤務內容。

今天的我負責看守城市的入口，主要的職責是防止罪犯進入。話雖如此，其實也只是請出入城市的人把公會卡或居民卡放到水晶板上，確認水晶板是否有變紅而已。

如果水晶板變紅，表示這個人已經被登記為罪犯。可是，水晶板變紅的情況幾乎不會發生。老實說，這是最閒的一份工作。

就算是輕鬆的工作，還是要確實做好才行。

「小妹妹，妳要去城外嗎？」

有個大約十歲的小女孩要獨自出城，我提醒她要小心。

附近的森林平常都有冒險者會狩獵魔物，所以相對安全。可是，走到深處就可能會遇見魔物。

「嗯，我要去採藥草。」

「就算很安全也不能去森林深處喔。」

「嗯。」

女孩揹起一個小背包，走出城門。

女孩出城後只有幾個人進城，然後就沒有人再出入了。無聊的時間不斷流逝。

我望向城外，發現有某種黑色的物體走了過來。

那是什麼？

有個小女孩走在那個黑色物體的旁邊，是不久前出城的那個女孩。

女孩和打扮怪異的人一起走了過來。我漸漸看清那身黑色裝扮是什麼了。

熊？

黑色物體的真面目是個打扮成熊的女孩子。她為什麼要打扮成這個樣子？

不管怎麼樣，我先對比較小的女孩說道：

「妳找到藥草了嗎？」

「是的。」

我本來還有點擔心，看來她順利找到藥草了。

然後，我問另一個女孩為什麼要打扮成熊的樣子。她一聽便一臉害臊地拜託我別多問。

算了，雖然她打扮怪異，但沒有危險的氣息。如果她不是罪犯，我們也不能勉強她回答不想回答的問題。不論如何，我要求她出示身分證，水晶板會判斷她究竟是不是罪犯。

可是，她似乎沒有居民卡或公會卡，於是我用魔力反應來調查。

不過，如果沒有登記的話，水晶板就不會有反應。

一如預料，水晶板沒有反應，所以我放她進入城市。

總而言之，先把這件事報告給隊長吧。

然後過了幾天，那個熊姑娘來到城門。仔細一看，她的打扮其實很可愛。該怎麼說呢？光是看著就讓人的內心感到平靜。

我問熊姑娘要去哪裡，她說要去城外。我看了她的公會卡，發現她已經順利當上冒險者了。

我叮嚀她要小心，目送她離開。

我看著熊姑娘的背影，發現她的熊尾巴會左右搖晃。那套服裝似乎做得很精巧。

我又工作了一陣子，熊姑娘卻遲遲沒有回來。

城市在東南西北共有四處入口，目的地不同，回來時的入口也有可能不同。可是，我還是有點擔心，然而我的擔憂沒有成真，熊姑娘平安回來了。我忍不住摸了一下熊姑娘的頭。

結果我惹熊姑娘生氣了。應對女生的方式真難拿捏。

今天我在值班處工作。

待在值班處時，有時候會聽說關於熊的傳聞。

據說她前往冒險者公會的當天就被其他冒險者騷擾，跟他們打了一架。聽到這件事的瞬間，我開始心跳加速。為什麼事情會變成那樣？

「所以，結果怎麼樣了？」

我向告訴我這件事的同事問道。

然後，我聽到出乎意料的答案。

據說熊姑娘跟大約十名冒險者對打，擊敗了他們所有人。

這真是令人難以置信，但有冒險者受傷的事情也已經傳開了。

她看起來實在不像是那麼強的人。

後來我也聽說了熊姑娘的其他傳聞，卻全都讓我不敢相信。

我聽說她打倒了一百隻哥布林和哥布林王，甚至打倒了虎狼。每一件事都令人難以置信，但與冒險者公會有來往的衛兵取得的情報不會出差錯。就算如此，這些事還是讓人不禁懷疑。

其中最讓我不敢相信的是，她蓋了一棟熊的房子。

什麼是熊的房子啊？

「當然是長得像熊的房子啊，你去看看就知道了。」

同事這麼對我說，所以我在巡邏的時候去看了熊的房子。

我從結論說起吧——真的是熊，不論怎麼看都是熊。

只不過，造型並不是可怕的熊，而是難以形容的可愛模樣。

聽說這件事的時候，我還以為房子長得像嚇人的熊，但其實是能讓人聯想到那個熊姑娘的可愛房子。

那個熊姑娘總是讓人大開眼界。

36 熊熊邱比特 根茲篇

我的名字叫做根茲，以前是冒險者，現在則在冒險者公會工作。

我的兩個前隊友結了婚是引退的理由之一，另一個理由是剛好有人邀請我去冒險者公會工作。

然後，結婚的兩個隊友所生的女兒現在就在我的面前。

「妳看，那邊要這麼切。」

「好的。」

女孩用小巧的手握刀，正在肢解野狼。

她的名字叫做菲娜，是我以前的隊友——堤露米娜與亡夫羅伊留下的孩子。身為妻子的堤露米娜臥病在床，雖然有請醫生診治，但除了用藥控制之外別無他法。

菲娜會代替無法工作的母親和妹妹賺錢。

我能做的頂多只有替她介紹工作。我以前曾試圖拿錢給菲娜，卻被她拒絕了。

她說自己無力還錢，所以不能收下。我說不必還錢，希望她能收下，菲娜卻始終沒有點頭。

所以，我會替菲娜介紹工作，給她薪水和藥。

不過，我並不是每天都有工作能介紹給菲娜這樣的小孩子，有時候也會連續幾天沒有工作。我也很想幫她，卻無能為力。我連羅伊的寶貝女兒都無法守護，也救不了心儀的堤露米娜。我真是個沒用的人。

某天，菲娜和一個打扮成熊的小姑娘一起

來到公會。聽說菲娜在森林深處遇到野狼，是這個小姑娘救了她。

我罵了菲娜一頓。要是她有什麼萬一，我要怎麼面對去世的羅伊？而且我也無法向臥病在床的堤露米娜交代。我對救了菲娜的熊姑娘道謝。

此後，熊姑娘當上冒險者，開始會把她獵到的魔物帶來。看來她與外表相反，是個優秀的冒險者。第一次見面時，我還覺得她是個打扮滑稽的小姑娘，但之後就聽說了她讓騷擾自己的冒險者踢了鐵板。

菲娜好像也很喜歡她，所以我不太會對她的打扮說三道四。

而今天，她也把獵到的魔物帶來了。基本上冒險者都會自行肢解魔物，可是嫌麻煩的冒險者就會把魔物交給公會處理，小姑娘也屬後者。她似乎不會肢解，因此我想到了一個好主意。

我拜託熊姑娘把肢解的工作委託給菲娜。

這麼做當然會讓公會有所損失，但只要菲娜能稍微幸福一點，就算我挨罵也無所謂。

而且隨著時間經過，小姑娘的實力就會漸漸流傳開來，那樣一來就更難拜託她了。

小姑娘答應了我的請求。從此以後，菲娜成了她專屬的肢解師傅，甚至會跟她同行。每次見到菲娜，她總是會高興地聊起旅行的趣聞。而且，小姑娘似乎會把肢解後的野狼肉送給菲娜。

聽說小姑娘會交代菲娜吃肉補充營養，也要用薪水買麵包和蔬菜來吃。

我對小姑娘只有說不盡的感謝。

只不過，我後來才知道她似乎帶菲娜去了狩獵虎狼的地方。

聽說這件事的時候，我的心跳差點停止。我希望她不要把菲娜帶去那種執行危險委託的地方。

可是，小姑娘竟然能打倒兩隻虎狼，真是太厲害了。

有機會肢解虎狼也讓菲娜很高興，這是一次寶貴的體驗。

後來過了幾天，菲娜哭著來到我家。

她說堤露米娜的病情惡化了，她不知道該怎麼辦，所以才跑來找我。我很高興她願意依賴我，但我能做些什麼呢？

我去見了堤露米娜，看見她痛苦得只能勉強說話的模樣。堤露米娜的身體變得很瘦弱，不斷對我訴說謝意和歉意。

我想聽的不是這些。

我不忍心繼續看下去，於是奪門而出。我得去找醫生，可是堤露米娜已經接受過好幾次診斷了。我今天也去找了醫生，卻只得到搖頭作為回應。我早就知道自己有多麼無力，根本無法為她做些什麼。

我回到菲娜的家，卻沒看到她的身影，只有妹妹修莉正抱著堤露米娜哭泣。我衝出家門之後，菲娜似乎也出去了。

我呼喚堤露米娜，她卻陷入昏迷。我真的什麼都做不到嗎！

我緊咬下唇，幾乎要流出血來，這時菲娜帶著熊姑娘回來了。

為什麼要帶熊姑娘來？

菲娜回來後，堤露米娜恢復意識了。

然後，她一開口就是道歉，還把女兒們託付給我。我淚流不止。在她的病情惡化到這種地步之前，難道不能做些什麼嗎？我真的盡力挽救過了嗎？

我可能一直都在逃避現實吧。我幫助她們一家，或許只不過是自我滿足。

我什麼都辦不到，我救不了她，我的內心滿是後悔。可是，已經太遲了，一切都已經太遲了。

這個時候，熊姑娘拍了手。

然後，她說了些莫名其妙的話，接著觸碰堤露米娜，那雙手便開始發光。

那道光芒就像傳聞中的大神官一樣美麗。被光芒包圍的堤露米娜慢慢露出平靜的表情。這幅景象讓我難以置信。然後，熊姑娘詠唱了某種魔法，堤露米娜便從床上坐了起來。

我見證了奇蹟。

誰會相信這種事呢？

堤露米娜的病痊癒了。

我流下眼淚，心靈得到救贖。

可是，康復的堤露米娜一臉不安地問起治療費的事。的確，接受了這種治療，應該會需要相當高的費用。

小姑娘或許是不想在菲娜和修莉面前說，所以叫她們倆去買東西，只留下我們。

我還在猜想她要說什麼，結果竟然是要我們一起生活。

我和堤露米娜啞口無言。

我確實喜歡堤露米娜，但兩件事不能混為一談。

可是，熊姑娘繼續對我發動語言攻勢。她提到菲娜姊妹倆，逼問今後有誰能扶持這一家人，甚至暴露了我對堤露米娜有好感的事。

「你喜歡她吧。」

我確實喜歡堤露米娜。而且我們在一起的話，我也能就近守護她們了。我對羅伊感到抱歉，但還是向堤露米娜告白。

「…………」

房間瀰漫短暫的沉默。堤露米娜的臉頰泛起紅暈。

我連呼吸都忘了，靜靜等著堤露米娜的回應。

堤露米娜道謝，微笑著接受了我的心意。

今天真是最棒的一天。

37 與熊熊的相遇 孤兒院女孩篇

早上，我因為肚子餓而醒來。我醒來的理由不只是肚子餓，也因為這裡有點冷。寒冷的風從牆壁的縫隙吹了進來。

我一起床，其他的孩子也起床了。

這裡是孤兒院，住著許多沒有父母的孩子。

我也沒有父母，已經不記得爸爸媽媽的臉長什麼樣子了。可是，我還隱約記得被父母抱在懷裡的感覺。

我也不記得父母是什麼時候不在的。從我有記憶以來，我就一直待在孤兒院。

一開始，我們早晚都有飯吃，最近卻只有晚上能吃一餐。就算詢問理由，老師也只會對我們道歉。

可是，我們知道院長和莉滋姊姊會替我們蒐集食物。

所以，我們彼此約好不能抱怨。世界上只有院長和莉滋姊姊會對我們好。

我們不希望對我們好的兩個人討厭我們。一想到要是被她們拋棄會怎麼樣，我就怕得發抖。

可是，肚子會餓。

我們起床喝水，但光喝水是不能填飽肚子的。為了找食物，我們來到有許多攤販的廣場。雖然院長要我們別這樣，我們的肚子還是餓得不得了，忍不住過來看看。

我們一來到廣場，攤販的人就用厭惡的眼神看著我們。這也沒辦法，我們會把其他客人吃剩的食物撿來吃，因為肚子很餓，我們也顧不了那麼多。

我們看著攤販。各式各樣的攤販飄出好香的味道，一聞到味道就讓我的肚子叫了起來。不只是我，大家好像都一樣。

我們盯著攤販，再看了看買食物的人，等待他們把吃剩的食物丟掉。

我想至少讓比我小的孩子多吃一些。

我們之間有一個約定，那就是絕對不能偷東西。

以前曾有小孩去偷東西。事情曝光之後，院長和莉滋姊姊去跟人家道歉了。如果我們做壞事，就會給我們最喜歡的院長和莉滋姊姊添麻煩。

所以，我們約好絕對不能做壞事。

我們看著攤販，這時，有個穿著奇怪衣服的姊姊走過來了。

那是什麼打扮呢？

有人說那是熊。熊熊嗎？

看起來毛茸茸的，好像很溫暖。

打扮成熊的大姊姊往我們這裡看了過來。

然後，她對攤販的叔叔說了些什麼。

熊姊姊從攤販的叔叔手上接過好幾支串燒。看起來好好吃，分量很多，她一個人就要吃那麼多嗎？

我們看著熊姊姊，她朝我們走過來。

然後把串燒拿到我們面前。

「一個人吃一支。」

我們一時沒聽懂熊姊姊的意思。

可是，我們的眼前有好幾支串燒。

「我們可以吃嗎？」

我這麼問熊姊姊，她就說：「很燙的，慢慢吃吧。」

我們看了一下彼此的臉，然後伸手去拿串燒。

吃進嘴裡的肉很美味，大家都狼吞虎嚥。

熊姊姊叫我們別吃得這麼急，但大家都沒有聽進去。

我們吃完之後，熊姊姊說如果我們想吃更多東西，就要帶她去孤兒院。

我們本來有點猶豫，可是又想吃得飽飽的，所以決定帶熊姊姊去孤兒院。

大家都看著熊姊姊，可是沒有人主動對她說話。

所以我這麼跟她說：

「那個……謝謝大姊姊。」

我不知道該說什麼，所以就對她道謝了。

熊姊姊說「不用客氣」，然後把手放在我的頭上。

溫暖的感覺從我的頭上傳來。

來到孤兒院後，熊姊姊很驚訝。

「這麼破舊的房子……」

她小聲這麼說，卻被我聽到了。

熊姊姊正看著房子的時候，院長走了過來。

院長得知我們去了有攤販的廣場，用有點悲傷的表情生氣了。

我們對院長道歉。院長明明說我們不能去，我們卻還是去了。

熊姊姊跟院長討論，說要給我們食物吃。

院長和熊姊姊一起去了廚房。

我們也跟著過去了。一到廚房，熊姊姊就拿出好大塊的肉。她把肉切成小塊，跟蔬菜一起炒。好香的味道飄了出來。

大家的肚子都在叫，嘴巴也溢出口水。

院長叫我們坐在椅子上等，所以大家都乖乖地坐到椅子上。

然後，桌上擺出我們從來沒看過的大量食物還有麵包。

可是沒有人伸手去拿。

這時候，院長要我們帶著對優奈小姐的謝意開動。

熊姊姊的名字好像叫做優奈。

我們對優奈姊姊道謝，開始吃飯。

真的好好吃，麵包也不會硬梆梆的，吃起來又軟又美味。大家都吃得好快。

優奈姊姊看了我們一陣子，然後請院長讓她去孤兒院裡面到處看看。

優奈姊姊從飯廳走了出去。我趕緊吃完飯，追上優奈姊姊。優奈姊姊走到外面，然後用魔法把破了洞的牆壁補起來。好厲害，一個個的洞都被補起來了。

優奈姊姊在房子周圍繞了一圈，再走進屋裡。然後，她把牆壁和其他地方的洞也都補起來了。

「這樣就不會冷了吧。」

優奈姊姊微笑。然後，她看向床上小小的毛巾，露出有點難過的表情。這時候，院長來了。一看到院長，優奈姊姊就拿出足夠一個人蓋一張，看起來很溫暖的野狼毛皮。

蓋起來應該很暖和吧。院長對她道謝，收下野狼毛皮。

然後，我們回到飯廳時，大家都已經吃完飯了。可是，桌上還留著一些肉。

大家好像想把這些留到明天再吃。

我也一樣。我們今天吃飽了，可是不知道明天有沒有東西能吃。

我們這麼說，優奈姊姊又拿出了好多肉和麵包。

優奈姊姊留下幾天份的食物後回去了。

這天晚上，我們大家一起感謝優奈姊姊，抱著野狼毛皮睡著了。

早上醒來時，我覺得很溫暖。

不會有寒風從裂縫吹進屋裡，最重要的是野狼毛皮很溫暖。

起床後，我們大家一起準備早餐。也是因為有優奈姊姊，我們才有這頓早餐可以吃。

一早就填飽肚子的我們走出孤兒院。

我們一走到門外，就發現孤兒院附近出現了好高大的牆壁。

大家都說著「什麼」、「什麼」，可是誰也不知道那是什麼東西。

我們叫院長過來，卻連院長也不知道是怎麼回事。昨天明明還沒有的。我們覺得好可怕，於是躲進屋裡。

這個時候，優奈姊姊來了。

優奈姊姊說這道牆壁是她用魔法做出來的。

雖然很厲害，但她為什麼要做出那種牆壁呢？

優奈姊姊說這是為了養鳥而做的牆壁，還說為了取得鳥兒所生的蛋，她需要我們來打掃並照顧鳥兒。

這份工作可以賺錢，讓我們購買食物。

院長這麼問我們：

「你們想要怎麼做呢？優奈小姐好像願意提供工作給大家。只要工作就有飯吃，如果不工作，我們就會變回幾天前的狀態。順便告訴大家，優奈小姐已經不會再拿食物給我們了。」

院長坦白地問我們，沒有叫我們「一定要做」。我們看了看彼此的臉，然後，有一個人舉起手來，用很大聲音回答「我要做」。於是，大家紛紛舉起手，我也舉了手，回答：

「我也要做！」

院長很開心地看著我們。

我們要開始做養鳥的工作了。

照顧鳥兒的工作主要是給牠們飼料和水，另外還有打掃和撿蛋。聽說環境要打掃乾淨，不然鳥兒生病就糟糕了。而且，蛋是很重要的商品，會變成我們的食物來源。

隔天，我們到養鳥小屋工作時，鳥兒都窩在角落。把鳥兒抱起來，就可以找到白色的蛋。我把蛋撿起來，然後把蒐集起來的蛋洗乾淨，放進優奈姊姊準備的專用盒子裡。盒子是配合蛋的形狀做的，一盒可以裝十顆蛋。

撿完蛋之後，我們把鳥兒放到戶外，把小屋裡面打掃乾淨。

因為鳥兒不多，大家一起做，很快就結束了。

接下來只要把鳥兒放回小屋就行了，不過在那之前還有些時間，我們會趁這段時間玩耍或是念書。時間一到，我們就會把鳥兒抓回小屋。鳥兒明明不會飛，跑起來卻很快，所以要抓住牠們很辛苦。

可是，跟大家一起努力捕捉鳥兒讓我覺得很開心。

一天的工作結束了。

到了隔天，我們照常去小屋照顧鳥兒。奇怪，鳥兒變多了。大家都覺得很疑惑。

「鳥兒變多了耶。」

我們數了一下，發現數量比昨天多了十隻。

大家覺得不可思議，但還是繼續工作。然後，優奈姊姊來了。我們提到鳥兒增加的事，她就說是她晚上帶來的。

我很驚訝，不過總算懂了。今後，鳥兒好像還會不斷增加。我們會努力工作的。

38 前往王都　菲娜篇

我要跟優奈姊姊一起去王都了。這是我第一次去王都，雖然緊張，卻也很期待。不過，我的心情一瞬間就被緊張的感覺壓垮了。

聽說要跟我們一起去王都的人是這座城市的領主千金——諾雅兒大人。

我一聽到這個消息，馬上陷入擔憂和恐懼。

如果做了什麼失禮的事，我會被殺掉嗎？如果一開始就知道要跟諾雅兒大人一起去，我就拒絕了。雖然優奈姊姊說她是個好孩子，我還是忍不住擔心。

我們愈來愈靠近領主大人的宅邸了。我現在就好想回家，卻不能逃走。

如果諾雅兒大人說她不想跟我一起去，就算對優奈姊姊很不好意思，我還是會回家的。

我們抵達領主大人的宅邸，見到一位我曾經遠遠看過、留著金色秀髮的女生。她就是諾雅兒大人。諾雅兒大人手扠著腰，抬頭挺胸地站在門前等著我們。

會不會是因為有我在，所以惹她生氣了呢？

一靠近就能明顯看出她非常生氣。諾雅兒大人頻頻朝我這裡瞄過來。對不起，我馬上就會回去了，請原諒我。我躲到優奈姊姊後面。

優奈姊姊詢問諾雅兒大人生氣的理由。當然是因為有我在了——我這麼想，但好像不是那麼一回事。

諾雅兒大人說她很期待去王都，所以在門

外等優奈姊姊很久了。

我想這應該不是優奈姊姊的錯。

後來，優奈姊姊拜託諾雅兒大人允許我跟她們同行。諾雅兒大人先是盯著我看，然後答應讓我一起去。

可是，她用手指著我放話的時候，我嚇了一跳。

「我是不會把熊熊讓給妳的！」

諾雅兒大人似乎想要獨占熊緩和熊急。

可是，優奈姊姊叫我們兩個人一起騎熊熊。結果，諾雅兒大人又用手指指著我了。

「我是不會把前面讓給妳的！」

嗚嗚，好可怕。

諾雅兒大人坐在熊緩前面，我則坐在後面。

我跟諾雅兒大人聊了起來，這才發現她是個很親切的人。就算知道我是平民，她也沒有露出嫌棄的表情。我們很熱烈地聊著關於熊熊的話題，她很開心地說著她騎熊緩繞了宅邸一圈，還跟熊緩和熊急一起睡午覺的事。

我一開始還很害怕，但現在覺得這趟旅行應該會很開心。

不過，旅行的氣氛減半了，因為我們不必露宿野外。

多虧有優奈姊姊的熊熊房子，我們可以睡在安全又溫暖的床鋪上。我們的三餐也都是吃剛做好的熱騰騰飯菜。最令人不敢相信的是，我們可以在屋子裡泡澡。能在旅途中泡澡，感覺就像貴族大人似的。有誰能體會這麼奢侈的旅行呢？

我在冒險者公會聽過冒險者的生活，卻沒聽過有誰能旅行得這麼舒適。聽說他們只能吃些簡單的東西，晚上還要輪流守夜。旅途中當然不能洗澡，也沒辦法在溫暖的床鋪上睡覺。

可是我們不需要守夜，也能睡在溫暖的被窩裡。優奈姊姊真的好厲害。

而且白天有熊緩和熊急在，魔物都不敢靠近。我們的旅程真的很安全，其他冒險者要是聽說了，一定會很羨慕。

在快樂的旅途中，優奈姊姊突然叫熊熊停下來。前面好像有人遭到魔物襲擊，我看不到，可是既然優奈姊姊這麼說，那肯定沒錯。

優奈姊姊問諾雅兒大人要拋棄還是幫助對方。

如果要去救人，我們可能也會遭遇危險，優奈姊姊就是擔心這一點。

經過討論，我們決定去救人。

優奈姊姊用很快的速度跑了過去。我們騎著熊緩慢慢前進，移動到看得見的位置。我們看到遠處的馬車了，馬車的附近有身材高大的人形魔物。

那是半獸人，比哥布林更強，不是能輕易打倒的魔物……本來應該是這樣。

優奈姊姊靠近馬車，半獸人就倒下來了。有些半獸人的動作停了下來。優奈姊姊到底做了什麼呢？

「優奈小姐到底做了什麼？」

諾雅兒大人好像也看不出來。

優奈姊姊前去救助遇襲的馬車，沒過幾分鐘就解決了所有魔物。我們還搞不清楚狀況的時候，魔物好像就被優奈姊姊打倒了。

好厲害。

可能因為已經安全了，熊緩和熊急開始朝馬車走過去。

我們抵達馬車附近時，冒險者用劍指著我們，讓我們嚇了一跳，但她們馬上把劍放了下來。

遇到魔物的是有錢人家的老爺爺和一個女生，另外還有女性冒險者。那個女生和老爺爺好像是諾雅兒大人認識的人，他們很高興能重逢。

女生的名字叫做米莎娜大人，老爺爺則是

葛蘭大人，他們兩位都是貴族。

我的內心又開始感到不安。諾雅兒大人是個好人，但這兩位貴族就不一定了，我說話和行動時都必須小心翼翼。只要在出發前保持沉默，應該就沒問題了，等出發之後，我們就會分開了。

可是，我的願望沒有實現。米莎娜大人和葛蘭大人要跟我們一起去王都。

我非常不安，可是我沒有資格抱怨。希望他們都是好人。

然後，我們遇到一件不方便的事。既然要跟米莎娜大人一起走，我們就不能使用熊熊的房子了，那好像不能在別人面前使用。優奈姊姊說我和諾雅兒大人比較特別，能被優奈姊姊當成特別的人，我覺得好開心。

雖然沒有浴室和床鋪很令人遺憾，但這才是正常的，所以我不會任性。

後來，諾雅兒大人要跟米莎娜大人一起搭馬車，熊緩變成只有我一個人騎。我露出有點高興的表情，諾雅兒大人就對我說：「這次就把熊熊讓給妳，不過那裡可是我專屬的位子喔。」

我的表情有那麼明顯嗎？

我要小心一點才行。

我們朝王都出發。

因為要配合馬車的速度，所以熊緩和熊急不能奔跑。因為速度太慢，優奈姊姊看起來有點不耐煩。

不過，優奈姊姊在熊急身上睡著了。在熊緩身上睡覺的確很舒服，軟綿綿的，又很溫暖，抱起來會讓人昏昏欲睡。

我抱著熊緩的時候，馬車裡的諾雅兒大人一臉羨慕地看著我。我不能把心情寫在臉上，可是軟綿綿的感覺很舒服，讓我的臉忍不住放鬆。

然後，時間到了晚上。因為不能使用熊熊

房子，所以我們要露宿野外。我本來以為睡在戶外會很冷，但我可以和優奈姊姊與熊急一起睡，所以一點也不冷。熊急既鬆軟又暖和，睡在我旁邊的優奈姊姊也毛茸茸的，非常溫暖。我覺得好開心。

順帶一提，諾雅兒大人和米莎娜大人是跟熊緩一起睡。如果只有我能跟熊急一起睡，或許會被諾雅兒大人怨恨。幸好沒事。

後來，我有機會跟米莎娜大人聊天，發現她是個很親切的人。一開始，我們聊熊緩和熊急的事，氣氛很熱烈。米莎娜大人說她在馬車裡聽諾雅兒大人說了很多熊熊的美好之處。

而且，昨晚跟熊緩一起睡過覺後，米莎娜大人好像也喜歡上熊熊了。

可是，聽到我們這麼說的優奈姊姊叮嚀我們：「要是遇到真正的熊，千萬不能靠近喔。」

我沒有見過熊緩和熊急以外的熊，是不是真的很可怕呢？看著優奈姊姊的熊，我不會有那種感覺。牠們現在載著我，是非常溫柔的好熊熊。

遇到半獸人之後都平安無事，我們結束今天一天的路程。

我們今天也露宿野外，但當我正跟熊急一起睡覺時，有人搖了我的身體。身為冒險者的瑪麗娜小姐叫醒了我。

發生什麼事了嗎？

本來睡在我旁邊的優奈姊姊不見了。瑪麗娜小姐說有盜賊出現，優奈姊姊一個人去打倒他們了。

優奈姊姊好像說了「讓大家繼續睡」，但瑪麗娜小姐覺得這樣不行，才把我們叫醒。

身為冒險者的瑪麗娜小姐叫我們做好隨時都能上路的準備。

大家把毛毯和行李整理好，準備隨時逃走。瑪麗娜小姐問葛蘭大人要怎麼辦。她的意思是要拋下優奈姊姊，自己離開嗎？

葛蘭大人開始沉思。他正在煩惱該怎麼辦的時候，我們聽到了其他聲音。

那是什麼聲音呢？

瑪麗娜小姐等人舉起武器。

遠處有黑影往這裡走來。

從黑暗中出現的是拉著大型籠子的巨大熊熊，籠子裡面有一群盜賊。

好像是優奈姊姊一個人抓到他們的。雖然能抓到盜賊是很厲害，但除此之外還有籠子、大熊熊的事，大家都不知道該從何問起了。

可是優奈姊姊只說她是「用魔法」辦到的。她說她用魔法一下子就抓住盜賊，又用魔法一下子就做出熊熊了。大家都驚訝得說不出話來。

就算是不懂魔法的我也覺得很離譜。

然後，優奈姊姊說道：

「那麼，我們快睡吧。」

大家應該都在心裡大叫著「我們睡不著」吧。

優奈姊姊的提議被駁回，我們決定在深夜出發。

我們平安抵達王都。

我們很高興，但盜賊們都沒什麼精神。

盜賊們一路上都沒有東西可吃，就這麼被帶到王都。

後來王都警備隊把這群盜賊帶走了。

不過，這樣一來他們就有飯吃了，太好了。

我們搭葛蘭大人的馬車進入王都。

王都到底是什麼樣的地方呢？我好期待。

39 前往王都 克里夫篇

幾天後，王都即將舉辦國王陛下的誕辰慶典。

我當然也會去參加，卻因為某起事件而無法出發。平常的工作也要顧，我得先寫好前往王都這段期間的指示書，待辦事項簡直堆積如山。

再這樣下去，我就只能在有限的時間內騎快馬趕到王都了。我不想讓同行的女兒諾雅這麼操勞，所以我委託打扮成熊的冒險者帶她先前往王都。

女兒諾雅和熊一起去王都之後過了一陣子，我才從克里莫尼亞出發。

我在克里莫尼亞處理掉大量的工作，為了快速趕到王都，我是騎馬而非搭馬車，盡量以最快的速度朝王都前進。我跟部下一起騎馬趕路，雖然這會多少增加馬的負擔，我還是必須加快速度。

我原以為移動過程會很艱辛，天氣卻很好，馬也沒有想像中疲勞，旅程很順利。這樣看來，我應該能比預計時間更早抵達。我今天也騎著馬前進，卻在前方看到奇怪的東西。

那是……

「克里夫大人，那是……」

「我知道，那種東西不可能到處都是。」

距離幹道稍遠的地方有個眼熟的東西矗立著。我驅馬偏離幹道，往那棟建築物前進。

我的眼前有一棟外型怪異的房子。若要問我是否在其他地方看過，答案是「Yes」。這棟房子是熊的形狀。會建造這種房子的人，我只認識一個，也不認為會有第二個。

「我去看看，你們在這裡等著。」

我停馬並下馬，慢慢走向熊造型的房子。

這時候，家門剛好打開，我所想的人物從屋內走了出來。

對方是個打扮成熊的女孩。雖說是打扮成熊，她卻不是披著熊皮，而是穿著可愛的熊服裝。我不知道她為什麼要打扮成這個樣子，可是她身為冒險者的能力是貨真價實的，我女兒諾雅也很喜歡她，是個充滿謎團的女孩。

不過，本該跟我女兒一起去王都的熊為什麼會在這裡？

熊一見到我的臉就露出驚訝的表情。我才驚訝呢。

我問理由，她就說附近出現了魔物，所以她是來接我的。不過，她又說現在已經沒有必要了，所以她正要回去，簡直莫名其妙。看她的態度就知道，她對我有所隱瞞。

我針對這一點發問，熊卻閉上了嘴巴，不願說明。不過，我強硬地追問，她便說自己有事情需要靠我的權力來掩蓋。她到底想叫我做什麼？

我回答說我辦不到，她就說：「你不是貴族嗎？」

這隻熊到底把貴族當成什麼了？

不論如何，我決定先問出理由。熊一聽，便邀請我到熊造型的房子裡談。看來她似乎不想讓我的部下聽到。

我吩咐部下去休息，走進熊造型的房子。

屋內就跟普通住家沒有兩樣，有桌子和椅子，就像真正的家。我很想知道熊是怎麼在這裡蓋出這種房子的，但還是決定先聽聽她隱瞞的事。

「…………」

聽完她所說的話，我瞠目結舌。

我實在是難以置信。一萬隻魔物？而且還包括飛龍和巨大蠕蟲？

熊說她已經打倒所有魔物，確保安全，所以不打算來接我了。

而且，據說王都掀起了不小的騷動，這隻熊似乎想要默默地回去。

我漸漸開始感到頭痛。如果這是真的，掀起如此龐大騷動的事情當然瞞不住，這隻熊就是想用我的權力掩蓋這件事。

如果是冒險者，通常都會公布自己的事蹟。大肆宣揚功蹟才能成為有名的冒險者，可是這隻熊似乎對那種事情沒興趣，甚至說她想過平靜的生活。打扮成這副模樣還說這種話？

可是，她明明不想引人注目，卻為我打倒了一萬隻魔物，這樣我就沒有資格責罵或告誡她了。她是我的救命恩人。因工作和旅程而疲勞的身體又變得更加無力。

不論如何，我決定先確認事實，有話之後再說。

熊說足以當作證據的哥布林屍體和半獸人頭就落在附近的森林裡。我命令部下去確認。在這段期間，我請她讓我看看飛龍和蠕蟲。

單就結論而言，我希望這一切都是謊言，但她拿出了證明事實的證據。部下的報告也證實熊沒有說謊，森林裡確實有堆積如山的哥布林屍體。我的頭好痛，到底該怎麼辦才好？

她確實救了我一命。如果熊沒有打倒魔物，我們可能已經被一萬隻魔物和飛龍襲擊了，而她本人卻不想把事情鬧大。

我必須幫她想想辦法，即使如此，這麼大的問題也瞞不住。首先得想辦法應付即將趕來的冒險者。

如果冒險者公會的會長或副會長在場，我能跟他們試著商量。

擬定一部分的說法後，我們往王都出發。

在通往王都的路上，我們恰巧遇到往這裡

前進的冒險者。更幸運的是，我們見到了身為公會會長的莎妮亞。

莎妮亞並非陌生人。我向莎妮亞說出事實，拜託她不要洩漏關於熊的事。

她一開始當然擺出不敢相信的表情，但最後總算是相信了。

為了私下處理這件事，我和莎妮亞討論了一番。

我們思考要如何在不提到熊的情況下對國王陛下、冒險者與騎士團說明這件事。

因為熊任性地說她不想被任何人知道，所以事情更麻煩了。可是仔細一想，就算說那種打扮怪異的熊少女打倒了一萬隻魔物甚至飛龍，又有誰會相信？

如果我那麼說，肯定會被異樣眼光看待。要是熊又否認，我就要被當成怪人了。

與其說是熊打倒的，說是神祕的A級冒險者打倒的還比較有說服力。

對於這個說法，莎妮亞也點頭同意。這個謊言漂亮地瞞過了眾人。A級冒險者的事情很快便傳開，其他冒險者臉上都浮現放心的表情。

如果說是熊打倒的，恐怕誰也不會相信。我要是沒有經歷過克里莫尼亞的種種事件，也沒有看到飛龍和蠕蟲的話，大概也不會相信。

成功蒙混過關之後，熊為了向諾雅轉達我平安的消息而率先返回王都，我則和冒險者們一起往王都出發。

莎妮亞想盡早趕回王都，但決定先確認過現場再回去。

我順利抵達王都。王都本來有點混亂，但多虧有跟在熊後面先行抵達的冒險者公會職員報告了消息，騷動沒有想像中那麼大。

然後，我好不容易才抵達位在王都的家。我的肉體和精神都累積了不少疲勞。

一踏進家門，女兒諾雅便高興地出來迎接

我。

「父親大人！」

「讓妳擔心了呢。」

幸好諾雅很有精神。我撫摸她的頭，她便露出開心的表情。

「克里夫，幸好你沒事。」

「都是託優奈的福。」

妻子艾蕾羅拉也對我微笑。

後來我也見到放學回家的希雅，一家人久違團聚，我能平安與家人重逢也是多虧了熊。

然後，我跟好久不見的家人吃了一頓飯。

「而且啊，優奈小姐真的很強呢。」

「兩隻熊熊也很可愛。」

「呵呵，對呀。」

我們一家人好不容易團圓，為什麼聊的都是關於熊的事呢？

一般來說不是該聊聊彼此的生活嗎？

可是，我不想打擾聊得開心的女兒們。

這天晚上，我為了讓疲勞的身體好好休息，早早便回到房間就寢。

明天也要早起，早點睡吧。

我鑽進被窩。

我正要進入夢鄉時，跑來礙事的人走進了房間。

「我說你呀，怎麼這麼早就要睡了？」

「我累了，現在就要睡覺。」

我背對艾蕾羅拉。我真的很累，拜託讓我睡吧。

「不行，你要全部說清楚才能睡。」

「說清楚什麼？」

「關於一萬隻魔物，你應該有事沒告訴我吧？」

「……妳在說什麼？」

「你該不會以為我不知道吧？有人騎快馬趕到城堡，報告一萬隻魔物已經被A級冒險者打倒的消息，但怎麼可能？」

艾蕾羅拉否定了我和莎妮亞想出的說法。

「才沒有什麼A級冒險者。」

艾蕾羅拉重複同樣的話。

「所以是碰巧經過那裡的人吧？」

「優奈。」

聽到熊的名字，我的身體瞬間震動了一下。

「熊熊。」

我的身體又抖了一下。

「你的身體真誠實呢。」

艾蕾羅拉觸碰我的背部。

「是優奈打倒了魔物吧？」

「我不知道。」

我和熊約好了，不能說出去。那隻熊確實救了我一命。她為了我跟一萬隻魔物戰鬥，甚至打倒了飛龍。

我不能違背跟那隻熊的約定。

「你以為我會相信那種謊言嗎？」

艾蕾羅拉趴到我身上。

「提到一萬隻魔物的時候，你說謊了。而且你很感謝優奈，為什麼呢？」

「是妳誤會了。」

我試圖抵抗。

不論艾蕾羅拉怎麼誘惑我、在我耳邊甜蜜地低語，我都沒有開口。

可是隨著時間經過，我終究屈服於疲勞和睡意。

優奈，抱歉。

我好睏。

我對艾蕾羅拉坦承一切，一邊對打扮成熊的少女道歉，一邊墜入夢中。

40 與熊熊的相遇 起司村村長篇

「村長，怎麼辦？」

最近，村子附近開始有哥布林出沒。居民在村子附近目擊到哥布林，過去從來沒發生過這種事。我們保持警戒，觀察情況，前幾天卻有寶貴的牛遭到襲擊。我們正在討論解決辦法。

「只能委託冒險者了吧？」

「村子沒有錢啊。」

我們的村子並不富裕，但也不算貧困。我們會耕田、豢養牛等動物過活。此外，我們還會在這個村子做些其他地方沒有的特產。

「可是再這樣下去，災情可能會變得更嚴重。」

「也有可能不會過來啊。」

「那麼要是哥布林來了，到時候怎麼辦？你能負起責任嗎？」

「我只是舉出其中一種可能性而已。而且村子沒錢是事實，就算要僱用冒險者，沒錢也不行吧。要不然，你願意出錢僱用冒險者嗎？」

「這……我們可以大家一起集資……」

男人的聲音漸漸變小。

大家的說法我都了解，主要的問題在於村子沒有錢能僱用冒險者。村子沒有東西能賣，也不能賣掉寶貴的牛。再這樣下去，寶貴的牛就要遭到哥布林攻擊了。既然如此，村子能換取金錢的方法就只有一個。

「我要去王都賣起司。」

聽到我這句話，在場的人都露出驚訝的表情。這也難怪。

「村長，你忘了上次去賣起司，結果根本賣不出去的事嗎？而且還被客人冷嘲熱諷。」

我們過去曾到附近城鎮和王都賣起司，卻賣不出去。

客人說這東西臭酸、發霉、很臭之類的，別說是買了，甚至沒人願意試吃。

就算我說夾在麵包裡很美味，也沒有人願意買。

可是，這次可能賣得出去。

「再過不久，王都就要舉辦國王陛下的誕辰慶典了。到時候會有許多人從其他城鎮或村莊聚集到王都。人一多，或許就有人願意買了。」

為了慶祝國王陛下的四十歲誕辰，王都即將舉辦盛大的慶典。到時候會有其他城鎮或村莊的人聚集到王都，這也是賣起司的好機會。

要是錯過這次，那就不會再有這麼好的機會了。況且，要是賣不出去，我們村子就無法僱用冒險者。

聽完我的說法，其他人都漸漸接受。每個人都覺得賣得出去的可能性很低。可是，我們也沒有其他賺錢方法了，所以沒有人提出反對意見。

現在我們只能死馬當活馬醫了。

要去王都賣起司的我把起司堆放到馬車上，跟兒子歐格爾兩個人一起前往王都。

抵達王都後，我們對人潮之多感到驚訝，也開始期待有這麼多人，或許能帶動起司的銷量。

要在王都賣東西，需要先取得商業公會的許可。我們先去訂旅館，卻找不太到有空房的地方。我們好不容易才訂到房間，卻是一間很小的單人房，於是我睡在床上，我兒子歐格爾只能打地鋪。

隔天，我為了取得販售許可而前往商業公會。因為有許多人都跟我一樣想申請販售許可，所以公會裡非常擁擠。

我拿著號碼牌，等待順序輪到自己。然後，我的號碼終於被叫到了。

雖然我順利取得了販售許可，但在被公會職員問到販售的物品，而我回答了起司後，我受到異樣的眼光看待。

不過，只要取得許可，就能在王都賣起司。

隔天，我要和歐格爾兩個人把起司搬到有許多露天攤販的廣場。如果地點是固定的，那就是先搶先贏。我叫歐格爾一早就去廣場入口排隊，這才搶到不錯的位置。

馬車能進入廣場的時間也是固定的。我們趕緊把起司搬到攤位，總算順利完成開賣的準備。我讓一早就賣力工作的歐格爾休息，一個人負責顧店。

隨著時間經過，愈來愈多人來到廣場。這麼一來，起司說不定就能賣出去了。雖然我這麼想，人們卻都用嫌惡的眼神看著起司。我聽到「發霉了」、「那是什麼？」、「好髒」之類的話。就算我說這是可以吃的食物，也沒有人願意相信。

我說起司很好吃，推薦路人試吃，卻沒有人願意吃。只要吃一口就會知道了，卻誰也不肯吃。我說起司可以夾在麵包裡食用，卻聽到「不要」的回應。只有極少數人會停下腳步，願意聽我說的人就更少了，就算有人聽到最後，終究也還是會拒絕購買。

如果還是賣不出去，我們就賺不到狩獵哥布林的資金了。村裡有許多居民正在等著我們。我繼續向來到廣場的人們叫賣。

「請試吃看看，很好吃的。」

沒有人停下腳步，只有一個醉得滿臉通紅的男人停在攤位前。

「這是什麼？」

男人一開口說話，濃濃的酒味便飄了過來。

「這是一種叫做起司的食物。」

「都已經發霉了，你竟然賣這種壞掉的東西！」

「這並不是壞掉了，發霉也沒有問題，主要是吃裡面的部分……」

我切開起司，把乾淨的部分拿給男人看。

「就算這樣還是有黴菌吧，這種東西怎麼能賣啊？」

「這不是普通的黴菌……」

「黴菌就是黴菌！」

喝得爛醉的男人就是不聽。而且，因為他大喊黴菌，周圍的人都開始認為我在賣發霉的東西了。再這樣下去，絕對不會有人想買起司。

「這是要吃裡面的……」

「這種發霉的東西怎麼能吃！」

我努力說明，男人卻紅著臉怒罵，不管我怎麼說明，他就是不聽。不只如此，否定起司的批評也開始擴散到四周。

或許真的沒辦法了吧。

我正要放棄的時候，有人用開朗的聲音向我搭話。

「這是起司吧。」

我望向聲音傳來的方向，看見一個打扮成熊的女孩子。該怎麼說呢？她的打扮很奇妙。可是，這個打扮成奇妙模樣的熊女孩說出了起司這個詞。我很驚訝她知道起司，也很為此高興。

我正要跟熊女孩說話的時候，醉漢便開始糾纏熊女孩。我沒辦法幫她。可是，熊女孩根本不需要我擔心，反倒一把抓住醉漢的手，毆打了他的腹部。男人倒地不起。事情發生得太突然，周圍的人都啞口無言。

打扮成熊的女孩打倒了這個男人。

我看著倒在地上的男人，警備隊就來了。我一時以為自己會被勒令停業，但警備隊的人似乎認識熊女孩，最後只有醉漢被帶走。我只能一臉茫然地看著這一切。

這個時候，熊女孩就像什麼事也沒發生似的向我搭話。而且，她用很感興趣的眼神看著起司。搞不好她願意買一些。我對熊女孩說道：

「小姑娘，妳願意買嗎？」

「那就要看價錢了，要多少錢呢？」

我開始思考。就算要降價，我也希望她能買。如果熊女孩買下起司，看到這一幕的其他人或許也願意購買。所以，我說出比平常還要便宜的價格。這個瞬間，熊女孩說出了驚人之語。

「我買，請全部賣給我。」

一瞬間，我忍不住懷疑自己的耳朵。她剛才說了什麼？

如果不是我聽錯，她確實說要買下這裡全部的起司。真是不敢相信。就算我出的價格比較便宜，這也不是小孩子能全部買下的價格。我以為她是在開玩笑，女孩卻從手套上的熊嘴巴裡拿出錢，證明給我看。

我終於明白女孩完全沒有說謊或開玩笑的意思。

我原本還擔心熊女孩會在買下之後才抱怨東西發霉，她卻很高興地看著眼前的起司，單純地為買到起司的事感到高興。

起司受到她的認可，我非常高興。

我從女孩手中收下錢。這麼一來，我們就能委託冒險者了。

神真的存在，這樣村子就有救了。

女孩說她想要更多起司，我說村裡還有，她就說要來買，我們甚至約好今後也要繼續交易。如果這是真的，沒有什麼事比這更令人開心了。

我說自己缺錢，所以很感謝她的幫助，女孩就多給了我一筆錢。相對地，我答應在她來村子拜訪時賣得便宜一點。

話說回來，她能輕易拿出這麼一大筆錢，或許是哪戶人家的千金小姐吧。

可是女孩卻說她是冒險者。我實在不敢相信這麼可愛的女孩會是冒險者，但看她輕易應付醉漢的身手，似乎不像在說謊。

這天，我把一個女孩將起司全部買走的事情告訴兒子歐格爾，他便露出難以置信的表情。如果只有聽說，我也不會相信這種事。不過，看到錢的歐格爾雖然還是半信半疑，卻也相信了我說的話。這裡有錢，卻沒有起司，他也只能相信。

後來，我們去冒險者公會提出狩獵哥布林的委託，再用多的錢買了各種東西，然後返回村子。這也全都是託了那個熊女孩的福。

我打從心底感謝那位打扮成可愛模樣的熊女孩。

41 與熊熊的相遇 卡琳篇

今天我依然做著烤麵包、賣麵包的工作。

再過一陣子，我就不能在店裡賣麵包了。

我不太清楚詳情，但因為爸爸去世了，我們必須離開這家店。我曾看過媽媽晚上一個人哭泣的樣子，可是她在我面前總是表現得很有精神，還對我說「沒事的」、「不用擔心」。面對媽媽的用心良苦，我什麼都說不出口，只能用笑容回應她。

我今天也賣著跟媽媽一起烤的麵包。因為國王陛下的誕辰，有很多人來參加慶典，所以麵包從一早開始就賣得很順利。買麵包的人之中還有個打扮成可愛模樣的女孩，她穿的衣服是熊熊的造型。我是第一次看到這種造型，非常可愛。

熊女孩說她是被香氣吸引才會來買麵包的，這番話讓我很開心。

「好吃的話，我會再來的。」

「好的，歡迎再度光臨。」

熊女孩帶著另一個小女孩離去。

原來王都還有打扮得那麼可愛的女孩子啊。還是說，她是從其他城鎮過來參加國王誕辰的呢？

熊女孩來光顧後，麵包也賣得很順利。

媽媽一直烤個不停，我則把出爐的麵包擺到架上，賣給客人。嗯，生意很好。只不過，這樣的情況沒有持續多久。

一群長相凶惡的男人走進店裡。

他們把擺好的麵包扔到地上。客人都嚇到

了，紛紛逃往店外。

「你們做什麼！」

「妳們想在這裡待多久啊？都叫妳們早點滾出去了。」

「距離我們約好的日子應該還有一段時間。」

媽媽曾經說過，我們可以待到國王陛下的誕辰慶典結束。

「情況改變了啦，要恨就去恨死掉的老爸吧！」

男人抓起剛出爐的麵包，用力一捏。麵包被他的手掌捏爛了。那可是媽媽辛辛苦苦做的麵包啊。

「妳們不想變成這樣吧？」

我不甘心地瞪著男人。

「妳那是什麼眼神？」

男人正要動手的時候，媽媽過來保護我了。

「喂，我跟妳女兒說過了，快給我滾出去。」

「當初你們承諾……」

「女兒和媽媽都滿嘴承諾承諾的，吵死了！」

男人猛踹放著麵包的臺座。麵包飛了出去，掉在地上。

「別這樣！」

媽媽和我拚命大叫，男人們卻不住手。他們笑著把麵包砸向地面，甚至踐踏麵包。

拜託，別這樣。

媽媽做的麵包被骯髒的腳踩爛。

誰來救救我們吧。

可是，沒有人伸出援手。我們的店和麵包漸漸遭到破壞。

男人向我伸出手。媽媽試圖保護我，卻遭到毆打。

媽媽！

媽媽被毆打的時候，某個黑色的影子衝進店裡。同一時間，男人飛了出去。是那個打扮成熊的女孩子。她看到店裡的慘狀非常生氣，然後她打倒了撲過來的男人們。

明明就發生在我眼前，我卻搞不懂究竟發生了什麼事。

男人們狼狽地逃出店面。

「妳們沒事吧？」

打扮成熊的女孩一臉擔心地對我們說道。她是今天跟我們買過麵包的熊女孩，似乎是她救了我們。我向救了我和媽媽的熊女孩道謝。

然後，我們重新望向店內的慘狀。

變成這個樣子，我們就不能再營業了。就算可以，那些男人也還會再來。我難過得差點掉眼淚，可是，現在哭出來會造成媽媽的困擾，所以我不能哭。我強忍淚水。

我努力忍著不哭的時候，熊女孩正在跟媽媽說話。然後，聽到女孩接下來說出的話，我很驚訝。

「那麼，妳們要不要在我的店裡工作？」

我不知道她為什麼會這麼說，但她確實這麼說了。

我們想深入談談，但又擔心那群男人會回來，於是決定離開店裡。

我們簡單做了離開店裡的準備，然後跟熊女孩一起走。我其實很想把麵包收拾好，卻沒有時間。媽媽好像也跟我有同樣的想法，但現在人身安全才是最重要的。

一想到今後的事，我就感到不安。可是，媽媽在身旁牽著我的手。只要能跟媽媽在一起，一定沒事的。

走在通往熊女孩家的路上，我們開始自我介紹。

熊女孩的名字叫做優奈小姐。她也介紹了跟她在一起的小女孩——菲娜給我們認識。

我們來到優奈小姐的家。我們停留在一棟

房子前，這裡位於中級靠近高級地區的地段，眼前矗立著一棟與周圍房屋格格不入的建築物。

「熊？」

我們面前有一棟長得像熊的房子。

這裡就是優奈小姐的家？

優奈小姐邀請我們進屋。裡面算普通嗎？我也不太清楚這裡的普通是什麼樣子，但屋內並沒有熊。

我和媽媽坐到椅子上，思考今後的事。

我們已經不能回到自己的店了，而且那群男人很凶惡，我們或許連想要待在王都也沒辦法。

既然如此，我們只能去優奈小姐說的店裡工作。

我和媽媽決定問問關於那家店的事。

優奈小姐拿出裝在杯子裡的食物——布丁，以及把食材放在麵團上烤的食物——披薩，說她要在店裡推出這些料理。另外，她還說店裡當然也會賣麵包。

我拿起食物試吃，味道非常棒。聽說布丁會用到蛋的時候，我很驚訝。而且，叫做披薩的食物也很美味。原來世界上還有這種料理啊。

經過一番討論，我和媽媽決定到優奈小姐的店裡工作。

因為我們已經無法回到現在的店面，所以優奈小姐願意把房間借給我們住，讓我們在出發去克里莫尼亞之前暫住在她的熊熊房子裡。

「媽媽，我們今後到底會怎麼樣呢？」

「也只能相信優奈了。是優奈救了我們，既然她願意提供工作給無處可去的我們，現在也只能仰賴她了。」

「嗯，這麼說也對。」

「而且她看起來不像是壞孩子。」

我們明天才要詳談今後的事。

優奈小姐會替我們支付前往克里莫尼亞的車資，也會幫忙準備在克里莫尼亞的住處。因為還沒辦法決定薪水多少，所以這部分暫時擱置了。優奈小姐說她在克里莫尼亞有幫手，所以要跟那個人商量。我們也已經聽說有孤兒院的孩子要一起工作的事。

後來，我們正在討論店裡的各種事情時，外面開始吵鬧起來。

「小心我們砸爛妳的門！」

「臭熊！滾出來！」

是昨天那群男人，他們找到這棟房子了。菲娜一臉擔心地看著優奈小姐，優奈小姐卻說她要一個人去外面。

我們想阻止她，她卻說自己是冒險者，所以沒問題。她確實很強，但一下子說要開店，一下子又說自己是冒險者，搞得我都一頭霧水了。

我們沒能阻止優奈小姐，眼睜睜地看著她一個人往屋外走去。我們從窗戶觀望情況。

外面有好多男人，優奈小姐一個人朝他們走去。都是因為我們事情才會演變成這樣。優奈小姐說了一些會激怒他們的話。

我們從屋內就能清楚看到男人們非常生氣的模樣。優奈小姐，妳為什麼要激怒對方呢？

優奈小姐最後甚至叫對方別再張開他的臭嘴。明明被十名以上的男人包圍了，優奈小姐卻不以為意。男人們很憤怒，正要對優奈小姐發動攻擊的時候，卻突然消失了。

「有洞。」

正如菲娜所說，男人們剛才站的地方出現了一個洞。原來優奈小姐會用魔法？

肥胖的男人氣急敗壞。這個時候，有其他人來了。

我聽不太清楚，但聽到了冒險者公會會長這個詞。

另外又有別的男人現身了，我好像在哪裡

見過他的臉。我聽到了國王這個詞，可是應該不可能吧？不過，他確實跟我以前看過的國王陛下很像。

接著，肥胖的男人和其他男人被自稱公會會長的女性輕易抓住，號稱國王陛下的男人則進到屋裡來了。他毫無疑問是國王陛下。我和媽媽都還搞不清楚狀況。我往菲娜望去，發現她也一樣不知所措。

然後，菲娜用天真無邪的表情向優奈小姐問道：

「那個叔叔是誰？」

我嚇得臉色發白。

可是，優奈小姐對純真的菲娜一派輕鬆地答道：「他是國王陛下喔。」我已經什麼都搞不懂了。為什麼她能這麼親近地跟國王陛下對話？為什麼國王陛下會來優奈小姐家拜訪？

一聽說他是國王，菲娜就嚇了一大跳。

優奈小姐把我們晾在一邊，跟國王陛下說起話來。

國王陛下這次會來，似乎是想拜託優奈小姐在他的誕辰晚宴推出昨天吃的布丁。

不行了，我的思緒完全跟不上。媽媽好像也跟我一樣。

為什麼一國之君會親自來拜託優奈小姐？

優奈小姐到底是何方神聖？

我已經搞不懂了。

國王陛下拜託完優奈小姐做布丁，就離去了。

接著，優奈小姐對我們提出一個不得了的要求。

她說她要教我們布丁的做法，順便製作要在國王陛下的晚宴推出的布丁。一想到我們做的料理會進到國王陛下的口中，我就不敢做了。

媽媽和菲娜好像也一樣，她們都拒絕了優奈小姐。

替國王陛下的晚宴做料理實在太可怕了。要是出什麼差錯，肯定會被判死刑。我絕對不敢做。

我們全都拒絕後，優奈小姐就瞇起眼睛，一臉哀怨地看著我們，然後一個人開始製作大量的布丁。

請不要用那種眼神看著我們，我們實在是不敢替國王陛下製作晚宴料理。

不過，雖然我們不願意幫優奈小姐做布丁，她還是很親切地教導我們怎麼做。

優奈小姐從手套上的熊熊嘴巴裡取出大量的蛋，做出一個又一個的布丁。原來布丁是這麼做的啊。話說回來，她的手法真熟練。

「優奈小姐，妳不會在店裡工作嗎？」

「因為我是冒險者啊。」

她剛才也說過類似的話。從她救了我們的身手和使用魔法的模樣看來，我相信她確實是冒險者。不過，她穿著可愛的熊熊服裝，看起來實在不太像。

優奈小姐繼續做布丁，一個人把她答應國王陛下的布丁全部做好了。

「學會了嗎？」

看著優奈小姐不斷反覆製作，我們終於學會怎麼做布丁。做法比想像中還要簡單。我們要在做麵包的空檔製作這道料理。

昨天以前的不安就像一場夢似的，我甚至湧現了快樂的感覺。

我已經迫不及待要去克里莫尼亞了。

隔天，警備隊的人來到優奈小姐家。

據說騙了爸爸的商人被逮捕了。那個商人做了很多壞事，甚至在國王陛下面前以國王之名招搖撞騙，所以成了死刑定讞的重罪犯。

因此，爸爸的店面也已經歸媽媽所有。優奈小姐非常替我們感到高興。

可是這樣一來，我們就不能去克里莫尼亞

城了。

我和媽媽回到店面。

店裡當然還保持著當初被那群男人砸壞的樣子。麵包散落在地上，還有些麵包被踩爛。我和媽媽開始打掃店裡。

「媽媽，優奈小姐對我們好好喔。」

「是呀。」

「布丁也好好吃喔。」

「是呀。」

「我們學了要在國王陛下的晚宴推出的料理，這樣沒關係嗎？」

是因為我們答應要去優奈小姐的店裡工作，她才會教我們的。可是，優奈小姐一句怨言也沒有就放我們回來了。

優奈小姐擊退砸店的男人，救了我們，甚至幫我們趕跑上門尋仇的商人和那群男人。她教我們怎麼做國王陛下親自委託的布丁，還收留了無家可歸的我和媽媽。我們老是受到優奈小姐的照顧，卻什麼也沒有報答她。

「卡琳，妳想怎麼做？想繼續在這家店工作嗎？還是去優奈的店？」

「……我不知道。」

直到昨天，我一直都打算去優奈小姐的店裡工作。那個善良的女孩認識國王陛下，更重要的是，她救了我和媽媽。

「我們得回報她的恩情。」

「媽媽……說得也是。我們得回報她的恩情呢。」

我和媽媽把店裡打掃乾淨，然後決定去拜託優奈小姐讓我們到她的店裡工作。

42 與熊熊的相遇 莎妮亞篇

我在王都的冒險者公會擔任會長。

國王陛下的誕辰就快到了，所以王都變得熱鬧非凡。因此，冒險者公會也很忙碌，護衛和警備等許多委託都會找上門來。我在辦公室裡處理堆積如山的文件時，聽到門外有吵雜的聲音傳來。

到底是怎麼了？我明明叫他們保持安靜的。

我為了讓外面安靜下來，走出辦公室。

「你們吵死了！」

「會長！」

「到底在吵什麼！」

我問了附近的公會職員。

「因為……」

公會職員往外望去。不只是公會職員，冒險者們也看著外面。

外面到底有什麼？

我搔著頭走到公會外，看見一個打扮怪異的女孩子。

那是熊吧？

一個打扮成可愛熊熊的女孩用風魔法把男人吹向空中。

不會吧。

要用魔法把人吹起來是很困難的。如果只是吹走，那倒是很簡單。可是，往上吹是很難的技巧。那麼做必須把風魔法集中在一個點，產生瞬間爆發力，然後發動。除非如此，否則無法把目標筆直吹向空中。

男人一邊大叫一邊飛到天上。然後，空中的男人什麼也辦不到，就這麼墜落。

再這樣下去就危險了。

我正要行動的時候，地面開始有風聚集。風魔法就像軟墊一樣，接住了墜落的男人。

精靈擅長風魔法，所以我看得出這樣的風魔法技巧有多麼細膩。

我想起幾天前來拜訪的貴族——葛蘭老爺。她就是救了葛蘭老爺的熊女孩吧？

我向打扮成熊的女孩搭話。

她是克里莫尼亞的冒險者，來到王都的冒險者公會後，因為被冒險者包圍，甚至被找碴，所以才會反擊。

我曾聽葛蘭老爺說過她的事，卻沒想到她是這等程度的魔法師。

不過，既然能使用這種等級的魔法，要對付半獸人肯定是輕而易舉。

話說回來，我明明老是告誡冒險者們不要打架，他們竟然還對這麼小的女孩子出手。被拋上天的男人是自作自受，這應該是一次不錯的教訓。

我記得這女孩的名字叫做優奈。

熊女孩說她有克里莫尼亞冒險者公會的拉洛克所寫的信，於是我確認內容。信裡說打扮成熊的女孩一來這裡就會引發麻煩，所以希望我能照顧她。

太遲了。她早就已經被冒險者包圍，惹上了麻煩。

既然原因在於那身熊裝扮，只要別穿成這樣就行了，她卻不打算脫掉。而且，她似乎會把來找碴的冒險者都痛扁一頓。據說克里莫尼亞已經有冒險者被她打得落花流水了。

不過，這同時也證明了她是強大的冒險者，只是她這身熊裝扮實在不像強大的冒險者。

總之為了不要再發生同樣的事，我告誡在

場的所有冒險者注意自己的行為。既然他們已經看到剛才那個冒險者的下場，應該沒有人會笨到再對她出手吧？

最重要的是，應該也不會有冒險者敢反抗、激怒我。

可是，信上說她打倒了黑蛭蛇，是真的嗎？

後來過了幾天，我接到的消息指出似乎有數百甚至數千隻魔物正在接近王都。

這是在開玩笑吧。

為了確認，我叫出召喚鳥佛爾格，讓牠飛往據說有魔物的森林。

我能透過佛爾格的雙眼看見牠的視野所見。

我記得是那座森林吧。佛爾格飛進森林中，開始確認周圍。

等等，不會吧？

藉佛爾格的眼睛，我看到野狼、哥布林、半獸人等魔物以百隻為群，總共有數十群之多。為什麼直到現在都沒有任何人發現？

再說，這麼多魔物到底是從哪裡來的？

我甚至看到沉睡的飛龍。

我向城堡通報緊急狀況，然後召集冒險者，提出狩獵魔物的緊急委託。

王都這裡沒有高階冒險者。因為王都周圍沒有強大的魔物，所以高階冒險者會前往強大魔物的棲息地。

這裡的冒險者最高只到C級，而且為數不多。我只能把飛龍交給C級冒險者，叫剩下的冒險者對付野狼、哥布林和半獸人。

只不過，魔物的數量太多了。

來自城堡的支援不知何時才會到。王都的士兵都因為國王陛下的誕辰慶典而投入警備任務了。雖然另外還有騎士和魔法師，但要出兵需要花時間準備。

現在只能靠冒險者阻止魔物了。

我召集冒險者，朝魔物所在的森林出發。

然後，我在中途休息時叫出佛爾格，讓牠去確認前方的路是否安全。

我正在確認四周時，有人朝這裡跑來了。

那是騎著熊的熊嗎？

該不會是優奈吧？

另外還有幾匹馬一起跑在後面。

那些馬似乎不是在被熊追著跑。

優奈等人來到我的面前。騎著馬的人是克里莫尼亞的領主——克里夫。

為什麼這兩個人會在一起？

雖然我知道優奈來自克里莫尼亞，但我對她還有許多不了解的地方。

我跟克里夫已經認識很久了。他雖然是貴族，卻不會表現得高高在上，讓人很有好感。他的夫人——艾蕾羅拉大人在城堡工作，我偶爾會見到她。

克里夫走到我面前，要求到沒有人的地方談談。

我們移動到不會被其他人聽見的地方。

「…………」

聽完來龍去脈，我簡直不敢相信。

克里夫說打扮成熊的優奈打倒了所有魔物。

我叫飛在上空的佛爾格前往魔物所在的森林。

那裡沒有魔物，只有哥布林的屍體。原本數量眾多的野狼、半獸人和飛龍也都已經消失。魔物真的全都被打倒了。

她真的打倒了魔物嗎？

就算透過佛爾格的眼睛見證事實，我也難以置信。

可是，我確實親眼看到了魔物消失的景象。

優奈拜託我們隱瞞她打倒魔物的事情。

克里夫說：「就算說是這種熊打倒的，也沒有人會相信吧。」

是沒錯，可是我帶著這麼多冒險者來到這裡，把事情鬧大了，接下來該怎麼辦？

我正在煩惱的時候，克里夫提出解決方案。

克里夫的提議是謊稱有高階冒險者打倒了魔物，那個冒險者把哥布林的屍體留在原地便離去。

森林裡確實還留有數千隻哥布林的屍體，另外還有半獸人的頭，的確足以蒙騙其他人。況且，與其說是眼前這個熊女孩打倒的，那樣說還比較有說服力。

後來，我向冒險者說明，並開始收拾殘局。

要是把哥布林和半獸人的屍體留在原地，就有可能引來野獸或魔物，而且屍體久了就會腐敗，可能會散播疾病。所以，我們必須妥善處理。

處理完魔物的我回到王都。

然後，我為了向國王陛下報告而前往城堡。

一想到必須向國王陛下說謊，我就感到胃痛。可是，就算說出事實，我也不認為國王陛下會相信。就連我到了現在也還無法相信是那個熊女孩打倒了魔物。看到那些魔物的屍體，我還是半信半疑。如果說是神出鬼沒的高階冒險者打倒的，我還比較能相信。

「所以，妳的意思是有不知名的冒險者打倒了魔物嗎？」

「是的。」

我回應國王陛下。

「所以妳不知道是誰嗎？」

「是的。」

「不要說謊了。妳有召喚鳥，所以我知道妳能獲得精確的情報。得知魔物被打倒後，妳不可能沒有確認四周。」

「這……」

「況且，妳怎麼知道是冒險者打倒魔物的？」

「那是因為……只有冒險者才能夠打倒魔物。」

「不要說謊了。妳為何隱瞞？有什麼事是不能對我說的嗎？」

「……國王陛下，您真的相信這次發生了魔物事件嗎？」

「我相信。因為妳長年擔任冒險者公會的會長，而對於這次的事，我也有足以相信的根據。」

根據是指什麼？

看到魔物的人是我和優奈，另外就只有冒險者看到了魔物的屍體，而屍體也已經被我們處理掉了，城堡的相關人士都沒有看到。

國王陛下竟然如此堅信發生了這樣的事件，到底是怎麼回事？

「我知道是誰在操縱那些魔物。」

「…………」

那些魔物是有人蓄意引來的嗎？

既然如此，也難怪會出現那麼大量的魔物了。

可是，我沒想到國王陛下會知道這起事件的原因。

「所以，我很清楚這次的事對國家有多麼危險。我命令妳，把那名冒險者帶到我的面前。」

國王陛下用堅決的語調下達命令。

沒有方法能拒絕嗎？

「那名冒險者恐怕不適合謁見國王陛下。可以的話，能請您放棄與她會面嗎？因為她的打扮實在不宜出現在國王陛下眼前。」

「什麼？」

「她的外表有些問題……」

「既然是冒險者，我對打扮不會有所要求，妳不必在意。」

可是，她打扮成熊的樣子耶——這句話我說不出口。

「其實是那位冒險者希望息事寧人，所以拜託我不要張揚。由於她對我有恩，所以我想尊重她的意願。」

「那名冒險者也同樣對我有恩，我豈能不報？所以，妳快把人帶來！」

國王陛下的聲音變得有些粗暴。

我拒絕不了。

「那麼，我有一個請求。」

「什麼請求？」

「那位冒險者不希望將自己打倒魔物的事公諸於世，可以請您單獨與她會面嗎？如果您願意答應，我保證會將她帶到您面前。」

我能做的，頂多只有排除閒雜人等，減少得知這件事的人數而已。

剩下的問題就只有——國王陛下見到優奈之後會不會相信這一切了。

只要展示優奈持有的蠕蟲，最終還是能讓國王陛下相信吧？

「好吧，我答應單獨會面。」

「謝謝陛下。」

優奈，對不起。

我在心中為自己沒能遵守約定的事道歉。

隔天，我帶著打扮成熊的女孩來到國王陛下面前。

國王陛下按照約定，一個人前來會面。現在房裡只有國王陛下、我、打扮成熊的優奈再加上途中遇到的艾蕾羅拉大人共四個人。已經從克里夫那裡聽說來龍去脈的艾蕾羅拉大人也在場，我覺得很安心。

我坦白說出打扮成熊的女孩——優奈打倒了魔物的事。

「我沒空聽妳開玩笑，冒險者什麼時候要來！」

國王陛下氣得喊道。

他果然不相信。

原以為會有強大的冒險者造訪，對方卻是個打扮成熊的女孩子，他會生氣也無可厚非。

國王陛下明明說要相信我的，原來是騙人的嗎？

我努力向國王陛下說明。而且，艾蕾羅拉大人也在一旁幫忙說話，這才終於讓他相信。

幸好艾蕾羅拉大人也在。

後來，因為國王陛下的女兒——芙蘿拉大人闖入，事情一發不可收拾，但國王陛下和熊女孩的會面總算是順利結束了。

這次真的該好好感謝艾蕾羅拉大人。

對了，優奈帶來一種叫做布丁的食物，非常美味。希望下次還有機會吃到。

魔物事件終於落幕，我們漸漸回到日常生活。我逃離枯燥的工作，在王都的街上散步。

在國王誕辰的忙碌時期發生魔物事件簡直是雪上加霜。不過，要是沒有優奈在，情況肯定會更嚴重，我們真該好好感謝她。

國王陛下的誕辰慶典一結束，情況就會稍微穩定下來，在那之前都要努力工作才行。可是，偶爾也有必要放鬆一下。

我看著街景散步時，從人群中聽到「熊」這個字。

一聽到熊，我就會想起打扮成熊的優奈。

她真的如拉洛克所說，是個驚人的冒險者。

「我知道那隻熊在哪裡了。」

「可惡，她昨天竟敢瞧不起我們。」

「我一定要揍她一頓。」

我聽到不能當作耳邊風的對話。

我開始尋找聲音的來源，馬上就找到了。

口出惡言的是一群長相凶惡的男人。

「你們真丟臉，竟然被一個女的打成那

樣。」

「而且還是個打扮成熊的奇怪丫頭。」

「不過是被那種女人打了一下，竟然就昏過去了。」

男人笑了。

「不管怎樣，那對麵包店的母女應該也在。我們一定要從那個熊女人的口中問出來。」

什麼？事情好像鬧得很大，優奈到底做了什麼？

聽到了這種對話，我不能坐視不管。我偷偷跟在這群男人後面。

男人們來到中流地區內比較偏富裕階級住的地段。優奈就在這裡嗎？

走在路上的男人們開始吵鬧。

「這棟房子是怎樣？」

「熊？」

一棟形狀像熊的房子矗立在男人們面前。

那該不會是優奈的家吧？

在周圍的氣派建築之間，有一棟熊造型的可愛房子矗立著。

「真的是這棟房子嗎？」

「對，不會錯的。」

男人們看著熊造型的房子發笑，接著對屋內的人喊道：

「臭熊！滾出來！」

「小心我們砸爛妳的門！」

「臭熊！」

男人們對熊造型的房子大叫，打扮成熊的優奈就悠悠哉哉地從屋內走出來了。

她似乎一點也不害怕。也對，她會反擊主動找碴的冒險者，甚至能打倒幾千隻魔物，這點程度的男人根本沒什麼好怕的吧。

我因為擔心才過來看看，但或許沒有必要。

接著，男人們與優奈爆發爭執。

「夠了，別再張開你的臭嘴了。」

優奈面無表情地咒罵，然後使用魔法。男人們剛才站的地方開了一個洞。

男人們還搞不懂發生了什麼事就掉進洞裡，痛苦的慘叫從洞裡傳了出來。還留在地面上的人就只剩肥胖的男人。

優奈的魔法就算再看一次還是讓人覺得厲害。不過，原來她不只會用風魔法，還會用土魔法呀。

留下來的肥胖男人一邊後退，一邊對優奈叫道：

「妳以為我是誰？我是可是大商人喬滋啊。我和冒險者公會的會長很熟喔。像妳這種小丫頭，我想要把妳怎樣都可以！」

他突然提到我了。我才不認識你這種人呢。

既然對方提到我，我就不能充耳不聞。要是優奈以為我是這些傢伙的同夥，那可就傷腦筋了。

「哎呀，我可不認識你喔。」

我從後面對肥胖的男人說道。

男人驚訝地看著我的臉。他明明說自己認識我，卻好像沒見過我的臉。既然要冒用我的名字，好歹也調查一下我的長相吧。

這傢伙是笨蛋嗎？

優奈介紹我的頭銜，男人便露出錯愕的表情。

「公會會長又怎麼樣，我和國王很熟喔！」

知道我是公會會長之後，他這次搬出了國王陛下的名號。

啊，他不只是笨蛋，還是個大笨蛋。

又有個舉足輕重的大人物從前面走過來了。

「我根本不認識你。」

這麼對男人說話的是這個國家的領袖——

國王陛下。

國王陛下怎麼會出現在這裡！

我漸漸開始覺得頭痛。

男人聽說來到這裡的這個人就是國王，卻不相信。

「國王怎麼可能出現在這種地方。」

在場的所有人應該都這麼想。

就連優奈也很驚訝。

國王陛下吩咐我抓住男人。

要我這個王都冒險者公會的領導人抓住他。

在這些人之中，也只能由我動手了。

我逮捕掙扎的男人，優奈則把掉進洞裡的男人弄出來。

國王陛下走進優奈的熊造型房子裡。雖然我也很想進去看看，卻不能把這些男人放在這裡不管。

我從道具袋裡取出繩子，把男人們綁起來。

然後，我在紙上寫下自己的位置和需要人手的消息，讓佛爾格銜著這張紙，飛到見過佛爾格的警備隊長那裡。

過了一陣子，士兵趕來了。

我把男人們交給士兵，並一起前往城堡說明事情原委。

順帶一提，國王陛下一走出優奈的家就被警備隊長逮到，然後被帶走了。

真不知道他在搞什麼。

這就是我遇見熊女孩的幾天內發生的事。

熊熊勇闖異世界11.5

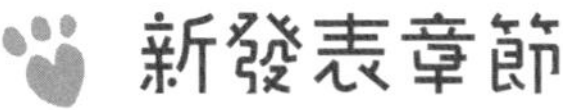

43 與熊熊的相遇 米蕾奴篇

我在克里莫尼亞城的商業公會擔任會長。

會長的工作做完後，我偶爾會坐在櫃檯，觀察商人們的樣子。不認識我的人就不知道我是會長，所以會用普通的態度對我說話。

有些人要創業，有些人來尋找商機，有些人來賣東西，有些來買東西，有些人來找工作或客戶，各式各樣的人都會來到公會。能像這樣應對訪客是一件有趣的事。

某天，有個女孩走進了商業公會，大家的視線便聚集到她的身上。當然了，我也是其中之一，理由在於那女孩的裝扮是很引人注目的熊造型。

我馬上想到關於那女孩的傳聞。

她就是現在在冒險者公會蔚為話題的熊女孩。

女孩的年齡是十五歲（看起來甚至更小），在加入冒險者公會的那天打倒了過來找碴的冒險者，又在短短幾天內狩獵了約五十隻的野狼。她打倒的野狼都很完整，大多狀態良好，所以毛皮能賣到高於行情的價格。

商業公會會接收冒險者公會狩獵得來的魔物素材，負責販售。因此，冒險者公會的情報也會傳到我這裡來。

我最近聽說她打倒了成群的哥布林，還打倒一起出現的哥布林王，甚至打倒了虎狼。因為全都是她獨自辦到的，聽說這些事的時候我還不敢相信呢。

傳聞中的熊女孩朝我走來。

我保持微笑，詢問她要辦理的事務。據說嘲笑她這身熊裝扮的冒險者都落得悽慘的下場。女孩說她要蓋房子，所以想租借土地。如果是單身的冒險者，通常會租房子，很少有人會為了蓋房子而租地。

不過，我還是按照熊女孩的期望，向她介紹了幾塊土地。

熊女孩從中選出一塊地，卻因價格而陷入猶豫。

我身為商業公會會長的直覺告訴我，跟這個熊女孩套交情是很重要的。我遵從自己的直覺，為了加深我和熊女孩的緣分而主動提出降價優惠。女孩雖然驚訝，最後還是露出高興的表情，決定承租這塊土地。

然後，我帶領她前往要租的土地。我說既然要蓋房子，公會可以介紹建築師，她卻說沒有必要。

當時我以為她要拜託熟人，於是回到工作崗位。

不過，我後來才發現自己誤會了。

那是因為熊女孩一瞬間就蓋出了一棟長得像熊的房子。普通的房子要花費好幾週才能蓋好，她卻只用一個晚上就蓋好了。根據我的情報，並沒有人替她蓋房子。

雖然難以置信，但她大概是用魔法蓋好的吧。優秀的魔法師能用魔法做出牆壁，甚至蓋出建築物。不過，我是第一次見到這麼可愛的房子。沒能看到建造的過程，我遺憾得不得了。

後來，熊女孩又做了許多驚人之舉。

首先，她打倒了黑蝰蛇。黑蝰蛇是巨大的蛇類魔物，一口就能將人吞下肚，非常危險。熊女孩得知有村子遭到襲擊，馬上就出發去狩獵黑蝰蛇，只靠自己便成功戰勝，讓我很驚訝。

冒險者公會肢解那隻黑蝰蛇，將素材交給商業公會之後，聽到風聲的商人便紛紛來搶購。不只是蛇肉，蛇皮和蛇牙等許多部位都能賣。因為黑蝰蛇的素材很稀有，轉眼間就銷售一空。

為了應付突發狀況，我將一部分的蛇肉冷凍起來，連同一部分的蛇皮和蛇牙一起存放在倉庫裡。

最讓我感到遺憾的是魔石。

其實我也很想要魔石，不過魔石好像被熊女孩拿走了，有點可惜。

另外還有一件驚人的事，那就是熊女孩持有裝得下黑蝰蛇的道具袋。

容量愈大的道具袋愈有價值，也愈難取得。她持有那種道具袋的事情讓我很驚訝。

只不過，我沒想到那雙有熊臉的手套就是道具袋。那雙熊熊手套很可愛，所以我很想要。

話說回來，我不懂像她這樣實力高強、擁有超大容量道具袋的女孩怎麼會一個人來到克里莫尼亞。我從各方面蒐集了關於熊女孩的情報，克里莫尼亞城周圍卻沒有任何認識她的人。聽說她原本沒有居民卡，所以我還以為她是從附近的村子來的，卻好像不是這樣。

算了，就算不知道她的真實身分，我採取的行動還是不會改變。我照樣會跟她締結友好關係。跟這麼有趣的女孩子在一起，肯定不會無聊。

此後，熊女孩的驚人之舉依然沒有停止。

她接著購買孤兒院附近的土地，做出高大的牆壁，開始飼養咕咕鳥。

為了孤兒院的孩子們，她似乎要養咕咕鳥，販賣牠們所產的蛋。

商業公會非常歡迎暢銷的商品，所以我跟

她簽訂了買賣契約。

開始賣蛋的那幾天，銷售情況很順利，主要的買主是高級餐廳和富裕人家。因為能用過去行情的半價買到，所以訂購十分踴躍。也對，價錢這麼便宜，當然有人要買了。

而且數量雖少，卻每天都有固定的供給量，所以能事先預估可以販賣的量，讓公會也比較好辦事。

據說蛋的產量還在逐漸增加。

某天，熊女孩為了表示謝意，送了一種名叫布丁的蛋料理給我。我目前還在工作，所以先收了起來，打算晚點再吃。真期待工作後的點心時間。

熊女孩說她接下了護衛的工作，正準備去王都。經她這麼一說我才想起，王都即將舉辦國王陛下的誕辰慶典。要不是有工作，我也很想去。

結束了今天的工作，我從冰箱裡取出熊女孩送我的布丁來享用。

我從冰箱裡拿出布丁杯。因為有用到蛋，布丁呈現偏黃的色調。我從來沒有見過這種食物，於是用手指輕輕觸碰，摸起來很軟。

我拿起湯匙挖了一口，放進嘴裡。

「唔！」

口感很神奇，嚐起來又冰又甜。

我又吃了第二口、第三口。然後，杯裡的布丁在轉眼間就被我吃光了。

這是什麼？

我知道裡面加了蛋，可是到底是怎麼做的？

這東西會大賣。長年在商業公會任職的我很肯定，這一定會暢銷。

我現在就想馬上去找熊女孩詢問關於布丁的事，可是她明天就要去王都了。

等她從王都回來，我一定要好好問個清

楚。

熊女孩已經去了王都一陣子，我卻還是滿腦子想著布丁，無法專心工作。

要是開一家賣布丁的店，我就能隨時吃到了。

為了在熊女孩回來時向她提出開店賣布丁的建議，我開始思考各種方案。

44 姊姊的工作　修莉篇

我今天一起床就發現媽媽很痛苦。姊姊餵媽媽吃藥，可是媽媽難過得吃不下。就算是這樣，姊姊還是輕輕撫摸媽媽的背，讓她慢慢把藥吃下去。

「家裡已經沒有藥了，我要去森林採藥草，媽媽就拜託妳了喔。」

姊姊有時候會工作賺錢，可是我們家沒有錢能買藥。

「我們去拜託叔叔嘛。」

認識媽媽的叔叔會拿藥給我們，可是姊姊對我搖搖頭。

「總不能一直拜託叔叔呀。我馬上回來，妳要照顧媽媽喔。」

姊姊溫柔地摸摸我的頭。

我點頭，陪在痛苦的媽媽身邊。每次我來到媽媽身邊，她都會對我微笑。

為了讓媽媽好起來，她想喝水的時候，我就會裝一杯水給她。她咳個不停的時候，我會摸摸她的背。我每次幫忙，媽媽就會跟我道謝。

希望媽媽的身體可以快點康復。

媽媽開始難受了。

可是，家裡沒有藥。我握住媽媽的手。

姊姊說媽媽的病會好，不用擔心，可是媽媽的病一直沒有好，每天都很痛苦。

姊姊，快點回來吧。我握著媽媽的手，等姊姊回來。

後來過了一陣子，姊姊帶著藥草回來了。姊姊把藥草弄成容易吞的樣子，讓媽媽吃下去。

又過了一陣子，媽媽變得比較舒服之後漸漸睡著。

姊姊開始煮飯。

我聞到一股好香的味道。

「修莉，今天有肉可以吃喔。」

「真的嗎！」

「真的呀。我要煮東西，妳來幫忙吧。」

姊姊的面前放著一塊肉。好久沒有吃肉了，所以我乖乖幫姊姊的忙。

姊姊開始煎肉，鍋子裡發出滋滋滋的聲音。

我聽著煎肉的聲音，把盤子擺到桌上。

嗚嗚，好想快點開飯喔。

「做好了喔。」

姊姊把肉放到盤子上，看起來好好吃喔。

我把裝著肉的盤子端到媽媽的房間，跟媽媽一起吃。肉真的很好吃。

媽媽問：「這些肉是哪裡來的？」姊姊說：「是人家送給我的。」

是不是根茲叔叔送給我們的呢？

隔天，姊姊一大早就出門工作了。我也好想快點開始工作，那樣一來就能吃得飽飽的，也可以幫媽媽買藥了。我對姊姊這麼說，姊姊就說：「修莉，妳陪在媽媽身邊就好。」

媽媽總是躺在床上，看起來很不舒服。所以，我要代替姊姊陪在媽媽身邊。

今天媽媽的身體狀況很好，可以跟我聊天。只要聊天，媽媽就會比較有精神。可是，她最後總是會說「對不起」。我不懂這是什麼意思，為什麼要道歉？

今天的晚餐也很豐盛。

姊姊說這是她今天工作時拿到的旅館料理。

餐桌上有鬆軟的麵包和肉，還有沙拉。我好久沒有吃到這麼軟的麵包了。我們平常都是買硬梆梆的麵包，沾著湯一起吃。

媽媽也吃得很滿足。

然後她說「謝謝」，抱緊我們。

媽媽，妳抱得太緊了啦。

「修莉。」

「什麼事？姊姊。」

「我今天可能會很晚回來，或是在外面過夜。我準備了一些麵包，妳就跟媽媽一起吃吧。」

「姊姊，妳今天不回家嗎？」

「我從今天開始要做新的工作。所以，我不知道會多晚回家。我會盡量早點回來的，可是如果我太晚回來，妳就跟媽媽先吃飯，早點睡覺吧。」

「嗯，我知道了，可是妳要早點回來喔。」

姊姊溫柔地抱了我一下。

我今天也跟媽媽一起開心地聊天。

太陽就快下山了，可是姊姊還沒有回來，所以我跟媽媽一起吃姊姊準備的麵包。

「修莉，姊姊去哪了？」

「她說要工作，會晚點回家。」

「妳知道是什麼工作嗎？」

我沒聽姊姊說過，所以搖搖頭。

「希望不是什麼危險的工作。」

我們還在擔心的時候，姊姊就回來了。一看到回來的姊姊，媽媽就罕見地生氣了。

姊姊好像是跟人家一起去了狩獵虎狼的地方。一聽到這件事，媽媽往床上一倒。

「媽媽，沒事的，我只是在安全的地方做肢解工作而已。」

「可是，妳在那段期間是一個人吧？」

「沒事的，有人（熊）會保護我。」

「可是，妳剛才說冒險者只有一個人呀。」

「真的沒事啦，妳放心。」

「不要讓我擔心呀。」

媽媽溫柔地抱住姊姊。

我也好擔心。如果姊姊出了什麼意外，我會很難過的。

後來，姊姊每天都會出門工作，也會買藥和食物回來。

「修莉，我們一起去買東西。今天就煮些好吃的東西吧，妳有什麼想吃的嗎？」

姊姊這麼問我。我有很多想吃的東西。

我想吃軟軟的麵包，也想吃水果。可是，我最想要能讓媽媽開心的東西。我這麼告訴姊姊，她就說：「那我們去買媽媽愛吃的東西吧。」

我跟姊姊手牽手，一起去買東西。

可是，姊姊買好吃的東西回家，媽媽就會很擔心。她擔心姊姊是不是在做些危險的工作，所以這麼問姊姊。

姊姊一聽，就說她跟一位冒險者簽了約，每天都會幫人家做肢解魔物的工作。

所以她才能賺到肢解費，有時候還可以拿到多餘的肉。

媽媽露出擔心的表情。可是，姊姊說不用擔心，對方是根茲叔叔介紹的人，很值得信任。

聽到根茲叔叔的名字，媽媽也稍微放心了。

媽媽問對方是什麼樣的人，姊姊就說是個打扮成熊熊的女生冒險者。熊熊？我疑惑地這麼問，姊姊回答我，說她的打扮是非常可愛的熊熊造型。

我也好想見到打扮成可愛熊熊的冒險者喔。

45 與熊熊的相遇 阿朵拉篇

密利拉鎮的海中出現了克拉肯，陷入危機。

對以漁業為主要產業的密利拉鎮來說，無法出海是關係到生死的問題。克拉肯出現後過了一個月，有些人決定拋棄城鎮，冒險者也護衛他們離開，從此不再回來。

當然沒有任何冒險者敢挑戰克拉肯，因為沒有勝算。我們只能默默等著克拉肯從密利拉鎮的海中自行離去。

可是，克拉肯直到現在都還停留在海裡。

以海鮮為主食的城鎮只消一個月就陷入飢荒，這是因為通往其他城鎮的唯一道路有盜賊出沒，使得居民無法去採購糧食。掃蕩盜賊本來是冒險者的工作，留在鎮上的冒險者卻都是階級較低的人，沒有人有打倒盜賊的實力，所以沒辦法從其他城鎮獲取糧食。

更糟糕的是，商業公會開始運用金錢攻勢高價收購野狼或動物，然後高價賣給居民。他們聲稱這麼做是要募集狩獵克拉肯的資金，卻令人不禁心生懷疑。我曾經提議要由冒險者公會管理這筆錢，卻被拒絕了。

因此，糧食都被分配給有錢人，窮人漸漸開始買不到糧食。

「會長，我們會上山打獵的。」

「拜託你們了，我也想盡量把糧食分給有小孩或老人的家庭。」

有能力戰鬥的公會職員為了獲取食材，決定去獵取動物。我一個人留在冒險者公會。

沒有人會來這裡。一開始還有居民會來委託我們狩獵克拉肯，但一得知冒險者紛紛離去，居民便馬上放棄，再也不來冒險者公會了。

某天，有四名冒險者沒有被盜賊襲擊，順利從其他城鎮來到這裡。冒險者一聽說這座城鎮的狀況便主動表示：「雖然我們無法打倒克拉肯，但可以幫忙掃蕩盜賊。」

可是，盜賊的數量不明，也不知道躲藏在哪裡。雖然情報不足，男性冒險者仍說：「拯救有困難的人才稱得上冒險者。」一起行動的女性冒險者也同意這番話。

如果能打倒盜賊，我們就可以去其他城鎮採購糧食，脫離最糟的狀況。我將一絲希望寄託在四名冒險者身上。

隔天，又有人來到冒險者公會了。這次的客人是個打扮成熊的可愛女孩。

她或許是來找糧食的吧。不過很可惜，我們已經沒有糧食了。

可是我錯了，熊女孩反而帶了糧食過來。她說旅館告訴她，如果要提供糧食，最好可以拿去冒險者公會而不是商業公會。

呵呵，雖然我不知道她有多少糧食，但我很高興她有這份心意。

可是，她朝好的方向背叛了我的料想。

打扮成熊的女孩說她帶著野狼。我剛開始以為只有一隻，熊女孩卻打算拿出一千隻，而且不是開玩笑，是真的。我慌慌張張地阻止她，只收下一百隻。

就算收下那麼多，我們也肢解不完。

再說，她為什麼有那麼多野狼？為什麼她的道具袋容量那麼大？為什麼不會腐壞？

謎團愈來愈多，但她看起來不太想回答，所以我沒有深入追問。我不想做出會讓熊女孩不悅的事。每個人都會有幾個不想說的祕密。

光是提供了糧食，我們就該好好感謝她了。

我交代公會職員肢解野狼。數量相當多，所以我們在肢解的同時派有空的人把肢解完成的肉分送給缺乏糧食的家庭。

有些人聽說了消息便來到冒險者公會。我們在紙上繪製表格，確認居民的家庭成員再分配糧食。就算說謊也會馬上被拆穿，所以沒有人那麼做。

「會長，那些野狼是……」

「嗯～該怎麼說呢，是個打扮成熊的可愛女孩捐給我們的。」

「打扮成熊的可愛女孩？」

「我沒有深入追問，你們也不可以去刺探人家喔。她好像還有很多野狼，我不想做出會冒犯她的事。」

「她還有更多嗎？」

「好像有一千隻。」

「會長，再怎麼說也太誇張了吧。」

我知道這個數字有多麼離譜。可是，打扮成熊的女孩曾試圖拿出來，所以她肯定有。

我交代職員，如果肉不夠就去肌肉老爹經營的旅館，拜託住在那裡的熊女孩。

雖說只是暫時，我們還是得救了。如果四名冒險者能打倒盜賊，糧食危機或許就能解除。

隔天，捐了野狼給我們的熊女孩來到公會，一開口便語出驚人。

她說自己無法打倒克拉肯，但能打倒盜賊，所以她打算去對付盜賊。我說一個女孩子去實在太危險了，熊女孩卻不聽勸，就這麼出發。

我感到不安。

因為我知道她要是被盜賊抓住，究竟會有多麼悽慘的下場。

我正在擔心的時候，熊女孩在當天就把盜

賊抓回來了。

真是不敢相信。

因為四名冒險者也在場，所以我一開始還以為是他們抓到盜賊的，但他們卻說發現和打倒盜賊的人都是熊女孩。

誰會相信這種事呢？一個打扮成熊的可愛女孩獨自打倒了身強體壯的一群男人，實在令人難以置信。

可是，這個熊女孩持有一千隻野狼和神奇的道具袋，甚至翻越雪山而來，所以我認為她或許真的辦得到。

除此之外，聽說了盜賊和商業公會的會長在暗地裡互相串通後，一切終於曝光。

幹道上的盜賊已經消失，居民決定前去其他城鎮採購糧食。四名冒險者會擔任隨行護衛，我們總算脫離最糟的狀況。

可是，盜賊的消失反而可能讓更多的人離開城鎮。只要克拉肯不走，城鎮就不會得救。現在的我們只能祈求克拉肯趕快離開。我正這麼想的時候，熊女孩來到了冒險者公會。她說自己要跟克拉肯戰鬥，希望我能請其他人不要靠近港口和海邊。

聽到這番話，我瞠目結舌。我當時的表情大概很滑稽吧。打倒克拉肯？只憑一個女孩子？正常來講，這絕對不可能。克拉肯和盜賊可不同。

可是我也忍不住心想，眼前這個不可思議的熊女孩或許真的辦得到。

我答應熊女孩的要求，不讓其他人靠近海邊和港口。會靠近海邊的人大多是漁夫，所以我去拜託在漁夫之中最具影響力的克羅爺爺。

聽完我說的話，克羅爺爺使勁睜大眼睛，露出驚訝的表情。

我當初的表情或許也跟他一樣吧。

「她真的說了要打倒克拉肯的夢話嗎？」

「那個女孩是一個人翻越雪山來的。」

「我聽達蒙說他就是被那個女孩救了一命。」

「不只如此，她還解決了飢荒。」

「那些肉就是那個女孩捐的嗎？」

「而且把幹道上的盜賊抓住的人也是她。」

「但我聽說是四名冒險者抓到的。」

「因為她不想引人注目，所以我們才對外宣稱是四名冒險者的功勞。據說實際上是那個女孩獨自打倒盜賊的。」

「假設這些都是事實，妳真的認為那個女孩能打倒克拉肯嗎？」

克羅爺爺的這番話讓我語塞。打倒克拉肯或許是痴人說夢，但我的想法還是不會改變。

「那個女孩為了這座城鎮，願意一個人賭命戰鬥。我不知道她打算怎麼戰鬥，但我也知道挑戰克拉肯有多可怕，並不是一件能拿來開玩笑的事。身為大人的我應該盡己所能，不該袖手旁觀。她是跟這座城鎮無關的陌生人，沒有理由拯救城鎮，甚至跟克拉肯戰鬥。可是，她卻願意為了這座城鎮而挺身挑戰克拉肯。而且，她擔心居民會遇到危險，所以才拜託我請其他人不要靠近海岸。我很想要回應她的這份心意。」

我向克羅爺爺表達自己的想法。克羅爺爺閉上眼睛沉思。他思考了幾秒後，睜開眼睛說道：

「……我知道了，我會這麼轉告其他人。不只是港口，我不會讓任何人靠近海邊。」

「謝謝克羅爺爺。」

「不過，一想到我們得靠一個女孩子，感覺還真是沒面子啊。」

「我也有同樣的感受。」

然後，到了跟克拉肯戰鬥的當天，我跟著熊女孩一起出發。就算什麼都辦不到，我還是能在一旁守著她。

我騎著熊女孩召喚的熊離開城鎮，這是為了避免與克拉肯的戰鬥對城鎮造成災害。

我們來到有懸崖的地方。熊女孩似乎打算把克拉肯引到這裡再開戰。

如果能把克拉肯引到這裡，的確比搭船戰鬥更有利。可是，她打算怎麼吸引克拉肯呢？連我也知道光是如此就很困難了。

熊女孩從道具袋裡取出巨大的蠕蟲，似乎想用這東西當作釣餌。

道具袋裡裝著這種東西就已經很厲害了，還要拿來當釣餌，實在瘋狂。再說，那麼巨大的蠕蟲到底是從哪裡來的？

正當我這麼想的時候，熊女孩就像在釣魚似的，從懸崖上垂下蠕蟲。就算跟別人說這件事，肯定也不會有人相信。

這段期間，我跟熊女孩閒話家常，等待克拉肯上鉤。

突然間，待在我們身旁的熊叫了一聲。我們往大海望去，發現水面上掀起了大浪，克拉肯的一部分身體在其中若隱若現，並且逐漸靠近。

是克拉肯。

克拉肯掀起一波大浪，同時用巨大的腳纏住蠕蟲的身體。

牠咬住蠕蟲了！

在這個瞬間，熊女孩開始行動。海中出現高大的熊造型岩石，將克拉肯關了起來。

魔法？

熊女孩看起來好像稍微踉蹌了一下。

這也難怪，使用這麼大規模的魔法是很耗魔力的。

可是，熊女孩接著發動攻擊。她變出熊造

型的火焰，朝克拉肯和海中施放。

好強的熱能。克拉肯被火灼燒的聲音傳來，海面甚至沸騰，冒出蒸氣。

被熊造型岩石圍起的海水因為火魔法而開始沸騰。

克拉肯露出痛苦的神情。

牠拚命掙扎，伸長了腳試圖破壞熊石像，熊石像卻不動如山。牠想爬出去，熊女孩就會施展魔法攻擊，不讓牠逃跑。

該不會真的能贏吧？

熊女孩單方面攻擊克拉肯，臉上卻浮現吃力的神情。她耗費了大量魔力，普通人根本不可能這麼頻繁地使用魔法。

熊女孩雖然一臉痛苦，卻還是沒有停止攻擊，因為她不能在這個時候放過克拉肯。

海水的溫度愈來愈高，不斷冒出蒸氣。就連待在遠處的我也漸漸出汗。可是，熊女孩在沸騰的海水附近戰鬥，光是如此就會消耗體力。

克拉肯的動作慢慢變得遲鈍。

然後，牠終於一動也不動。

贏了嗎？

這幅景象讓我難以置信。

熊女孩搖搖晃晃，差點昏倒。我馬上衝過去，黑熊卻比我更早靠近她，撐住了她的身體。

然後，熊女孩轉頭看著我，用疲憊的表情說道：「已經結束了。」

我差點流出眼淚。

我確認克拉肯已死，跟熊女孩一起回到鎮上。

一看到載著熊女孩的熊出現，居民便大吃一驚，不讓我們進入城鎮。

這個舉動讓我感到憤怒。

熊女孩為了我們，獨自挑戰克拉肯並戰

勝了牠，然後累得倒下，我們不該把她拒於門外。

我說出熊女孩打倒了克拉肯的事，要求居民讓我護送城鎮的恩人去休息。聽到我說的話，居民紛紛前往克拉肯被打倒的地點。我帶著躺在熊背上的熊女孩，前往旅館。我必須讓她好好休息。

抵達旅館後，熊載著熊女孩踏上階梯。我目送她進入房間。

……謝謝妳。

打扮成熊的可愛女孩救了我們的城鎮。

46 密利拉的隧道 克里夫篇

去密利拉鎮洽談的我和同行的商業公會會長——米蕾奴一起回來了。

我只能嘆氣。

光是有通往密利拉鎮的隧道就很驚人了，我在密利拉鎮聽說的事情卻更超乎常理。聽說克拉肯被打倒的事時，我不禁懷疑自己的耳朵。可是，親眼見到克拉肯的皮和魔石以後，我也不得不相信。況且那隻熊能獨自打倒一萬隻魔物，所以這也不無可能。

我嘆了一口氣。

沒有時間煩惱了。

「我要去冒險者公會跟會長談談。」

跟這次的罪魁禍首——優奈道別後，我向走在身邊的米蕾奴這麼說道。

「那邊就拜託你了。我要回公會，開始著手準備。」

「我打算明天帶拉洛克去隧道一趟，妳呢？」

我這麼問，米蕾奴便稍微猶豫了一下。

「我想要多一點時間，但還是一起去好了。反正我也要跟拉洛克談談。」

「我知道了。如果拉洛克沒問題，我等一下會派人去通知妳。」

和米蕾奴分頭行動的我一個人前往冒險者公會。

「拉洛克，我有事想跟你談談。」

我走進冒險者公會的會長辦公室，對身材

魁梧的男人說道。他就是這座城市的冒險者公會會長——拉洛克。

「克里夫大人會來這種地方還真是稀奇啊。」

「我需要冒險者公會的力量，幫幫我吧。」

我開門見山地說。

「有強大的魔物出現了嗎？」

拉洛克用認真的眼神問道。

「不，你知道艾雷岑特山脈吧？」

「當然知道了。」

「那你也知道山脈另一頭是海，而且有座城鎮吧？」

「偶爾有冒險者會去那裡嘛，怎麼了嗎？」

聽到我語調模糊的問題，拉洛克用表情催促我快說。

「有人發現艾雷岑特山脈有洞窟，而且能通往密利拉鎮。」

我隱瞞優奈挖了隧道的事，謊稱有人發現了洞窟。

「……那是真的嗎？」

一般而言，誰也不會相信這種事。過去都沒有人發現的東西突然冒出來，也難怪他不信了。

「嗯，我也親自通過那個洞窟抵達密利拉鎮了，不會錯的。」

就連這麼說的我自己都難以置信了，聽說這件事的人當然更不敢相信。

「我想請你去確認地點，明天能跟我一起去嗎？」

「你不是在開玩笑吧？」

「我何必特地來這裡跟你開玩笑？明天早上我會帶米蕾奴一起去通往密利拉鎮的洞窟，你也準備準備吧。」

「我知道了。」

我必須整頓通往洞窟的路線，最重要的是要確保安全，有好多事情該做。

「真的嗎？說定了喔。」

「我這陣子會很忙，妳要好好念書喔。」

「好的。」

我再次撫摸女兒的頭，然後移動到辦公室。

我呼喚倫多，聽他報告我不在的這幾天發生了什麼事，然後提到我向拉洛克說過的話。他當然也露出了難以置信的表情，卻沒有像拉洛克一樣反問。

「屬下明白了。那麼，請問我該做什麼呢？」

「首先，我有事要請你去轉告米蕾奴。」

我吩咐倫多向米蕾奴轉告會合地點和時間。

接著，我把今後要做的事整理成一份資料。雖然明天才要開始正式動工，卻有許多事

跟拉洛克約好明天會合的我回到家中，女兒諾雅就來迎接我了。

「父親大人，歡迎回來。」

「我回來了。」

看到女兒的臉，我就感到放鬆。我摸摸她的頭，她便露出高興的表情。

「發生什麼事了嗎？」

「不，我只是有點累，不過看到妳的臉就打起精神了。」

「父親大人竟然會說這種話，真稀奇。」

不過，諾雅似乎很高興。

「對了，海邊怎麼樣？好玩嗎？」

「我是去工作的，所以不覺得好玩。大海倒是挺寬廣的。」

「嗚嗚，我也好想去喔。」

「嗯，為了讓妳也可以去，我得更努力才行呢。」

要做。明天去見米蕾奴和拉洛克之前，我還有一些事得做。

光是思考，我就覺得頭好痛。這一切都要怪那隻熊。

隔天，我前往冒險者公會，準備和拉洛克一起去洞窟。我抵達時，米蕾奴已經到了。

「我來晚了。」

「我也才剛到，別放在心上。」

時間寶貴，於是我們騎馬趕往隧道。

漸漸能看到森林了。

「騎馬能通過森林，但馬車無法通行。所以，我要請商業公會把通往洞窟的路線夷平，供馬車通行。這段期間的護衛工作就由冒險者負責，我們不能讓工人遇到危險。」

我騎著馬在森林中行進，同時這麼向拉洛克說明。

「我們商業公會會去跟工人協調，然後聯絡冒險者公會。」

「另外還要同時清除周圍的魔物，洞窟另一頭的密利拉鎮附近也要比照辦理。」

「你是認真的嗎？」

聽到我說的話，拉洛克露出嫌麻煩的表情。

「是啊，我是認真的。要是有魔物從另一側的出口進入，那就麻煩大了。至少也要確保另一側出口附近的安全。只要能確保兩側出口的安全，洞窟內的作業也能順利進行。」

「是呀，只要能確保洞窟內的安全，就能裝設光之魔石了。」

「為什麼要那麼急？」

我避談克拉肯，只說海裡有魔物出現，唯一的幹道又有盜賊橫行，使密利拉鎮陷入飢荒。

「那麼，我們就先掃蕩盜賊吧。」

「那倒不必，因為盜賊已經被打倒了。不

過，鎮上的糧食不夠，我們必須盡早把糧食運送過去，過程中也需要護衛。」

「到底需要多少冒險者？」

「我會提供高於行情的報酬給狩獵魔物的冒險者，你就盡量多找些人吧。」

現在時間比金錢更寶貴。只要通往密利拉鎮的路線開通，自然能帶來財富。而且我們還有克拉肯的素材，賣掉就沒問題了。

「這下子要忙起來了。」

「那當然。」

我們穿越森林，來到有隧道的地點。

「真的有洞窟呢，它就連接著密利拉鎮嗎？」

隧道裡是一片漆黑。

「別忘了告訴冒險者，這裡需要光魔法或光之魔石，而且距離頗長。」

「我知道了。不過，為什麼過去都沒有人發現這個洞窟？」

我已經答應優奈，不能說這是她挖的隧道。

「而且，為什麼這裡有優奈店裡的那種熊？」

拉洛克看著隧道旁的熊造型擺飾，同樣好奇地問道。

「因為發現洞窟的人是那隻熊，所以我才逼她做了這東西。」

「那個熊姑娘嗎……黑蝰蛇的事情也是，她總是會做些驚人的事呢。」

一點也沒錯。要是知道這條隧道就是優奈挖的，拉洛克肯定會更驚訝。優奈甚至打倒了王都的一萬隻魔物和克拉肯，我光想就覺得胃痛。

「那麼，冒險者的工作是在密利拉鎮和克里莫尼亞城的隧道附近狩獵魔物、在通往隧道的路上護衛工人，還有運送糧食到密利拉鎮吧？」

「對，如果還有其他事，我會隨時聯絡。米蕾奴也沒問題吧？」

「沒問題。可以的話，我希望能優先確保洞窟周圍的安全。那樣一來，通往克里莫尼亞城的道路工程和洞窟中的作業就能同時進行了。」

的確，只要把光之魔石裝好，作業就能順利進行。

「我知道了。不過，晚點再給我一份列好優先順序的清單吧，我會召集適合的冒險者。」

確認過現場的我們回到城裡，各自前往工作崗位。

然後，我們開始了一段忙碌的日子。

可是那隻熊卻老是無所事事。

47 與熊熊的相遇　米莎篇

為了參加國王陛下的誕辰慶典，我正在前往王都的路上。我的母親大人和父親大人已經先去了王都，我和爺爺大人比較晚才出發。

馬車裡有爺爺大人和我、擔任護衛的冒險者——瑪麗娜、艾兒、瑪絲莉卡，總共五個人。因為是比較大的馬車，所以速度比較慢。另外，伊蒂亞坐在駕駛座握著韁繩。

馬車緩緩前進。

嗯～好閒喔。

我們得在馬車裡坐好幾個小時，所以我無聊得不得了。

「米莎娜大人，您很無聊嗎？」

坐在我斜前方的瑪麗娜這麼問我。

我好像把心情寫在臉上了。

我覺得冒險者很可怕，可是瑪麗娜很親切，所以我很喜歡她。只是短時間的話還沒問題，可是跟冒險者一起長途旅行會讓我覺得很緊張。知道這一點的爺爺大人於是拜託瑪麗娜擔任這次的護衛，我最喜歡爺爺大人了。

「米莎娜大人，您想喝些東西嗎？」

「嗯，謝謝妳。」

我跟瑪麗娜拿了一點水來喝。喝起來有點溫，但也沒辦法。雖然喝水讓我放鬆了一點，無聊的現狀還是沒有變。早知道就該帶書來打發時間了。

「瑪麗娜，我想聽有趣的故事。」

「有趣的故事嗎？」

聽到我的請求，瑪麗娜露出有點傷腦筋的

表情。

「沒有嗎？」

「這個嘛，因為我們不是很強的冒險者，所以沒有能討您高興的冒險故事。而且就算說些打倒魔物的故事，您也不會覺得有趣吧？」

「那樣也沒關係的。」

不管是什麼內容，我對冒險者的故事都很有興趣。

可是，瑪麗娜露出不知如何是好的表情。

「米莎，妳就別太為難瑪麗娜了。」

「嗚嗚，對不起。」

我被爺爺大人罵了。我並不想為難人家，只是很無聊，所以想聽一些有趣的故事而已。

「葛蘭大人，我並不覺得困擾，請別責備米莎娜大人。我只是不曉得米莎娜大人會不會覺得我的故事很無趣……這樣也沒關係嗎？」

瑪麗娜一臉害羞地說起自己的故事。

她說了打倒魔物的時候經歷了哪些困難、隊友失誤造成了什麼後果，還有夥伴如何替她彌補失誤的故事。她每說一件事，在旁邊聆聽的艾兒等人就會否定或是贊同。

冒險者真是一種賭命的辛苦工作。

「當時真是驚險呢。」

「還不都是因為瑪麗娜反應太慢了。」

「我有什麼辦法，因為當時被包圍了嘛。」

周圍響起笑聲。

我們聽著瑪麗娜說的故事，這時馬車突然停下來。

發生什麼事了呢？

「瑪麗娜。」

坐在駕駛座的伊蒂亞小聲呼喚瑪麗娜。

「有什麼狀況嗎？」

「有半獸人。」

這句話讓馬車內的氣氛瞬間緊繃。

「妳說半獸人？」

爺爺大人壓低聲音問道。

我知道半獸人是一種很強的魔物。可是，我從來沒聽說半獸人會出現在幹道上。

瑪麗娜打開馬車的門，往前方望去。

「有四隻啊。」

「或許還是回頭比較好。」

「那也不行，因為後面還有三隻。」

「前方有四隻半獸人，後方有三隻，要往後逃嗎？」

「就算往後逃，終究還是要通過，現在還是穿越前方比較好。艾兒和伊蒂亞負責護衛和駕駛馬車，我和瑪絲莉卡去打倒前面的半獸人。打倒之後就靠馬車一口氣衝過去吧。」

聽完瑪麗娜的指示，隊員們都點點頭。

「瑪麗娜……」

「米莎娜大人，沒事的，請別擔心。」

為了讓我安心，瑪麗娜對我露出笑容。

「葛蘭大人和米莎娜大人請不要離開馬車。」

瑪麗娜這麼交代我們，然後走出馬車。

「爺爺大人。」

被留在馬車裡的我看著爺爺大人。

爺爺大人抱住我，保護我的安全。

「相信瑪麗娜她們吧。話說回來，為什麼通往王都的幹道上會出現半獸人呢？」

幹道基本上是很安全的。雖然偶爾會有魔物從附近的森林跑出來，但也很少發生那種情況，現在卻出現了半獸人。

我祈禱瑪麗娜她們可以平安打倒半獸人。

戰鬥似乎在馬車外面開始了。

「伊蒂亞，我會應付從後面來的半獸人。瑪麗娜把半獸人打倒之後就告訴我。還有，馬車要保持在可以隨時出發的狀態。」

我聽到艾兒詠唱魔法的聲音。

「艾兒，又有半獸人從旁邊的森林跑出來

了！」

「我知道，可是我沒辦法！」

艾兒一邊大叫，一邊詠唱魔法。

「葛蘭大人，我要稍微遠離馬車。如果覺得有危險，請馬上駕駛馬車出發，不必管我們。」

「別說喪氣話，妳們一定能贏。」

「是，我們會努力的。」

原本坐在駕駛座的伊蒂亞也跳下馬車，迎戰半獸人。

戰鬥的聲音從四面八方傳來。

「艾兒！又從右邊過來了，小心一點。」

「伊蒂亞，幫我爭取用魔法的時間。」

我聽到艾兒和伊蒂亞的呼喊。

她們正在努力保護馬車中的我們。

神呀，請保佑大家的平安。

妳們一定要沒事。

「艾兒！」

伊蒂亞大喊艾兒的名字。

我從馬車的窗戶往外看。

艾兒被半獸人壓住了。她想逃走，卻被半獸人牢牢抓住。半獸人用手上的棍棒朝艾兒揮下去。

我不想看到慘劇，所以低頭閉上了眼睛。

艾兒被棍棒打中的想像留在我的腦中。

不好的畫面閃過我的腦海。

誰來救救她們吧。

這個時候，我聽到女生的聲音從馬車外傳來。

「熊？」

伊蒂亞大喊。

熊是指什麼呢？

繼半獸人之後，或許又有熊出現了。

我想確認，可是爺爺大人抱著我不放。

我好擔心大家。

外面有艾兒她們的聲音，可是我不知道發

生什麼事了。

過了一陣子，馬車的門打開了。艾兒在門外對我們露出笑容。

「艾兒，妳沒事嗎？」

「是，我沒事。」

可是，艾兒的衣服都破了。

艾兒一臉害羞地遮住破掉的地方，但好像沒有受傷，太好了。

「半獸人怎麼樣了？」

爺爺大人這麼問。就是呀，半獸人怎麼樣了？

「一個打扮成熊的女孩救了我們。」

「熊嗎？」

我聽不懂這句話。我和爺爺大人往馬車外一看，半獸人就倒在眼前。竟然打倒了這麼高大的魔物，真厲害。我開始尋找瑪麗娜她們的身影。

瑪麗娜她們正在稍遠的地方跟半獸人戰鬥。太好了，大家好像都沒事。瑪麗娜身旁有個穿著黑色衣服的人，我仔細一看才發現那是個打扮成熊的女生。

打扮成熊的女生接二連三地打倒半獸人。

這幅景象讓我不敢相信。她一放魔法，半獸人就紛紛倒下。她在轉眼間就打倒了所有的半獸人。

打倒半獸人的她來到馬車這裡。她打扮成熊的樣子，但不是我知道的那種可怕的熊，而是很可愛的熊熊造型。

這就是我跟優奈姊姊大人相遇的故事。

48 生日派對的邀請函 米莎篇

我的生日快到了。我們以往都只和家人一起慶祝，但這次我有想邀請來參加生日派對的對象。

第一個人是有如親姊姊的諾雅姊姊大人。她住在別的城市，但我們從小就是好朋友。

第二個人是打扮成熊的優奈姊姊大人。優奈姊姊大人是一位打扮成可愛熊熊的女生。她有可愛的熊熊召喚獸，是個很強的冒險者，也是我的救命恩人。

第三個人是菲娜。她是跟諾雅姊姊大人一起去過王都的女生。菲娜是個普通的女生，很擅長肢解魔物。

我剛認識菲娜的時候，感覺和她還有一點隔閡。不過，我們透過熊熊的話題拉近距離，在王都跟諾雅姊姊大人一起吃小吃，還逛了國王誕辰的攤販，現在感情很好。

後來，我們還一起加入諾雅姊姊大人創立的熊熊粉絲俱樂部。我們是一群熱愛熊熊的熊友。

呵呵，感覺真開心。

我想更親近菲娜，但她住在克里莫尼亞，我們沒辦法經常見面。所以，我希望菲娜可以來參加生日派對。我想跟她變成更要好的朋友。當然了，我也很想念諾雅姊姊大人和優奈姊姊大人。

我在吃飯時間詢問父親大人的意見。

「父親大人。」

「怎麼了？」

「我想邀請朋友來參加生日派對，可以嗎？」

「朋友？當然可以，不過妳是指誰呢？」

「諾雅姊姊大人、優奈姊姊大人和菲娜，共三個人。」

聽到我說的名字，父親大人開始思考。

不行嗎？

「我只知道諾雅兒大小姐，但優奈和菲娜這兩個名字聽起來有點耳熟呢。」

父親大人好像不是不答應，只是不知道對方是誰而已。

「老公，你在說什麼呀。我們不是在王都聽過這兩個名字好幾次了嗎？」

母親大人傻眼地對父親大人這麼說。

正如母親大人所說，我待在王都的時候經常提到優奈姊姊大人和菲娜的事。父親大人竟然忘了，好過分。

「菲娜小妹妹是跟諾雅兒大小姐住在同一座城市的普通女孩。另外，優奈是在我和米莎遭到魔物攻擊的時候救了我們的熊女孩。米莎不是也說過她們一起在王都玩的事嗎？」

爺爺大人代替我說明。

「啊啊，是那個救了米莎和爸爸，而且打扮成熊的冒險者女孩啊。我明明想去登門道謝，爸爸卻不准我去。」

「你當時不是還有工作嗎？要道謝的話，我已經道謝過了。」

父親大人在王都好像很忙。為了成為下一任領主，爺爺大人要父親大人到處應酬，父親大人和母親大人就是因為這樣才提早去了王都。

我和爺爺比較晚才往王都出發。當時我們遭到魔物襲擊，救了我們的人就是優奈姊姊大人。

「米莎，妳可以邀請她。我也想為那次的

事情向她道謝。」

「真的嗎？謝謝父親大人。」

我取得父親大人的許可，這樣就能邀請優奈姊姊大人和菲娜來參加生日派對了。

我正要寫邀請函給她們三個人，這才發現我並不知道優奈姊姊大人和菲娜的住址。

「既然不知道，請諾雅大小姐轉交就行了吧。」

我找爺爺大人商量，他這麼說道。

因為她們兩個人都跟諾雅姊姊大人住在同一座城市，只要拜託諾雅姊姊大人，她應該就會幫忙送到。可是，這是我自己的生日派對，所以我想要自己寄送邀請函。

經過思考，我決定跟諾雅姊姊大人詢問她們兩個人的住址。

我寫信告訴諾雅姊姊大人，我想邀請優奈姊姊大人和菲娜來參加生日派對，所以希望她能把兩人的住址告訴我。然後，我也拜託諾雅姊姊大人替我說服她們倆來參加生日派對。

因為她們都是普通民眾，所以可能不願意參加我這個貴族的生日派對。可是，我相信諾雅姊姊大人會帶她們一起來。

幾天後，我收到諾雅姊姊大人寄來的回信。她在信上說自己身為熊熊粉絲俱樂部的會長，一定會帶菲娜和優奈姊姊大人過來。我覺得安心多了。

除此之外，信上也寫了我想知道的兩個住址。這樣我就能寄生日派對邀請函給她們兩個人了。諾雅姊姊大人，謝謝妳。

我把寫著派對日期的邀請函寄給她們三個人。

呵呵，好期待生日派對的到來喔，真想快點見到她們三個人。

我還有另外一件期待的事。

優奈姊姊大人有一對黑熊和白熊的可愛召喚獸。

初次見到牠們的時候，我嚇了一跳，但牠們是非常可愛的熊熊。黑熊的名字叫做熊緩，白熊的名字叫做熊急。牠們的毛皮蓬鬆又柔軟，抱著牠們睡覺的感覺非常舒服。我也很想再見到熊緩和熊急。

如果當作生日禮物，優奈姊姊大人會讓我跟牠們見面嗎？

後來過了幾天，許多人來參加爺爺大人的生日派對，父親大人也忙著招呼客人。

我也要去跟客人打招呼才行。討厭，真麻煩。這個時候女僕梅森告訴我，諾雅姊姊大人來了。

「優奈姊姊大人和菲娜呢？」

「是，正如米莎娜大人所說，一個打扮成可愛熊熊的女孩和差不多與諾雅大人同年的女孩也來了。」

她們真的來了。

「她們現在在哪裡！」

我從梅森口中問出她們的所在地，馬上衝出房間。然後，我走進她們所在的房間。

諾雅姊姊大人、打扮成可愛熊熊的優奈姊姊大人和菲娜都在房間裡。

剛才的疲勞已經煙消雲散，我非常高興。

這次的生日派對一定會很開心。

49．生日派對　米莎篇

在爺爺大人的生日派對之前，擔任廚師的波滋先生遭到歹徒攻擊，手受了傷。賈裘德還在爺爺大人的生日派對上說料理的壞話，引起大麻煩。

可是，優奈姊姊大人帶來的廚師——賽雷夫先生解救了我們。

一得知波滋先生受傷的事，優奈姊姊大人就去了王都，把身為王宮料理長的賽雷夫先生帶來了。

因為自己做的料理遭受批評，賽雷夫先生站出來，與沙爾巴德家的領主——賈裘德對峙。雖然他的表情沒有在生氣，卻有種不容質疑的氣勢，而且現場有人知道他是王宮料理長，所以賈裘德也啞口無言。

在這場派對上批評料理，就會被當成是在批評王室。

賈裘德不甘心地帶著兒子蘭道爾一起離開派對會場。看到這一幕，我打從心底感到放心。

賈裘德離開後，爺爺大人的生日派對順利落幕。

幾天後，我的生日派對開幕，優奈姊姊大人送了長得像熊緩和熊急的布偶給我當作禮物，非常可愛。諾雅姊姊大人好像很想要，可是我不給，因為這是我收到的禮物。

後來我也見到嬌小的熊緩和熊急，度過了一場快樂的生日派對。

生日派對的隔天，諾雅姊姊大人和菲娜要回克里莫尼亞之前，我們決定在庭院辦一場茶會。我們也邀請了優奈姊姊大人，可是她說自己想去街上逛逛，所以我們沒有勉強她，辦了一場只有三個人的茶會。

我們很熱烈地聊著優奈姊姊大人以及熊緩和熊急的話題。我們正開心地說著關於熊熊的趣事時，突然有個穿著黑衣、戴著面具的人出現在庭院。

「是、是誰！」

我發問，男人一瞬間就逼近到我面前。我想大喊，卻被摀住嘴巴。

「放開米莎！」

諾雅姊姊大人抓住男人的手，可是她被用力推開，倒到地上。

「請離米莎大人遠一點！」

這次換菲娜抓住男人了，可是她被打了臉部，倒在地上。

諾雅姊姊大人！菲娜！

我想大叫，嘴巴卻被布塊塞住，發不出聲音。

我試圖甩開男人，手腕卻被綁住了。最後，連我的眼睛也被矇了起來。

我最後看到的景象是諾雅姊姊大人和菲娜倒在地上的模樣。

諾雅姊姊大人、菲娜。

男人像搬運物品一樣把我扛到肩上，然後扔進疑似馬車的地方，載往別處。

就算想呼救，我的嘴巴也被堵住了，無法出聲。

馬車停下，我像物品一樣被扛起來。

這裡是哪裡？

男人什麼話都不說，所以我什麼也不知道。

我聽到幾次開門的聲音。我大概是被帶到某個房間裡了吧。

我害怕地發抖。

到底是誰？不安與恐懼從我心裡湧出。

父親大人、母親大人、爺爺大人，救救我。

諾雅姊姊大人、菲娜，對不起。

最後她們兩人倒在地上的模樣浮現在我的腦海。她們倆是為了救我才會被打昏的。我的眼睛漸漸湧出淚水。

優奈姊姊大人……

我被丟在地上，只能躺著。我想時間應該沒有過多久。突然間，我聽到驚人的聲音從某處傳來。

我的眼睛被矇住，所以完全不知道發生了什麼事。

我沒辦法動，也看不見，只能聽聲音。我不知道發生了什麼事，所以很害怕。

這個時候，門砰的一聲打開了。

有人走了進來，腳步聲漸漸靠近我。然後，我的手被某人抓住。

是誰？

「站起來！快點站起來！」

是男生的聲音。聽起來很耳熟，是我很討厭的聲音。

「給我過來。」

不會錯的，這把聲音是蘭道爾。

蘭道爾用力拉扯我的手，好痛。

他要把我帶到哪裡去？

我試著掙扎，但他拉得很用力，我沒辦法抵抗。

被他拉扯的手臂好痛。救救我，父親大人、母親大人、爺爺大人。

我們走了一陣子，蘭道爾便停下腳步。

這裡是哪裡？因為我的眼睛被矇住，所以我不知道自己被帶到什麼地方。

「喂，妳不怕我對這女的怎樣嗎？」

蘭道爾對某人這麼說的瞬間，他的手就放開了我。然後，一種非常柔軟、溫暖、令人安心的東西抱住了我。我知道這種柔軟又溫暖的東西是什麼。

「沒事吧？」

矇住眼睛的布被拿下來，我睜開眼睛。

眼前是優奈姊姊大人溫柔微笑的臉。

優奈姊姊大人來救我了。我想起去王都的時候被魔物襲擊的事，當時也是優奈姊姊大人救了我。

優奈姊姊大人總是會幫助我。

淚水從眼眶湧出。

我不停地哭泣。

綁架我的人是蘭道爾。

後來，生氣的優奈姊姊大人大鬧了一場。

待在蘭道爾身旁的黑衣男和他的父親賈裘德也挨揍，我知道自己得救了。

然後，被優奈姊姊大人救出的我回到了家裡。母親大人抱住了我，父親大人好像也非常擔心。

「父親大人，諾雅姊姊大人和菲娜呢？」

我很擔心挨打的兩人。

「她們沒事，正在房間裡休息。」

我前往諾雅姊姊大人和菲娜所在的房間。

我一走進房間，她們倆就跑過來。

「米莎，妳沒事吧！」

「米莎大人！」

她們倆都很擔心我。

我也一樣擔心她們。

「妳們兩個人都沒事嗎？」

兩人都沒有受傷，我很高興她們沒事。

要是她們受傷了，我真不知道該怎麼道歉才好。

後來大家都忙得不可開交。

身為貴族的沙爾巴德家因為綁架了同為貴族的我，領主賈袞德和他的兒子蘭道爾都被逮捕了。

因為這件事，父親大人和爺爺大人都變得非常忙碌。克里夫大人和艾蕾羅拉大人也來幫忙，使得好久沒見到母親的諾雅姊姊大人沒有時間和艾蕾羅拉大人相處。我覺得很抱歉，諾雅姊姊大人卻說：「我們隨時都能見面嘛。」

王都的檢察官抵達後，克里夫大人的工作便結束，諾雅姊姊大人、優奈姊姊大人和菲娜也要回去了。我覺得有點寂寞。

諾雅姊姊大人等人才剛回去，這次又換艾蕾羅拉大人和爺爺大人要去王都了。我又感到更寂寞了。

這段期間，父親大人也很忙碌，母親大人也會幫父親大人的忙。

我忍著想見大家的心情，跟優奈姊姊大人送我的熊緩和熊急布偶一起玩。

它們可愛的臉讓我的心情好了起來。

下次由我主動去找大家玩也不錯。

過了一陣子，爺爺大人從王都回來了。

我們全家人聚在一起，聆聽爺爺大人的詳細說明。因為這次的事，爺爺大人把領主的位子讓給了父親大人。國王陛下也表示許可，所以交接得很順利。

另外，沙爾巴德家似乎做了壞事，但爺爺大人和父親大人並沒有告訴我詳細情形。這些壞事傳進國王陛下的耳裡，所以他們被剝奪了貴族身分。

父親賈袞德被判死刑，兒子蘭道爾則被遠

房親戚收養。

死刑讓我嚇了一跳，可是聽說蘭道爾要離開這座城市，我不禁感到安心。

然後，爺爺大人介紹了一位傭人給我們認識。

「大家應該知道，我決定收留她了。」

「我是露法，請各位多多指教。」

低頭行禮的女性是以前在沙爾巴德家工作的女僕。她就是說出沙爾巴德家綁架的孩子被關在哪裡的人。

我從爺爺大人口中聽說了她的經歷。她的父母都去世了，還被迫工作來償還父親欠下的債務。我一想像父母都去世的感覺，就覺得好難過。

從王都回來的爺爺大人每天都在幫忙父親大人的工作。工作漸漸上軌道之後，我們能聊天的時間也增加了。

某天我走在走廊上，碰巧看到拿著花束的露法正要出門。

「妳要出門嗎？」

「米莎娜大人！是的，我要去拜訪父親。」

露法的父親已經去世了，所以她的意思是要去掃墓吧。

「我也可以跟妳一起去嗎？」

「米莎娜大人也想去嗎？」

「是的，如果不會打擾到妳的話。」

「當然沒問題，可是我們兩個人獨處的話……」

露法好像對自己待過沙爾巴德家的事感到很愧疚。

「沒問題的，爺爺大人和父親大人都很信任妳，而且我也聽說過關於妳家人的事，很想去打個招呼。」

「我明白了。不過，至少也要取得葛蘭大人的許可才行。」

也對，或許有人會看露法不順眼，要是她遭人懷疑，那就傷腦筋了。

「那麼請等我一下，我去跟爺爺大人說一聲。」

我取得爺爺大人的許可，跟露法一起出門。

「米莎娜大人，您不怕我嗎？」

「怕妳？為什麼這麼問？」

「我以前在賈裘德大人那裡工作，就算多少知道那是不對的，我還是按照賈裘德大人的指示，做了壞事。像我這樣的人，您不怕嗎？」

「……老實說，我不知道。可是，從妳救出孩子們時的笑容，還有得救的孩子們親近妳的樣子來看，我不覺得妳是壞人。而且妳也覺得自己做了壞事，所以才會想在爺爺大人身邊補償吧。我覺得這份心意是很重要的。」

露法救了孩子們，還說出沙爾巴德家的罪行，也想要贖罪。

「……米莎娜大人……」

「而且綁架我的人是蘭道爾。要是見到蘭道爾，我可能會嚇得發抖。我很怕見到他，可是，看著妳或是跟妳獨處並不會讓我發抖，更不會想逃跑。」

如果蘭道爾出現在我面前，我大概會嚇得逃跑吧。

「所以，我不覺得露法很可怕。」

「謝謝您。」

露法高興地微笑。

我們來到城市郊外。這裡有許多樹木，露法在一棵樹前停下腳步。

原來露法的父親長眠在這個地方。

露法把手上的花放在樹的根部。

「爸爸，我現在受到葛蘭大人照顧，你不用擔心我。」

露法向長眠在樹下的父親報告自己在爺爺大人身邊工作的事。

「那裡的人都對我很好。」

露法接著說起最近發生的事。她的表情很開心，同時也很悲傷。

「我該走了，爸爸，下次見。」

露法離開樹木。我對露法說：

「我也可以跟妳爸爸說話嗎？」

「好的，他一定也會很高興。」

得到露法的允許之後，我站到樹木前方。

「我叫做米莎娜。露法在我爺爺身邊認真工作，也會幫忙照顧花草。」

我說起自己對露法的了解。

「所以，請放心吧。」

我看著站在後面的露法。

「米莎娜大人，謝謝您。我父親一定感到很安心。」

那樣的話，我也很高興。

我希望露法可以過得幸福快樂。

50 和熊熊一起特訓 荷倫篇

嗚嗚，為什麼事情會變成這樣？

現在，我跟優奈小姐一起被一群野狼包圍了。

事情起因於不久前，我一如往常地向優奈小姐請教魔法。

因為沒辦法用魔法打到野狼等會快速移動的魔物或動物，所以我去找優奈小姐商量。優奈小姐稍微思考了一下，然後提議去狩獵野狼。

她說不定會親自示範給我看。優奈小姐真的是個很親切的人。

一走到城外，我們便移動到有野狼的地方。我本來以為是要走路過去，優奈小姐卻舉起手，變出了一隻黑熊和一隻白熊。牠們是優奈小姐的召喚獸。黑熊叫做熊緩，白熊叫做熊急，是非常可愛的熊熊。

「妳知道熊緩和熊急吧？」

「是，熊急曾經幫助過我。」

以前我們的隊伍遭到魔物襲擊的時候，優奈小姐騎著熊緩趕來，救了我們。優奈小姐在轉眼間打倒魔物，還交代熊急保護我們不受魔物攻擊。

我靠近熊急。

「當時真的很謝謝你。」

「咿～」

熊急靠過來磨蹭我。牠的毛好蓬鬆，摸起

50 和熊熊一起特訓 荷倫篇

來很舒服。

嗚嗚，真的好可愛喔。

「好了，我們要騎熊緩和熊急過去，妳就坐到熊急背上吧。」

我萬萬沒想到能騎優奈小姐召喚的熊。

「咿～」

熊急對我叫了一聲，然後把身體放低。牠真是一隻聰明的熊熊。我也好想要這麼可愛的召喚獸喔。

「麻煩你了，熊急。」

「咿～」

我一坐上熊急的背，牠就站了起來。坐起來的感覺非常舒適。這樣我就能向辛他們炫耀了。

熊急跑得很快，轉眼間就穿越熟悉的森林，抵達我從沒來過的森林了。

優奈小姐左顧右盼地看著別的地方。

「在那裡。」

她這麼一說，熊緩和熊急便邁出步伐。我們走了一小段路後，優奈小姐轉頭看著我。

「好了，荷倫，這前面有野狼群，妳試著一個人打倒牠們吧。」

她剛才說什麼？

如果我沒有聽錯，她好像是說：「這前面有野狼群，妳試著一個人打倒牠們吧。」一定是我聽錯了。

「優奈小姐，妳剛才說什麼？」

為了確認，我這麼反問優奈小姐。

「前面有大約三十隻的野狼群，妳一個人去打倒牠們吧。」

好像不是我聽錯了。

「一個人？不可能的，我絕對不行！」

我猛搖頭。

優奈小姐叫我從熊急背上爬下來。我抱緊

熊急，就是不下去，可是熊急照優奈小姐的指示坐下，想要放我下來。

我不要，我不行。如果被扔進一群野狼中，我必死無疑。

「我會讓妳在安全的地方攻擊野狼的，別擔心。」

優奈小姐把我抱著的熊急變不見。

「要是有熊緩和熊急在，野狼可能會逃跑。」

我很希望牠們逃跑。

「那我們走吧。」

優奈小姐這麼說，然後繞到我後面，絆倒我的腳。我還以為自己會跌坐在地，卻倒進了優奈小姐的懷裡。

這正是所謂的公主抱。只要是女孩子就曾夢想過公主抱，但我沒想到抱我的對象竟然是優奈小姐。

「妳要抓穩喔。」

優奈小姐抱著我起跑，而且速度非常快。

我緊緊抱住優奈小姐，免得掉下去。然後，一群野狼出現在我們眼前。

優奈小姐絲毫不在意，就這麼跑到野狼群的中心。

「就在這裡戰鬥吧。」

我們在野狼群的正中央被包圍了。

無路可逃。

嗚嗚，為什麼事情會變成這樣？

野狼發出低吼，慢慢逼近我們。我想躲到優奈小姐後面，但後面也有野狼正在逼近。當我以為自己要完蛋的時候，優奈小姐伸出手，眼前的地面便突出類似棍棒的東西。

土魔法？

地面出現一支又一支的棍棒，包圍了我們。

簡直就像柵欄似的。

優奈小姐繼續使用魔法，做出類似屋頂的東西。

我望向四周，看來我們好像被關進籠子裡面了。野狼想要吃掉籠中的獵物，朝我們撲過來，卻被籠子擋住。

能輕易做出這麼厲害的東西，優奈小姐真的是一個很厲害的人。

「待在這裡就能安全地攻擊了。妳仔細觀察野狼，雖然有個體差異，但野狼的動作基本上都很類似。在這個安全的地方記住野狼的動作，學會如何確實打倒牠們之後，就算一個人也能穩穩地打倒野狼了。」

一般人確實很少有機會能在這麼近的距離內安全地觀看野狼的動作。

「另外，因為要從棍棒之間的空隙發動攻擊，所以也能練習控制魔法。」

從這些空隙瞄準野狼……

「好的，我試試看。」

我對籠子附近的野狼放出前端像箭一樣尖的土魔法。我以為土魔法能命中野狼，卻被牠躲開了。

「為什麼？」

「因為速度太慢了，再快一點就能打中。」

「是。」

剛才的威力太弱了。

我按照優奈小姐的指示，對野狼發動攻擊。

「還有，就算這裡很安全，妳也要練習確認周圍，盡量別讓野狼太靠近籠子。要是一直注意前方，有可能會被繞到背後喔。」

「是。」

我注意周圍的野狼，並朝右邊、左邊、正前方、後方放出魔法。

我漸漸開始看清野狼的動作，知道牠們什麼時候要撲過來。以前因為害怕，我從來沒有這麼仔細觀察過。光是待在安全的地方，而且身旁有優奈小姐，我的心情就輕鬆許多，可以冷靜地看清四周。

我打倒幾隻野狼後，牠們就放棄攻擊我們，落荒而逃了。

「妳現在比較了解野狼了嗎？」

「是的，託優奈小姐的福。」

我從來沒聽過這麼有效的練習方法。

「不管面對什麼事，情報都很重要。如果妳認識其他冒險者，可以問問人家怎麼打倒魔物，或是哪些魔物會怎麼行動。這麼一來，就算是第一次見到的魔物，只要想起人家說過的經驗就會比較好對付了。」

「是。」

下次就去問問露麗娜小姐好了。

那天晚上，我跟辛他們聊起自己跟優奈小姐一起去狩獵野狼的事，他們便露出驚訝的表情。

而且優奈小姐把打倒的野狼全都送給我了，所以今天的晚餐很豐盛。

希望我總有一天能報答優奈小姐的恩情。

賀第11.5集發售!!

恭喜くまなの老師發售短篇集！

《熊熊勇闖異世界》終於也超過十集了

呢…

能夠參與這部作品，我覺得非常光榮。

為了支持這部作品的各位讀者，

我今後也會繼續努力的…！！

希望大家可以

繼續守護優奈和

她的夥伴們。

我們下次見。

漫畫版作者
せるげい老師的
新繪漫畫
ペラ
「第11.5集」啊……
哦…
讀自己今後的故事，感覺真怪…
以後還會發生很多事呢。
哦，這個好像很好吃…先開始做做看好了…
優奈姊姊，妳在看什麼？
沒、沒什麼啊！
啊，真可疑！

嗯？
咻
飄落
スカッ
……
沒收
未來的事請親自體驗。
※等等我會消除妳的記憶。
神
漫畫版的我們……
也請大家多多關照。
ぱくぱく
恭喜第11.5集正式發售！
這種特別的集數真令人興奮…！

後記

我是くまなの。感謝您拿起《熊熊勇闖異世界》第十一．五集。

第一集是二〇一五年五月發售，時間一轉眼就過了三年，本集已經是第十二本書了。不只如此，去年的夏天還推出了漫畫版第一集。當時我並沒有想到這部作品能持續到現在，我能夠一直出書都是多虧有各位讀者的支持，謝謝你們。

這一集不是本篇，而是以第一集到第九集的實體店&電子書特典所附的短篇故事匯集而成的書。雖然標題是第十一．五集，卻只收錄到第九集的短篇故事，還請大家見諒。想看短篇故事卻沒能取得的各位讀者，很抱歉給你們添麻煩了。

不只是匯集了店家特典的短篇故事，本書也收錄了網站連載的短篇故事，以及新撰寫的短篇故事。全部共有五十篇，字數大概是有史以來最多的一次。

此外還有封面插畫和人物介紹。人物介紹裡出現了許多令人懷念的名字，希望以後還有機會讓他們登場。

以書籍而言，本書的內容相當豪華，我對製作本書的出版社充滿了感謝之意。

另外，漫畫版第二集預計在二月發售（註：此指日本版。台灣版漫畫已發售至第三集），小說第十二集則預計在三月發售（註：此指日本版。台灣版第十二集預計在十二月發售），還請大家多多關照。

最後我要感謝在出版過程中盡心盡力的各位同仁。

感謝０２９老師這次也在百忙之中替本書繪製插畫。

感謝編輯總是包容我的錯誤。另外還有參與《熊熊勇闖異世界》第十一．五集出版過程的諸多人士，感謝你們的幫助。

感謝閱讀本書至此的各位讀者。

那麼，衷心期待能在第十二集再次相見。

二〇一九年一月吉日　くまなの

國家圖書館出版品預行編目資料

熊熊勇闖異世界. 11.5 / くまなの作 ; 王怡山譯. -- 初版. -- 臺北市 : 臺灣角川, 2020.11
面 ; 公分. -- (Kadokawa fantastic novels)
譯自 : くま クマ 熊 ベアー. 11.5
ISBN 978-986-524-060-8(平裝)

861.57　　109013952

Kadokawa
Fantastic
Novels

熊熊勇闖異世界 11.5

（原著名：くま クマ 熊 ベアー 11.5）

2020年11月26日　初版第1刷發行

作　　者：くまなの
插　　畫：029
譯　　者：王怡山

發 行 人：岩崎剛人
總 編 輯：蔡佩芬
編　　輯：蘇涵
美術設計：黃永漢
印　　務：李明修（主任）、張加恩（主任）、張凱棋

發 行 所：台灣角川股份有限公司
地　　址：105台北市光復北路11巷44號5樓
電　　話：（02）2747-2433
傳　　真：（02）2747-2558
網　　址：http://www.kadokawa.com.tw
劃撥帳戶：台灣角川股份有限公司
劃撥帳號：19487412
法律顧問：有澤法律事務所
製　　版：尚騰印刷事業有限公司
ISBN：978-986-524-060-8